U0560403

CHONGWENGUAN

读古人书　友天下士

百余年前，崇文书局于武昌正觉寺开馆刻书，成晚清四大书局之一。所刻经籍，镌工精雅，数量众多，流布甚广，影响巨大。为赓续前贤，昌明国学，弘扬文化，本社现致力于传统典籍的出版。既专事文献整理，效力学术，亦重文化普及，面向大众。或经学，或史论，或诸子，或诗词，各成系列，统一标识，名之为"崇文馆"。

崇文馆

中国古典诗词校注评丛书

张元幹词全集【汇校汇注汇评】

邹艳　陈媛　编著

长江出版传媒　崇文书局

中国古典诗词校注评丛书
编撰委员会

序　言

　　张元幹(1091—1161)，字仲宗，号芦川居士、真隐山人，又号芦川老人、芦川老隐，福建永福(今永泰县)人。张元幹少年时天资甚高，早年随父宦游，席间与父执相酬唱，众人无不惊其敏悟。政和年间入太学上舍，渐有词名。早期词作以清丽婉转见长，靖康之难后词风突变，以慷慨悲凉之音率先奏响南宋词作的爱国旋律。张元幹的忧国忧民之心、愤世嫉邪之气，以及能文善诗之才，既离不开深厚的家族渊源，又与词人在陵谷迁变中的经历息息相关。

　　严而有方的家教是张元幹刚正不阿、忧国忧民性格形成的基础。张元幹生于显宦之家、书香门第。其祖父张肩孟于宋仁宗皇祐五年进士及第，官终朝散郎通判歙州。张肩孟教子甚严，举族芝兰齐芳。《永泰张氏宗谱》(以下简称《宗谱》)中有《少师文靖公传》："公讳肩孟，以弱冠擢皇祐五年进士第，历宦方面，皆有奇绩，年七十致仕。有宅一区，在流泉之中，宅西一楼未额，课诸子读书其中，夜梦神人告公曰：'君看异日拿龙手，尽是寒光阁上人。'遂榜以寒光阁额。后五子俱登显宦，时有'丹桂五枝芳'之语。以子贵累赠开府议同三司，特进少师，谥文靖。"张肩孟博学才高，一生仕宦，政绩颇丰，对子孙教导有方，张氏一门五子俱摘得蟾宫桂冠，光耀门庭。

　　张肩孟长子名劢(一作励)，字深道，熙宁六年中进士。他才学博洽，著述颇丰，《宗谱·殿撰忠节公传》云："(劢)性酷嗜学，有《文笔峰书堂总录》《文集》《中庸论语解》，世皆宗之。"他刚正不阿，不计私利，"(劢)早为韩魏公所器，既及第，调岳州司理右承。蒲公宗孟一见大奇之，疏请于朝，由是

1

六镇雄藩，八持使节，历任州郡，多所厘正。遇事刚果，不避权贵。蔡京、王黼等皆忌之。以殿撰出知福州，移广州，人为不满，而公略不介意"。张劢文能著书立说，武能持节镇藩，文武双全，无愧于父之教导。其为人正直刚毅，为宗门之表率。张元幹不惧权贵，力主抗敌的坚毅果敢，无疑有来自其伯父的影响。

张肩孟次子，张勔，字臻道，幼年诗才惊人。《永福县志》卷八云："勔兄弟五人，皆相继登第，知名当世，居半月洲。一日，座客欲咏之，未就，勔六岁，时即诵唐人诗'谁把玉环分两片，半沉沧海半浮空'之句。客尽惊叹。"张勔六岁出口成诵，自小便有深厚的家学渊源。张勔为官崇礼，淳化民风，言传身教，《宗谱·中奉大夫文简公传》云："公讳勔，字臻道，熙宁九年进士，公天资醇厚，孝友廉谨。……登第后，除授知建州，建民剽悍健讼，公谕以礼义，期年风俗丕变。尝作《聚蚊赋》，以讽群党。子五人，俱掇巍科，为时名宦。州治有堂曰昼锦坊，曰棣萼，皆为是名也。"张勔为官以礼化民，移风易俗，功不可没；为人孝友廉谨、方正嫉邪，亦为宗族后代之楷模。

张勘，张肩孟第三子，文韬武略兼备。《宗谱·太学博士昭毅公传》记载："公讳勘，字卫道。熙宁丙子，公应文武两举，官太学博士，既通文史，复诸韬钤。倘天假之以年，其表树必有大赫奕者。竟以二十七龄赍志也，惜哉！二子询询善继，亦以官显，称克肖焉。"张勘虽英年早逝，但他既通文史，复诸韬钤，也为张氏后代树立了榜样。

张劝，张肩孟第四子，字宏道，元符三年进士，官至工部尚书。他天性颖悟，幼而不群，《宗谱·少师工部尚书惠庄公传》云："公（张劝）……一日看龙舟，宗长戏令咏诗，公即应声曰：'两岸人人开盛宴，飞去飞来如掣电。明年文场角胜时，也如此日舟人战。'时年方十岁。"及其为官，亦深得民心，"帅福建，以乡邦人情风俗素所详究，兴利剔弊。民深德之，岁时祷祀，为公祈福，虽禁之不止也。进封少师，以工部尚书致仕"。

张肩孟之幼子张动，即张元幹之父，字安道，官至龙图阁直学士。徽宗崇宁间，张动仕于邺（今河北临漳），与欧阳修之孙欧阳懋为同僚，后入朝为少卿。张动擅长诗文，对张元幹影响甚深，欧阳懋为张元幹祖父手泽题跋云："余崇宁间，与安道少卿同仕于邺，公馀把酒以诗相属，时仲宗年未及冠,往来屏间,亦与座客赓唱,初若不经意,而辞藻可观,莫不骇其敏悟。安道既入朝,其后数年,余亦归自河朔,再会于京师,仲宗事业日进。"张动是才情满腹之人,公务之馀,常与客把酒以诗相属,张元幹耳濡目染,与座客赓唱,未及冠便辞藻可观,为以后的艺术成熟打下了良好基础。

张元幹家族中人多为天资颖悟、善政恤民之士。家族遗风的熏染,家世之学的熏陶,使张元幹形成刚直不阿、爱国忧民的品性。张元幹一生交游颇广,所结交者多为世之名流,所以从游者皆为"百世之士"(汪藻跋《幽岩尊祖录》),与名士陈了翁的交往是张元幹践行义举、秉承家风的关键。

陈瓘,字莹中,号了堂、了翁,谥忠肃。张元幹在《跋了堂先生文集》中明言了翁先生对自己的导路之功:"先生独知尊尧,爱君忧国,先见之明,肇于欲萌;逆料其弊,甚于中的。视之若仇敌,甘心犯难,虽百谪濒九死而弗悔。……百世之下,凛凛英气,义行于色,如砥柱之屹颓波,如泰、华之插穹昊,如万折必东之水,如百炼不变之金,舍吾先生其谁哉? 死而不忘者,予于先生见之。"张元幹少时特于庐山之南寻访元祐名士陈瓘,与其杖履相从,悠游云烟水石之间,畅谈古今治乱。了翁先生至大至刚之浩然正气、威武不屈之立身品节、九死不悔的耿耿忠心,深为张元幹所崇敬,故将之视为精神向导和行事楷模。张元幹平生的忠肝义举,受之于了翁先生甚深。了翁曾预言张元幹"辞采灿然足以有誉于世矣"。张元幹从前辈的知遇与期许中大受鼓舞,将了翁之书书于绅带,佩服终身,未有一刻敢忘。

张元幹与同道者李纲(字伯纪)相识,亦是因了翁的引荐。宋张广《芦川归来集序》云:"靖康之元,(张元幹)上却敌书,见了翁谈世事于庐山之上。了翁曰:'犹有李伯纪在,子择而交之。'公敬受教,从之游。"张元幹于宣和六年(1124)访李纲于梁溪(今江苏无锡)。李纲一见,便有相见恨晚之意,他在为张元幹祖父手泽题跋时写道:"予昔与安道少卿游,闻仲宗有声庠序间籍甚,恨未之识。今年春,仲宗还自闽中,访予于梁溪之滨,听其言鲠亮而可喜,诵其文清新而不群,予洒然异之。"李纲认为张元幹其人其文都很有个性,因此对他另眼相待。靖康元年(1126)李纲为亲征行营使,张元幹为其僚属,两人在金兵围攻国都的危难之际,冒着如雨急矢,夙夜指挥杀敌。二人本就志同道合,在外敌入侵的时危世乱之际,两人的感情更为深厚。宋高宗绍兴八年(1138)十二月,李纲在洪州(今江西南昌)上书反对宋金议和,张元幹随即作《贺新郎》以寄,表达自己"要斩楼兰三尺剑"的壮志,坚决支持李纲主战反和。

张元幹广交爱国志士,不畏权奸,忠愤直言。绍兴十二年(1142),胡铨因上书乞斩秦桧,得罪奸臣而被贬新州,一时士大夫皆畏祸缄口,而张元幹却慨然作长短句赠之,以致遭遇削籍除名之祸。张元幹亦与刘安世、杨时等爱国名士相交。刘安世以直谏闻名,关注国运,力主抗金,敢于痛斥误国权奸,被时人称为"殿上虎"。而杨时亦是朝堂中的正义凛然之士,他力主罢黜张邦昌,诛杀童贯,以图为国除害。以天下兴亡为己任,与国运共存亡的志向,是张元幹与这些爱国之士结为挚友的思想基础。

与江西诗派诗人的交往是张元幹在不得志的现实中获得慰藉的重要途径,也是他提升自我诗词创作技艺的催化剂。宋人曾慥认为"芦川老隐之为文也,盖得江西师友之传"(《芦川归来集》原序)。江西诗派诗人,是张元幹生平交游的重要对象。张元幹《苏养直诗帖跋尾六篇》云:"往在豫章问句法于东湖先生徐师川,是时洪刍驹父、弟炎玉父、苏坚伯固、子庠养直、潘淳子真、吕本中居仁、汪藻彦章、向子諲伯恭,为同社诗酒之乐。予既冠矣,亦获攘臂其间,大观庚寅辛卯岁也。"及冠之年与江西诗派社中人诗酒唱和,不仅对张元幹早年诗风有所影响,诗社中人更成为他一生中以诗相知的志同者。自大观四年(1110)与社中之友同游唱和后,张元幹于宣和元年(1119)离京返乡,其后抵达豫章,与徐俯、洪刍交游,并向徐、洪二人出示先祖张肩孟手泽,徐、洪二人皆为之题跋。徐俯跋云:"张侯仲宗近作,殊有老成之风,无复少年书生气。"徐俯深切感受到张元幹文风已脱少年书生之气,是为真知张元幹者!宣和五年(1123),张元幹又与陈与义、吕本中、苏庠兄弟同游京都,避暑于资圣阁,分韵赋诗。张元幹《跋苏诏君楚语后》:"顷在东都,一日,陈去非、吕居仁诸公,同予避暑资圣阁,以'二仪清浊还高下,三伏炎蒸定有无'分韵赋诗,会者适十四人,从周(苏庠之弟)诗颇佳,为诸公印可……方之养直惓惓如此,不为过也。"六月二日,吕本中为张元幹祖父手泽题跋,称张元幹深得古人孝友之意。吕本中有多首诗作寄与张元幹,如《渴雨简张仲宗二首》《寄张仲宗》等。

江西诗派三宗之一的陈与义,亦与张元幹结为诗友。宣和七年(1125),张元幹任陈留(今河南开封)县丞,与陈与义相与从游。从张元幹《洛阳陈去非自符宝郎谪陈留酒官,予时作丞,澶渊旧僚友也,有诗次韵》一诗可知,早在政和年间张元幹出仕澶渊之时,便与陈与义有所交往。在宣和元年(1119)张元幹离京之时,陈与义曾作有《送张仲宗押戟归闽中》一诗,称张元幹为翩然不群之鸿鹄。宣和五年(1123)张元幹又与陈与义等人同游赋诗,陈与义曾作《招张仲宗》一诗。张元幹与陈与义在两宋之交诗风嬗变中相似的轨迹,乱世中契合的诗心,使得他们用笔墨抒写出了共同的诗情。

江西诗派中,除徐俯、洪刍、吕本中、陈与义之外,与张元幹关系密切的社中人还有向子诹(字伯恭,号芗林居士),此人素与李纲友善,亦有词名。向子诹是张元幹舅父,张元幹与江西诗派的交往如此频繁,应受其舅父影响不小。张元幹《水调歌头》(和芗林居士中秋词),即和向子诹《水调歌头》(闰余何好)一词。此外,张元幹与苏坚、苏庠等社中人诗书往来,酬唱不迭;而汪藻于张元幹更有仗义相救之谊。宋高宗建炎三年(1129),张元幹追随高宗行至海边,遭谗得罪,幸得汪藻力救得免。

观其出生而知其性情之所由来,观其交游而知其为人之所以然。张元幹于国于家,忠而孝;于亲于友,厚而义。他曾于乱纸中得先祖手泽,遂严饰而藏之,以诏子孙;又于邱荒蓁莽中,扫除迁隧,祭拜祖母刘氏,虽非刘氏所出之孙,然其尊祖追远之意甚为笃厚。其忠孝之行,深得当时名公胜流赞誉,故叶梦得题跋云:"仲宗用心如此,而所推许者皆一时名人,可以厚风俗矣。"词如其人,张元幹以慷慨悲凉的词作名世,即得益于其人品,而这种豪迈悲壮的词风也成为其词作的主导风格。靖康之难后,词人魂牵中原、忧国悯君、悲世嫉邪,这种正义精神与英雄气概常寓于南渡后的词作中。"风格慷慨悲凉,开启陆游、辛弃疾一派,为两宋词风转变之先导者。"(唐圭璋《张元幹词研究》序)

张元幹豪放悲壮的词风以激扬慷慨的《贺新郎》最具代表性。《贺新郎》二词分别寄赠胡铨与李纲二位爱国名士。"绍兴议和,今端明胡公铨上书请剑,欲斩议者,得罪权臣,窜谪岭海,平生亲党,避嫌畏祸,唯恐去之不速。公作长短句送之,微而显,哀而不伤,深得三百篇讽刺之义。"(宋蔡戡《芦川居士词序》)张元幹不惧奸权,慨然赋《贺新郎》(送胡邦衡谪新州)寄胡铨,字字铿锵有力。"梦绕神州路。怅秋风、连营画角,故宫离黍。底事昆仑倾砥柱。九地黄流乱注。聚万落、千村狐兔。天意从来高难问,况人情、老易悲如许。更南浦,送君去。 凉生岸柳催残暑。耿斜河、疏星淡月,断云微度。万里江山知何处。回首对床夜语。雁不到、书成谁与。目尽青天怀今古,肯儿曹、恩怨相尔汝。举大白,听金缕。"词首"梦绕神州路"一句,直言对故都的无限牵念,而词人与友人空有报国之志,却无路请缨,"人情老易悲如许"即道出了失路英雄的共同哀叹。面对沦陷后的万里江山,心虽沉痛,然不消沉,词之煞尾即以"举大白,听金缕"奏响一曲慷慨之歌,悲壮而不失激昂。《贺新郎》(寄李伯纪丞相)更是直抒"气吞骄虏""要斩楼兰"的豪情壮志,激昂悲愤,力透纸背。此二首《贺新郎》让千百年后的世人亦能感受到词人那满腔的抑塞磊落之气,不愧为张元幹词集中的压卷之作!豪放悲壮之作是张元幹词集中最夺目的风景线。《石州慢》(己酉秋吴兴舟中作)便是其一。"心折。长庚光怒,群盗纵横,逆胡猖獗。欲挽天河,一洗中原膏血",对北敌蛮贼的直言痛斥,表达词人愿剖寸心以洗中原屈辱的愿望。《水调歌头》(同徐师川泛太湖舟中作)亦是历经丧乱后的悲痛之语。这些寄寓忧国之慨的豪迈悲壮之作,是词人紧握时代脉搏,与国家共命运的心灵呼声,是其愤世嫉邪个性的直接抒写。

除了豪放之词,张元幹清丽深婉、妩秀俊逸的婉约之作,亦不逊色。明代毛晋评芦川词曰:"人称其长于悲愤,及读《花庵》《草堂》所选,又极妩秀之致,真堪与片玉、白石并垂不朽。"(《宋六十名家词·芦川词跋》)毛晋认为元幹婉约之作堪与周邦彦、姜夔二人之词媲美,此说虽尚可商榷,但毛晋客观地指出了元幹词有深婉俊逸的一面。如《水调歌头》(罢秩后漫兴):"放浪形骸外,憔悴山泽癯。倒冠落佩,此心不待白髭须。聊复脱身鵷鹭,未暇先寻水竹,矫首汉庭疏。长夏啖丹荔,两纪傲闲居。 忽风飘,连雨打,向西湖。藕花深处,尚能同载麹生无。听子谈天舌本,浇我书空胸次,醉卧踏冰壶。毕竟凌烟像,何似辋川图。"词作于罢秩后,既无悲愤之言,亦无沉痛之语,词人对浮世功名的了悟,使词中多了一份萧散从容之意。又如《浣溪沙》："山绕平湖波撼城。湖光倒影浸山青。水晶楼下欲三更。　　　雾柳暗时云度月，露荷翻处水流萤。萧萧散发到天明。"词写湖光水色的淡荡之美，柳丝弄月、流萤照水的夜景，清新而明朗。除清丽之作外，张元幹还有深致妩秀的闺情词，如《昭君怨》："春院深深莺语。花怨一帘烟雨。禁火已销魂，更黄昏。　　　衾暖麝灯落地。雨过重门深夜。枕上百般猜，未归来。"词人描绘耿耿长夜烛泪滴尽，伊人深闺痴等的场景，虽对女子的内心活动未着一字，但"百般猜"三字便将佳人心中的忧思牵念委婉道出。又如《楼上曲》："何事有情怨别离，低鬟背立君应知。"语淡而情浓，堪称艳情词中的"阳春白雪"。

张元幹既有慷慨悲凉的豪放之作，亦有清新秀雅的婉约之词，豪放婉约兼备的风格得益于唐宋大家的影响，其中杜甫与周邦彦二人对张元幹影响甚深。

张元幹善于化用杜诗入词，融诗于词的功夫浑化无迹。如《水调歌头》（同徐师川泛太湖舟中作）"泽畔行吟处，天地一沙鸥"，直接引用杜甫《旅夜书怀》"飘飘何所似，天地一沙鸥"之诗。张元幹在金兵马踏中原的丧乱中辗转流离，其飘零无依的人生经历与少陵野老尤为相似。虽身处不同朝代，但乱离之中的漂泊情感却是共通的。芦川以此诗入词，不仅未显突兀，反而能引起异代读者的共鸣。又如《石州慢》（己酉秋吴兴舟中作）"欲挽天河，一洗中原膏血"，即是对杜甫《洗兵马诗》"安得壮士挽天河，净洗甲兵长不用"诗句的化用。《贺新郎》（送胡邦衡谪新州）"天意从来高难问，况人情、老易悲如许"之句，同样化用杜甫《暮春江陵送马大卿公恩命赴阙下》"天意高难问，人情老易悲"之句。张元幹将精工齐整的律句转化为灵动错落的长短句，读来朗朗上口，情深之处亦不逊于原句。除了借助杜诗表现内心情感，张元幹也善将杜诗的写景之句点化入词。如《点绛唇》（呈洛滨筠溪二老）"清夜沉沉，暗蛩啼处檐花落"，即化用杜甫《醉时歌》"清夜沉沉动春酌，灯前细雨檐花落"之句。融杜诗入词，是张元幹词的一大特色。

除杜诗之外，词坛大家周邦彦词风的沉郁流转，亦成为张元幹词作的艺术追求之一。周邦彦处于新旧党争的政治氛围之中，一生仕途蹭蹬，喜用长短句表现内心隐约曲折的心迹。其代表作《瑞龙吟》（章台路）、《兰陵王》(柳)等均注重抒情过程的层次安排,将现实与过往、真实与梦幻交错呈现,造成一种回环往复、沉郁深致的艺术效果。张词亦有类似之作,如《兰陵王·春恨》便呈现出一种婉曲深致的韵味:"卷珠箔,朝雨轻阴乍阁。阑干外,烟柳弄晴,芳草侵阶映红药。东风妒花恶,吹落梢头嫩萼。屏山掩,沉水倦熏,中酒心情怕杯勺。　　寻思旧京洛。正年少疏狂,歌笑迷著。障泥油壁催梳掠。曾驰道同载,上林携手,灯夜初过早共约。又争信漂泊。

寂寞,念行乐。甚粉淡衣襟,音断弦索。琼枝璧月春如昨。怅别后华表,那回双鹤。相思除是,向醉里、暂忘却。"此词虽题为春恨,但仍不离历经丧乱后的悲国之恨,然其"恨"不再以悲愤之语道出,而是以旧游之忆、相思之语委婉传达。张元幹采用以情事牵系国事,而又未道破"愁"的含蓄表达方式,使故国之思的隐隐伤痛显得婉转而又沉郁。又如《兰陵王》(绮霞散)、《水调歌头》(今夕定何夕)、《念奴娇》(江天雨霁)等,或以往昔之游乐与现实之孤凄相交叠,委婉表现内心的国仇旧恨,或以远人之牵念表现内心伤怀,又或是以月下情思、醉酒情怀传达心中幽怨。这类词作在表意的曲折与意境的朦胧上,都体现出周词的痕迹。

张元幹的艺术成就亦离不开江西诗派的影响。张元幹以词名世,然亦工于诗,早年问句法于徐俯,且与江西诗派诗人相从甚密。清吴之振《芦川归来集抄》小传云:"(张元幹)有《芦川归来集》十馀卷,得之书肆,废帙逸其大半,诗止近体六、七两卷,清新而有法度,蔚然出尘。观其序王承可诗云'初从徐东湖指授句法',知渊源有自也。"可见张元幹诗的艺术渊源来自江西诗派。张元幹《跋山谷诗稿》即表现出自己对黄庭坚诗歌理论的深刻体悟,"山谷老人此四篇之稿,初意虽不同,观所改定,要是点化金丹手段。又如本分衲子参禅,一旦悟入,举止神色,顿觉有异。超凡入圣,只在心念间,不外求也。句中有眼,学者领取。"为诗要进入"悟入"之境,活用古人之诗,以点化生新,这种"点铁成金"之术是张元幹从江西诗法中获得的至宝。张元幹善于化用古人陈句,以达到别出心裁的艺术效果,其诗《墨菊》即是"点化金丹"之作。该诗云:"老眼惊花暗,斜枝落纸愁。晚来闻冷雨,幻出一篱秋。""老眼惊花暗"是对白居易《无梦》"老眼花前暗"的化用,而"幻出一篱秋"则是对薛能《雕堂》"啅雀一篱秋"的活用,诗以"惊""幻"二字点化唐人之诗,融入自我情感,将蓦地惊觉秋来的凄凉心境与冷雨侵花的寒夜之景巧妙融合,实为点睛之妙笔。"点铁成金"之术对字句的锻造之功要求甚高,因而张元幹又深入汲取江西诗派的句法精义,尤为注重锤字炼句。如其《挽少师相国李公》(其四):"风咽梁溪水,山悲湛岘云。"由于诗人悲悼之情的投射,山水也具有了幽咽之声和悲戚之容,这种移情于物、物我相通的诗歌境界,全然得益于"咽""悲"二字的精练传神。又如"南浦翻云浪,西山滴翠岚""炉薰飘月影,蜜炬剪花香""雨暗连兵气,花飞点客愁"等等诗句均以精工之笔,体现出深厚的炼字功力。张元幹深受江西诗派的影响,作诗尤喜用典。其《李丞相纲生朝三首》"衮绣未归聊袖手,不妨闲作黑头公",一句之中连用"衮绣""袖手""黑头公"三个典故,极大丰富了诗歌内涵,可谓是对江西诗人重典传统的承袭。但张元幹作诗无论是在炼字造句、使事用典还是诗歌立意方面,都避免了黄庭坚等江西诗人的奇拗峭拔之弊,而形成了自然清新的诗歌风貌。

张元幹在与诗社中人交流切磋的过程中,也体现出与江西诗人共同的情感倾向,他们都以诗歌抒发神州陆沉的痛愤之情。《感事四首丙午冬淮上作》即是此类代表诗作,而徐俯等人更是不乏感时悲国之诗。据方回《瀛奎律髓》卷三十二评汪藻《己酉乱后寄常州使君侄四首》云:"靖康中在围城中者,吕居仁、徐师川、汪彦章皆诗人也。居仁多有痛愤之诗。师川以邦昌之名名其婢,而诗无所见。彦章至此乃有乱后诗,岂当时诸人或言之太过,或忤时相而删之乎?"于此可见,吕居仁、徐师川、汪彦章等崇尚节义的江西诗派诗人,曾与张元幹在同一时代背景中同声相和,共抒国仇家恨。宋曾噩《芦川归来集》原序云:"芦川老隐之为文也,盖得江西师友之传,其气之所养,实与孟、韩同一本也。……及其仕于朝也,又以《幽岩尊祖》一节,直述其忠厚悃愊之诚,公之孝友性成,皆是气之所形见也。宣和诸公,或言其所作殊有老成之风,无复少年书生之气;或言其平昔绝俗之文,今又见高屼之行,是犹未睹其全集也。"曾噩直言张元幹为文深得江西师友之传。由上可知,与江西诗派成员的交往对张元幹诗词文创作的成就功不可没。

目前学界关于张元幹词作的研究成果,主要有曹济平教授的《芦川词笺注》《张元幹词研究》以及王兆鹏教授的《张元幹年谱》。这三部专著不仅对张元幹生平的考证、别集的收藏以及版本的传承做了详细、深入的探究，而且在张元幹词作的编年、笺注上也作出突破性的贡献。王兆鹏先生《张元幹年谱》对张元幹的生平经历以及大部分作品系年进行了考证。曹济平先生《芦川词笺注》是现今唯一以张元幹词集笺注命名的注本，且注解翔实。此外，唐圭璋先生《全宋词》以双照楼影宋本《芦川词》二卷为底本，进行了细致的校订与补正，对张元幹词集的整理较为完备。孟斐校点的《芦川词》与上海古籍出版社 1978 年点校的《芦川归来集》旨在点校，对词作的创作背景、题旨、收录流传情况少有涉猎。

关于张元幹词的数量，《全宋词》收录 185 首，《文渊阁四库全书》收录 186 首，双照楼本《芦川词》收录 187 首，曹济平《芦川词笺注》依据《全宋词》收录 185 首。本书则以《全宋词》为底本，以明吴讷《唐宋名贤百家词》、明毛晋《宋六十名家词》以及近人吴昌绶影印的双照楼本《芦川词》为校本，并参考宋黄昇《花庵词选》、元刊本《草堂诗馀》、明杨慎《词品》，以及清朱彝尊《词综》、万树《词律》、沈辰垣《历代诗馀》等资料，共收张元幹词 186 首，词之编排依《全宋词》本的排列次序，但在篇目上稍做调整。本书在《全宋词》所收 185 首词的基础上，删去元人张翥《踏莎行·别意》一首，又依双照楼本《芦川词》增加《沁园春》（欹枕深轩）、《江城子》（银涛无迹卷蓬瀛）二首，此二首虽亦分别见于李弥逊《筠溪乐府》、叶梦得《石林词》，但词系何人所作，犹待考，暂归张元幹，故本书最终收录 186 首。正文末所附《踏莎行·别意》（张翥词）和《豆叶黄》（吕渭老词），仅供参考，不计入张元幹词。

本书主要由正文和附录两部分组成。正文部分主要包括词作、题解、注释、汇评，其中部分词作后附有其他词人与张元幹的同题和韵之作或相关词作，这些词作对张词的创作背景及题旨的理解大有裨益。本书的附录部分主要包括张元幹文集序跋及小传、与张元幹酬唱的诸家诗词、张元幹别集版本综述、张元幹年谱简编、参考文献等。

本书题解旨在对词作的创作年代、背景、旨意、风格及情感作出简略说明。注释主要标明典故、名物、词句的出处以及不同版本之间的异文。汇评主要汇集历朝历代的评论，主要来源于唐圭璋《词话丛编》、朱崇才《词话丛编续编》、屈兴国《词话丛编二编》、葛渭君《词话丛编补编》以及孙克强

《唐宋人词话》等词话丛书中所收录的历代词话评论。张元幹词迄今只有曹济平先生《芦川词笺注》一种注本,故本书的注释对曹先生著作多有参考。本书中词作系年主要依据王兆鹏先生《张元幹年谱》和曹济平先生《芦川词笺注》中的考证。附录中张元幹别集版本综述及年谱简编亦对二位先生的研究成果多有借鉴。

本书在前贤的研究成果上多有增补。其中,汇评不仅对清代以前的词人评论汇集用力颇多,且在前人已汇集的评论基础上有所增补。如对《贺新郎》(送胡邦衡谪新州)一词的汇评补充两条:一是清代陈芝光《南宋杂事诗》中的评论:"鄂字书成壮气存,临安何处望中原。芦川亦有英雄语,禾黍西风鼓角喧。"一是清代许昂霄《词综偶评》中的评论:"仲宗坐送胡邦衡及寄李伯纪词除名,其品节可知矣。"本书附录一《张元幹文集序跋及小传》,亦在前人基础上有所补充,如从吴昌绶《景刊宋金元明本词》中辑出陶湘叙录一则,以及黄丕烈跋《芦川词》时所作诗二首。附录二为唱和诗词,本书运用现代检索工具,如《汉籍全文检索系统》以及诗词门户网站等,对宋金文人与张元幹相唱和的诗词作了全面搜罗和整理,希望这些新增资料能对张元幹及其词的进一步研究有所帮助。

王兆鹏教授和曹济平教授是当今学界对张元幹研究得最为深入透彻的专家,他们的研究成果对本书提供了莫大的帮助,故在此特表衷心感谢!也深深感谢所有对笔者有所启发有所帮助的前贤同仁!感谢崇文书局赐予宝贵的学习和探索机会。笔者在整理过程中潜心研读文本,尽量准确把握词人创作原旨,然书中难免会有差谬之处,敬祈方家指正。

邹艳
2016 年 9 月于南昌

目　录

3

贺新郎

寄李伯纪^①丞相

曳杖危楼去。斗垂天、沧波万顷,月流烟渚。扫尽浮云
风不定,未放扁舟夜渡。宿雁^②落、寒芦深处。怅望关河空吊
影,正人间、鼻息鸣鼍鼓^③。谁伴我,醉中舞。　　十年一梦^④
扬州路。倚高寒、愁生故国,气吞骄虏。要斩楼兰三尺剑^⑤,
遗恨琵琶旧语^⑥。谩暗涩、铜华尘土。^⑦唤取谪仙^⑧平章^⑨看,
过苕溪^⑩、尚许垂纶^⑪否。风浩荡,欲飞举。

【题解】

词寄李纲,此首慷慨悲歌历来被视为芦川词之冠。宋高宗绍兴八年
(1138)十二月,李纲在洪州(今江西南昌)上书反对宋向金屈膝议和,罢居
福建长乐。曾经跟随李纲抗金的张元幹时在福州,作此词以表达对李纲坚
决主战、反对求和主张的支持。词之上片描写登临远眺之景,并抒发志同
者天各一方,世人皆醉我独醒的感慨。下片辛辣嘲讽统治者的苟安行径,
表达空有壮怀无路请缨的遗恨,对反对求和的李纲寄予无限钦仰之情。

【注释】

①李伯纪:李纲(1083—1140),字伯纪,福建邵武人。宋南渡后,建炎
元年(1127),李纲任宰相,不久被罢为观文殿大学士。绍兴二年(1132)除
观文殿学士、湖广宣抚使,兼知潭州。绍兴八年(1138),李纲上书反对宋金
议和,罢居福建长乐。《宋史》卷三百五十八有传。

②宿雁:宋赵闻礼《阳春白雪》作"一雁"。

③鼍(tuó)鼓:鼍,扬子鳄,也称鼍龙、猪婆龙,其皮可以制鼓。

④十年一梦:唐杜牧《遣怀》:"十年一觉扬州梦,赢得青楼薄幸名。"此
指建炎元年(1127),金兵南侵,宋高宗赵构逃至扬州,后至杭州。至绍兴八

年(1138),十年已过,宋金和议已成定局,抗金大业终成一梦。

⑤"要斩楼兰"句:楼兰,古国名,在今新疆罗布泊西。汉武帝时曾派使者通大宛,楼兰当道,常攻击汉使。汉昭帝遣傅子介出使西域,傅子介用计斩楼兰国王,事见《汉书·傅子介传》。后指杀敌立功之典。唐李白《塞下曲》:"愿将腰下剑,直为斩楼兰。"

⑥"遗恨"句:唐杜甫《咏怀古迹五首》(其三):"千载琵琶作胡语,分明怨恨曲中论。"此以昭君出塞和亲之典,写宋向金屈辱求和,不顾江山沦落的遗恨。

⑦"谩暗涩"句:"暗涩",明吴讷《唐宋名贤百家词》作"暗拭"。"铜华尘土"指宝剑生锈,化为尘土。

⑧谪仙:借指李纲。《芦川归来集》卷三《游东山二咏次李丞相韵》(其二):"谷口榴花解迎客,骑鲸端为谪仙人"此诗亦是以"谪仙"指称李纲。

⑨平章:平章政事,即丞相,此指李纲。建炎元年(1127)李纲为宰相。

⑩苕溪:水名,在浙江。夹岸多苕,秋后花飘水上如飞雪,故名。

⑪垂纶:传说姜太公未出仕时曾隐居渭滨垂钓,后常以"垂纶"指隐居或退隐。北周庾信《拟咏怀》:"赭衣居傅岩,垂纶在渭川。"

【汇评】

1. 宋张广《芦川归来集》序:"靖康之元,(张元幹)上却敌书,见了翁谈世事于庐山之上。了翁曰:'犹有李伯纪在,子择而交之。'公敬受教,从之游,激昂奋发,作为歌词,有'人间鼻息鸣鼍鼓,遗恨琵琶旧语'之句。此志耿耿,殊非苟窃禄养阿附时好者之比。"

2. 明杨慎《词品》卷三:"张仲宗,三山人,以送胡澹庵及寄李纲词得罪,忠义流也。"

3. 明吴讷《唐宋名贤百家词·芦川词》:"张元幹……绍兴中坐胡铨及寄李纲词除名。"

4. 清沈辰垣《历代诗馀》卷一百十七:"张元幹以送胡铨及寄李纲词坐罪,皆《金缕曲》也。元幹以此得名。"

5. 清许昂霄《词综偶评》:"仲宗坐送胡邦衡及寄李伯纪词除名,其品节可知矣。"

6.清叶申芗《本事词》卷下:"张元幹仲宗,善词翰。以送胡邦衡、赠李伯纪两词除名,其刚风劲节,人所共仰。"

【附录】

韩淲《贺新郎》:

坐上有举昔人《贺新郎》一词,极壮,酒半,用其韵。

万事佯休去。漫栖迟、灵山起雾,玉溪流渚。击楫凄凉千古意,怅怏衣冠南渡。泪暗洒、神州沉处。多少胸中经济略,气□□、郁郁愁金鼓。空自笑,听鸡舞。　　天关九虎寻无路。叹都把、生民膏血,尚交胡虏。吴蜀江山元自好,形势何能尽语。但目尽、东南风土。赤壁楼船应似旧,问子瑜、公瑾今安否。割舍了,对君举。

贺新郎

送胡邦衡① 谪新州

梦绕神州路。怅秋风、连营画角②,故宫离黍③。底事④昆仑倾砥柱⑤,九地⑥黄流乱注。聚万落、千村狐兔。天意从来高难问,况人情、老易悲如许。⑦更南浦⑧,送君去。　　凉生岸柳催残暑⑨。耿斜河、疏星淡月,断云微度。万里江山知何处,回首对床夜语。雁不到⑩、书成谁与。目尽青天怀今古,肯儿曹⑪、恩怨相尔汝⑫。举大白⑬,听金缕⑭。

【题解】

此词寄胡铨,词情慷慨激昂,堪称压卷之作。宋赵闻礼《阳春白雪》、明毛晋《宋六十名家词》词题作"送胡邦衡待制赴新州"。宋高宗绍兴十二年(1142),因反对"和议"、请斩秦桧等三人而被贬为福州签判的胡铨,再次遭遣,除名编管新州(今广东新兴)。是年秋,张元幹赋此词送行,悲叹友人胡铨作为抗金的中流砥柱而受谗被贬,词作以悲痛之语抒忠愤之情。

【注释】

①胡邦衡:胡铨(1102—1180),字邦衡,号澹庵。庐陵(今江西吉州)人。高宗建炎二年(1128)进士。绍兴八年(1138),秦桧主和,铨抗疏力斥,乞斩秦桧与参政孙近、使臣王伦,声振朝野。诏除名,编管昭州。十八年,改新州,移谪吉阳军。桧死,移衡州。以资政殿学士致仕。《宋史》卷三七四有传。

②画角:古管乐器,以竹木或皮革制成,表面有彩绘,故称。古时军中多用以警昏晓,振士气,肃军容。

③离黍:《诗·王风·黍离序》:"《黍离》,闵宗周也。周大夫行役至于宗周,过故宗庙宫室,尽为禾黍,闵周室之颠覆,彷徨不忍去,而作是诗也。"后遂以"离黍"为慨叹亡国之典。

④底事:何事。唐元稹《放言五首》(其四):"宁戚饭牛图底事,陆通歌凤也无端。"

⑤昆仑倾砥柱:昆仑,山名,中国西部山系。《神异经·中荒经》:"昆仑有铜柱焉,其高入天,所谓天柱也。"《淮南子·天文训》:"昔者共工与颛顼争为帝,怒而触不周之山,天柱折,地维绝。"砥柱,山名,在今河南三门峡黄河中流。北魏郦道元《水经注·河水四》:"砥柱,山名也,昔禹治洪水,山陵当水者凿之,故破山以通河,河水分流,包山而过,山见水中若柱然,故曰砥柱也。"

⑥九地:宋王明清《挥麈录·后录》作"九陌"。九地,九州之地,即"遍地"的意思。

⑦"天意"二句:唐杜甫《暮春江陵送马大卿公,恩命追赴阙下》:"天意高难问,人情老易悲。""人情老易",宋王明清《挥麈录·后录》作"人生易老"。"如许",明毛晋《宋六十名家词》作"难诉"。

⑧南浦:南面的水边。后指送别之地。《楚辞·九歌·河伯》:"子交手兮东行,送美人兮南浦。"

⑨催残暑:宋黄昇《花庵词选》作"销残暑"。

⑩雁不到:古代传说雁至湖南衡阳不再南飞。时胡铨贬新州,雁飞不到,比喻音信隔绝。

⑪儿曹:犹儿辈。唐韩愈《示儿》:"诗以示儿曹,其无迷厥初。"

⑫"恩怨"句:唐韩愈《听颖师弹琴》:"昵昵儿女语,恩怨相尔汝。"尔汝,彼此亲昵的称呼,表示不拘形迹,亲密无间。

⑬大白:酒杯。汉刘向《说苑·善说》:"魏文侯与大夫饮酒,使公乘不仁为觞政,曰:'饮不釂者,浮以大白。'"

⑭金缕:即《金缕曲》,《贺新郎》词调异名。

【汇评】

1.宋蔡戡《定斋集》卷十三《芦川居士词序》:"少监张公,年未强仕,挂神武冠,徜徉泉石,浮湛诗酒。又喜作长短句,其忧国忧君之心,愤世嫉邪之气,间寓于歌咏。绍兴议和,今端明胡公铨上书请剑,欲斩议者,得罪权臣,窜谪岭海,平生亲党,避嫌畏祸,唯恐去之不速。公作长短句送之,微而显,哀而不伤,深得三百篇讽刺之义。非若后世靡丽之词,狎邪之语,适足劝淫,不可以训。"

2.明毛晋《宋六十家名词》之《芦川词跋》:"兹集以此词压卷,其旨微矣。"

3.明杨慎《词品》卷三《张仲宗送胡澹庵词》:"此词虽不工亦当传,况工致悲愤如此,宜表出之。"

4.《四库全书总目提要》卷一九八《芦川词提要》:"待制胡铨谪新州,元幹作《贺新郎》词以送,坐是除名。……又李纲疏谏和议,亦在是年十一月,纲斯时已提举洞霄宫,元幹又有寄词一阕。今观此集,即以二阕压卷,盖有深意。其词慷慨悲凉,数百年后,尚想其抑塞磊落之气。"

5.清永瑢等《四库全书简明目录》卷下《芦川词》:"元幹以作词送胡铨除名,此集即冠以是篇,而次以寄李纲一篇,并慷慨悲歌,声动简外。"

6.清李调元《雨村词话》卷三:"元幹字仲宗,平生忠义,见于'梦绕神州路'一词。绍兴辛酉,胡澹庵邦衡上书乞斩秦桧被谪,仲宗作《贺新郎》一阕送之,坐是与作诗王民瞻除名。今其词列卷首,其人可知矣。"

7.清陈芝光《南宋杂事诗》:"鄂字书成壮气存,临安何处望中原。芦川亦有英雄语,禾黍西风鼓角喧。"

8.清冯煦《蒿庵论词》:"芦川居士以《贺新郎》一词送胡澹庵谪新州,致忤贼桧，坐是除名。与杨补之之屡征不起，黄师宪之一官远徙，同一高节。"

9.清刘熙载《艺概》卷四《词曲概》："张元幹仲宗因胡邦衡谪新州，作《贺新郎》送之，坐是除名，然身虽黜而义不可没也。"

10.清陈廷焯《白雨斋词话》卷六："张仲宗《贺新郎》云：（词略）此类皆慷慨激烈，发欲上指，词境虽不高，然足以使懦夫有立志。"

11.清陈廷焯《词则》卷一《放歌集》："'天意'二句，情见于词，即悠悠苍天之意。"

12.清张德瀛《词征》卷一："词有与风诗意义相近者，自唐迄宋，前人钜制多寓微旨……张仲宗'梦绕神州'，雨雪思携手也。"又卷五："张仲宗《贺新郎》'天意'二句，皆所谓拔地倚天，句句欲活者。"

13.清张宗橚《词林纪事》卷十引蒿庐师云："仲宗坐送胡邦衡及寄李伯纪词除名，其品节可知矣。"

14.近人周汝昌评曰："上片一气写来，全为逼出'更南浦，送君去'两句，其笔力盘旋飞动，字字沉实，作掷地金石之响。……（下片）不但问天之意直连上片，而且痛别之情古今所罕。情怀若此，何以为词？所谓辞意俱尽，遂尔引杯长吸，且听笙歌。——此姑以豪迈之言，聊遣摧心之痛，总是笔致夭矫如龙，切莫以陈言落套为比。"（此评载于《唐宋词鉴赏辞典》南宋·辽·金卷，上海辞书出版社2013年版。）

【附录】

宋王庭珪《卢溪文集》卷十三《送胡邦衡之新州贬所二首》：

其一：囊封初上九重关，是日清都虎豹闲。百辟动容观奏牍，几人回首愧朝班。名高北斗星辰上，身堕南州瘴海间。岂待他年公议出，汉廷行召贾生还。

其二：大厦元非一木支，欲将独力挂倾危。痴儿不了公家事，男子要为天下奇。当日奸谀皆胆落，平生忠义只心知。端能饱吃新州饭，在处江山足护持。

宋杨冠卿《客亭类稿》卷十四《贺新郎》：

序：秋日乘风过垂虹时，与一羽士俱，因泛言弱水、蓬莱之胜。旁有溪童，具能歌张仲宗"目尽青天"等句，音韵洪畅，听之慨然。戏用仲宗韵呈张君量府判。

　　薄暮垂虹去。正江天、残霞冠日,乱鸿遵渚。万顷云涛风浩荡,笑整羽轮飞渡。问弱水、神仙何处。翳凤骑麟思往事,记朝元、金殿闻钟鼓。环珮响,翠鸾舞。　　梦中失却江南路。待西风、长城饮马,朔庭张弩。目尽青天何时到,赢得儿童好语。怅未复、长陵抔土。西子五湖归去后,泛仙舟、尚许寻盟否。风袂逐,片帆举。

满江红

自豫章阻风吴城山作

　　春水迷天①,桃花浪②、几番风恶。云乍起、远山遮尽,晚风还作。绿卷③芳洲生杜若④,数帆⑤带雨烟中落。傍向来⑥、沙觜⑦共停桡,伤飘泊。　　寒犹在,衾偏薄。肠欲断,愁难著。倚篷窗无寐,引杯孤酌。寒食清明都过却,最怜⑧轻负⑨年时约。想小楼、终日⑩望归舟,人如削⑪。

【题解】

　　此为羁旅之词。宋黄昇《花庵词选》、清沈辰垣《历代诗馀》词题均作"旅思",《妙选群英草堂诗馀》作"离恨"。宋徽宗宣和二年(1120)正月,张元幹至豫章(今江西南昌),与洪刍、徐俯游。是年春日,自豫章下白沙。作者在前往南康的途中作此词。上片在春水迷天、桃花浪涌的舟行环境中,抒发漂泊之感。下片转入怀人愁思,以伊人之瘦削衬托自身归心之切。

【注释】

　　①迷天:宋黄昇《花庵词选》、清沈辰垣《历代诗馀》《妙选群英草堂诗馀》作"连天"。

　　②桃花浪:犹桃花汛,也称春汛。仲春时冰泮雨积,江河潮水暴涨,又值桃花盛开,故谓之桃花汛。唐杜甫《春水》:"三月桃花浪,江流复旧痕"。

③绿卷：宋黄昇《花庵词选》、清万树《词律》、清王奕清《词谱》作"绿遍"，清沈辰垣《历代诗馀》作"绿过"。

④杜若：香草名。《楚辞·九歌·湘君》："采芳洲兮杜若，将以遗兮下女。"

⑤数帆：宋黄昇《花庵词选》《妙选群英草堂诗馀》等作"楚帆"。

⑥傍向来：《妙选群英草堂诗馀》作"认向来"。

⑦沙觜（zuǐ）：突向水中央的带状沙滩。唐李中《江行夜泊》："潮平沙觜没，霜苦雁声残。"明杨慎《词品》卷三作"沙嘴"。

⑧最怜：宋黄昇《花庵词选》、清沈辰垣《历代诗馀》作"可怜"。

⑨轻负：宋黄昇《花庵词选》、清沈辰垣《历代诗馀》作"辜负"。

⑩终日：宋黄昇《花庵词选》、清沈辰垣《历代诗馀》作"日日"。

⑪人如削：唐元稹《三月二十四日宿曾峰馆夜对桐花寄乐天》："是夕远思君，思君瘦如削。"

【汇评】

1. 明吴从先《草堂诗馀隽》卷二眉批："上言风帆飘泊之象，下言归舟在家之思。"又评："前后俱在舟帆上写情景，想所思之人，尚是江湖浪客。"

2. 明沈际飞《草堂诗馀正集》卷三眉批："认向来沙觜，妙得旅情。"又："'削'字好。'人如削'句好。"

3. 明潘游龙《古今诗馀醉》卷七："'人如削'句妙。"

兰陵王

春恨

卷珠箔，朝雨轻阴乍阁①。阑干外，烟柳弄晴，芳草侵阶映红药。东风妒花恶②，吹落梢头嫩萼。屏山③掩，沉水倦熏，中酒④心情怕杯勺。　　寻思旧京洛⑤。正年少疏狂，歌笑迷著。障泥⑥油壁⑦催梳掠。曾驰道同载，上林⑧携手，灯夜初过早共约,又争信漂泊。　　　寂寞,念行乐。甚粉淡衣襟,音断弦索。琼枝璧月春如昨。怅别后华表,那回双鹤。⑨相思除是⑩,向醉里⑪、暂忘却。

宋黄昇《花庵词选》词题作"春游"。此词是张元幹的婉约代表词作。题虽为春恨,实是历经丧乱后的悲国之恨。词作首先描述了朝雨初晴后落红残乱的凄然景象,进而由眼前之景所牵惹的伤春之情,过渡到感怀旧游京洛的行乐生活。昔时与佳人相约,如今却早误佳期。最后由回忆过渡到寂寞的现实,转而陷入无限的离恨之中。佳人之别、故都之思的隐隐伤痛在离愁别恨和相思之忆中显得婉转而又沉郁。

【注释】
①"朝雨"句:唐王维《书事》:"轻阴阁小雨,深院昼慵开。"乍阁,"阁"同"搁",乍阁即初停之意。

②妒花恶:《妙选群英草堂诗馀》作"如许恶"。

③屏山:指屏风。唐温庭筠《南歌子》:"扑蕊添黄子,呵花满翠鬟,鸳枕映屏山。"

④中酒:醉酒。晋张华《博物志》卷九:"人中酒不解,治之以汤,自渍即愈。"

⑤京洛:即东周、后汉两朝国都河南洛阳。此指北宋旧都汴京。

⑥障泥:垂于马腹两侧,用于遮挡尘土的布垫。唐李白《紫骝马》:"临流不肯渡,似惜锦障泥。"

⑦油壁:古人乘坐的一种车子,因车壁用油涂饰,故名。唐李商隐《木兰诗》:"紫丝何日障,油壁几时车。"

⑧上林:古宫苑名,秦汉时为皇家苑囿,故址在今陕西西安。此指汴京园林。

⑨"怅别后"二句:晋陶潜《搜神后记》卷一:"丁令威,本辽东人,学道于灵虚山,后化鹤归辽,集城门华表柱。时有少年,举弓欲射之,鹤乃飞,徘徊空中而言曰:'有鸟有鸟丁令威,去家千年今始归。城郭如故人民非,何不

学仙冢累累。'"此指旧别故都的怅惘与世事变迁的沧桑。

⑩除是:"除非是"的略称。《妙选群英草堂诗馀》作"前事"。

⑪向醉里:《妙选群英草堂诗馀》作"除梦魂里"。宋毛滂《青玉案·戏赠醉妓》:"玉人为我殷勤醉。向醉里、添姿媚。"

【汇评】

1.明吴从先《草堂诗馀隽》卷二:"上是酒后见春光,中是约后误佳期,下是相思乃梦中。"又评:"此词虽分三段,其实一贯。道及春光易度,果是人生梦中,安得多错去。"

2.明沈际飞《草堂诗馀正集》卷六眉批:"'催梳掠',三字妙。"又:"词分三段,意通一贯,末句势振。曰'暂忘',究何能忘之。"

3.明杨慎《词品》卷三:"《草堂诗馀》选其'春水连天'及'卷珠箔'二首,脍炙人口。"

4.明潘游龙《古今诗馀醉》卷四:"此词三段,而意则一气相联,末云:'相思除是,向醉里、暂忘却',究竟终无忘日,妙甚。"

5.清上彊村民编选,刘乃昌评注《宋词三百首》:"首叠……'倦熏'、怯酒,微露低沉心绪。次叠由'寻思'领起,追怀往日京华旧游。……三叠折转到当下追思。……煞拍回应'中酒',绾合怀思。全篇充满今昔之感,词人在追怀往昔繁华梦中,寄寓了深沉的往事如烟、故国黍离之悲慨。"

兰陵王

绮霞散①,空碧留晴向晚。东风里,天气困人,时节秋千闲深院。帘旌翠波飐②,窗影残红一线。春光巧,花脸柳腰,勾引③芳菲闹莺燕。　　闲愁费消遣。想娥绿④轻晕,鸾鉴⑤新怨。单衣欲试寒犹浅。羞衾凤空展,塞鸿⑥难托,谁问潜宽旧带眼⑦,念人似天远。　　迷恋,画堂宴。看最乐王孙,浓艳争劝。兰膏⑧宝篆⑨春宵短。拥檀板⑩低唱,玉杯重暖。众中先醉，漫倚槛、早梦见。

【题解】

词为春日忆旧、怀人之作。按"塞鸿难托""念人似天远"之句，应作于南渡后。宋黄昇《花庵词选》调下有题"春思"。词作首叠描写花娇柳柔、莺嬉蝶戏的春景。次叠由春景所引发的闲愁转入到对故人的无尽思念之中。第三叠由怀念伊人转写歌舞欢愉的旧游之忆，煞拍以"梦"作结，表现往日美好不复再现的怅惘。词中"帘旌翠波飐，窗影残红一线"与《渔家傲》"溪边雪后藏云树，小艇风斜沙觜露"之句，被明杨慎评为"秀句"。

【注释】

①绮霞散：南齐谢朓《晚登三山还望京邑》："馀霞散成绮，澄江静如练。"

②飐(zhǎn)：风吹物使之颤动摇曳。唐刘禹锡《浪淘沙》："鹦鹉洲头浪飐沙，青楼春望日将斜。"明杨慎《词品》卷三作"飒"字。

③勾引：招引，吸引。唐杜甫《风雨看舟前落花，戏为新句》："影遭碧水潜勾引，风妒红花却倒吹。"

④娥绿：即螺黛，妇女画眉用的青黑色颜料。亦指女子用螺黛描画的眉。

⑤鸾鉴：即鸾镜。宋米芾《溪莲行》："三千佳丽已罗列，争先鸾鉴匀娥眉。"

⑥塞鸿：塞外鸿雁，代指信使。唐吴融《登途怀友人》："孤怀欲谁寄，应望塞鸿还。"

⑦带眼：腰带上的孔眼，放宽或收紧腰带时用。宋王安石《寄余温卿》："平日离愁宽带眼，讫春归思满琴心。"

⑧兰膏：以兰香炼膏之油。南朝梁刘孝绰《古意送沈宏》："空使兰膏夜，炯炯对繁霜。"

⑨宝篆：熏香的美称，焚时烟如篆状，故称。宋黄庭坚《画堂春》："宝篆烟消龙凤，画屏云锁潇湘。"

⑩檀板：乐器名，檀木制的拍板。唐杜牧《自宣州赴官入京，路逢裴坦

判官归宣州,因题赠》:"画堂檀板秋拍碎,一引有时联十觥。"

【汇评】

明杨慎《词品》卷三:"张仲宗……其词最工,《草堂诗馀》选其'春水连天'及'卷珠箔'二首,脍炙人口。他如'帘旌翠波飒,窗影残红一线'及'溪边雪后藏云树。小艇风斜沙嘴露',皆秀句也。词中多以'否'呼为'府',与'主''舞'字同押,盖闽音也。如林外以'锁'为'扫',俞克成以'我'为'袄',与'好'同押,皆鸠舌之音,可删不可取也。曹元宠亦以'否'呼为'府'。"

念奴娇

　　江天雨霁①,正露荷擎翠,风槐摇绿。试问秦楼②今夜里,愁③到阑干几曲。笑捻黄花,重题红叶④,无奈归期促。暮云千里,桂华初绽寒玉。　　有谁伴我凄凉,除非分付⑤与,杯中醽醁⑥。水本无情山又远,回首烟波云木。梦绕西园,魂飞南浦⑦,自古情难足。旧游何处,落霞空映孤鹜⑧。

【题解】

　　词抒孤身漂泊之感。宋黄昇《花庵词选》调下有题"秋思"。词作上片在初秋之景中抒发情意难寄的愁怀,下片则在旧游之忆中抒写孤身只影的凄凉。

【注释】

　　①雨霁:清沈辰垣《历代诗馀》作"云霁"。

　　②秦楼:本指秦穆公为其女弄玉所建之楼,亦名凤楼。此指歌舞游乐之地。唐李白《忆秦娥》:"箫声咽,秦娥梦断秦楼月。"

　　③愁:宋黄昇《花庵词选》作"秋"。

　　④重题红叶:即红叶题诗传情之典。据唐范摅《云溪友议》卷十记载,唐宣宗时中书舍人卢渥,"偶临御沟,见一红叶",叶上题诗云:"水流何太

急,深宫尽日闲。殷勤谢红叶,好去到人间。"卢渥归藏于箱。后来宫中放出宫女择配,不意卢渥所娶宫女正是题叶之人。此典又见唐孟启《本事诗·情感》。

⑤分付:张相《诗词曲语辞汇释》卷五:"分付,有交付义,有委托义,有发落义,有表示义。"此指交付。

⑥醽醁(línglù):美酒名。东晋葛洪《抱朴子·嘉遁》:"藜藿嘉于八珍,寒泉旨于醽醁。"

⑦南浦:参见《贺新郎·送胡邦衡谪新州》注释⑧。

⑧"落霞"句:唐王勃《滕王阁序》:"落霞与孤鹜齐飞,秋水共长天一色。"

念奴娇

丁卯上巳,燕集①叶尚书②蕊香堂③赏海棠,即席赋之。

蕊香深处,逢上巳④、生怕花飞红雨。万点胭脂遮翠袖,谁识黄昏凝伫⑤。烧烛呈妆⑥,传杯绕槛,莫放春归去。垂丝⑦无语,见人浑似羞妒。　　修禊当日兰亭⑧,群贤弦管里,英姿如许。宝靥⑨罗衣应未有,许多阳台神女⑩。气涌三山⑪,醉听五鼓,休更分今古。壶中天地⑫,大家著意留住。

【题解】

丁卯即宋高宗绍兴十七年(1147),是年张元幹与叶梦得游,作此词。清沈辰垣《历代诗馀》词题作"蕊香堂赏海棠"。词记赏花之娱、宴集之欢。上巳雅集,流觞曲水,吟咏之乐令人沉醉。

【注释】

①燕集:宴饮聚会。南朝宋刘义庆《世说新语·汰侈》:"石崇每要客燕集,常令美人行酒。"

②叶尚书:叶梦得(1077—1148),字少蕴,自号石林居士,苏州吴县人。哲宗绍圣四年(1097)进士,为丹徒尉。徽宗朝累迁翰林学士,极论士大夫朋党之弊。绍兴十六年(1146)正月,以荣信军节度使致仕。居吴兴卞山,吟咏自乐。《宋史》卷四百四十五有传。

③蕊香堂:恐在叶梦得隐居之地卞山,具体地址未详。

④上巳:旧时节日名。汉以前以农历三月上旬巳日为"上巳",魏晋以后,定为三月三日,不必取巳日。《后汉书·礼仪志上》:"是月上巳,官民皆絜于东流水上,曰洗濯祓除去宿垢疢为大絜。"

⑤凝伫:宋柳永《鹊桥仙》:"伤心脉脉谁诉,但黯然凝伫,暮烟寒雨,望秦楼何处?"

⑥烧烛呈妆:宋苏轼《海棠》:"只恐夜深花睡去,故烧高烛照红妆。"

⑦垂丝:此指垂丝海棠。宋王洋《和吉父赋海棠》:"佳期落日连云合,艳采垂丝带缕红。"

⑧"修禊"句:古代民俗于上巳日到水边嬉戏,以祓除不祥,称为修禊。兰亭,在浙江绍兴兰渚山上,东晋王羲之《兰亭集序》:"永和九年,岁在癸丑,暮春之初,会于会稽山阴之兰亭,修禊事也。"

⑨宝靥(yè):即花钿,古代妇女用于贴面的首饰。唐杜甫《琴台》:"野花留宝靥,蔓草见罗裙。"

⑩阳台神女:宋玉《高唐赋序》:"昔者楚襄王与宋玉游于云梦之台……梦见一妇人曰:'妾巫山之女也,为高唐之客。闻君游高唐,愿荐枕席。'王因幸之。去而辞曰:'妾在巫山之阳,高丘之阻,旦为朝云,暮为行雨,朝朝暮暮,阳台之下。'"

⑪气涌三山:三山即福州,因福州城中西有闽山,东有九仙山,北有越王山,故称三山。气涌三山,指叶梦得移知福州后的政绩。宋韩元吉《南涧甲乙稿》卷一《万象亭赋》序云:"绍兴十有三年,石林先生自建康留钥移师长乐。……时闽人岁饥,徐盗且扰。曾未易岁,既怀且威,仓廪羡赢,野无燧烟,民饱而歌,乃辟府治燕寝后,筑台建亭,尽揽四山之胜,字曰万象。"

⑫壶中天地:《后汉书·费长房传》:"费长房者,汝南人也。曾为市掾。市中有老翁卖药,悬一壶于肆头,及市罢,辄跳入壶中……长房旦日复诣

翁,翁乃与俱入壶中。唯见玉堂严丽,旨酒甘肴盈衍其中,共饮毕而出。"

念奴娇

代洛滨①次石林②韵

吴淞③初冷,记垂虹④南望,残日西沉。秋入青冥⑤三万顷,蟾影⑥吞尽湖阴。玉斧⑦为谁,冰轮如许,宫阙想寒深。人间奇观,古今豪士悲吟。　　苍弁⑧丹颊仙翁,淮山风露底,曾赋幽寻。老去专城⑨仍好客,时拥歌吹登临。坐揖龙江⑩,举杯相属,桂子落波心⑪。一声猿啸,醉来⑫虚籁千林。

【题解】

此词约作于绍兴十七年(1147)叶梦得归卞山后,是张元幹词中常见的忆昔感怀之作。上片回忆清寒时节,曾与友人相与同游吴淞江,共赏万顷蟾影遍洒人间之景。过片承上片之广寒宫阙,从人间过渡到仙境,又转入到携酒泛舟之忆。醉里情怀,隐隐透露出词人隐逸悠闲的意趣。

【注释】

①洛滨:即富直柔,字季申,北宋宰相富弼之孙。少敏悟,有才名。晚年退隐后自号洛滨老人。靖康初,晁说之奇其文,荐于朝,召赐同进士出身,除秘书省正字。晚年畅游山泽,与苏迟、叶梦得等人游。《宋史》卷三百七十五有传。

②石林:即叶梦得,号石林居士。参见《念奴娇》(蕊香深处)注释②。

③吴淞:原作"吴松",据清沈辰垣《历代诗馀》、清万树《词谱》改作"吴淞"。此指吴淞江,在今江苏省南部及上海市西郊。

④垂虹:即垂虹桥,在今江苏省,桥上有垂虹亭。《吴郡图经续志》:"吴江利往桥,庆历八年,县尉王廷坚所建也。东西千馀尺,用木万计,萦以修栏,甃以净甓。前临具区,横截松陵,湖光海气,荡漾一色,乃三吴之绝景

也。……桥有亭,曰垂虹,苏子美尝有诗云:'长桥夸空古未有,大亭压浪势亦豪。'非虚语也。"《吴江县志》卷六:"利往桥,一名垂虹桥,俗呼长桥。"

⑤青冥:指青天。《楚辞·九章·悲回风》:"据青冥而摅虹兮,遂倏忽而扪天。"

⑥蟾影:月影,月光。唐元稹《饮致用神曲酒三十韵》:"鸡声催欲曙,蟾影照初醒。"

⑦玉斧:唐段成式《酉阳杂俎·天咫》记载唐太和中郑仁本表弟游嵩山,见一人枕幞而眠,问其所自。其人笑曰:"君知月乃七宝合成乎?月势如丸,其影,日烁其凸处也。常有八万二千户修之,予即一数。"因开幞,有斤凿数件。后因有"玉斧修月"之说。

⑧苍弁(biàn):古代的一种帽子。

⑨专城:指主宰一城的长官。汉乐府《陌上桑》:"三十侍中郎,四十专城居。"

⑩龙江:亦名螺文江,在今福州。

⑪波心:水中央。唐白居易《春题湖上》:"松排山面千重翠,月点波心一颗珠。"

⑫醉来:清沈辰垣《历代诗馀》作"听来"。

【附录】

叶梦得《念奴娇·中秋宴客,有怀壬午岁吴江长桥》:

洞庭波冷,望冰轮初转,沧海沈沈。万顷孤光云阵卷,长笛吹破层阴。汹涌三江,银涛无际,遥带五湖深。酒阑歌罢,至今鼍怒龙吟。　　回首江海平生,漂流容易散,佳期难寻。缥缈高城风露爽,独倚危槛重临。醉倒清尊,姮娥应笑,犹有向来心。广寒宫殿,为予聊借琼林。

念奴娇

题徐明叔①海月吟笛图

秋风万里,湛银潢②清影,冰轮③寒色。八月灵槎④乘兴去,织女机边为客。山拥鸡林⑤,江澄鸭绿⑥,四顾沧溟⑦窄。醉来横吹,数声悲愤谁测。　　飘荡贝阙珠宫⑧,群龙惊睡起,冯夷⑨波激。云气苍茫吟啸处,鼍吼鲸奔⑩天黑。回首当时,蓬莱方丈⑪,好个归消息。而今图画,谩教千古传得。

【题解】

此词为宋代著名画家徐竞的海月吟笛图而作,是张元幹词作中少有的题画词。诗情与画意,兼而有之。李弥逊《筠溪文集》卷十七有《题明叔郎中海月吹笛图》,此"吹"字与本词题中"吟"字或有一误。词作上片描写万顷秋光之中,似有悲恻之声从画中传来。下片描摹遥从蓬莱之境传来的笛声,若龙吟浪激,又似鼋鼍惊奔,声声变幻不绝,杳渺难寻。词中字字句句,使人如见其画,若闻其声。

【注释】

①徐明叔:徐竞,字明叔,安徽和县人,南宋画家。宋楼钥《攻媿集》卷七十四《徐明叔剡溪雪霁图》云:"幼时犹及望见徐公之风流韵度,如晋唐间人。翰墨篆画,四明人家多有之。……画入神品,山水人物,二俱冠绝。"宣和六年(1124),徐竞以国信使提辖人船礼物官出使高丽国(今朝鲜半岛),撰《高丽图经》四十卷,详细记载了高丽的国体、风俗、物产等,深受宋徽宗赏识。

②银潢:即银河。宋李之仪《失题九首》(其八):"薄云疏雨洒雕笼,槎拂银潢月上弓。"

③冰轮:指明月。唐王初《银河》:"历历素榆飘玉叶,涓涓清月湿冰轮。"

④八月灵槎:晋张华《博物志》:"旧说天河与海通。近世有人居海渚者,每年八月有浮槎去来,不失期,人有奇志,立飞阁于槎上,多赍粮、乘槎而去。"

⑤鸡林:古国名,即新罗。唐龙朔三年置新罗为鸡林州,见《唐书·新罗国传》。唐刘禹锡《送源中丞充新罗册立使》:"身带霜威辞凤阙,口传天

语到鸡林。"

⑥鸭绿:即鸭绿江,源出长白山。宋徐兢《高丽图经·封境》:"昔以大辽为界,后为所侵迫,乃筑来远城以为阻固。然亦恃鸭绿以为险地。鸭绿之水,源出靺鞨,其色如鸭头,故以名之。"

⑦沧溟:大海。《汉武帝内传》:"诸仙玉女,聚居沧溟。"唐元稹《侠客行》:"此客此心师海鲸,海鲸露背横沧溟。"

⑧贝阙珠宫:屈原《九歌·河伯》:"紫贝阙兮珠宫。"

⑨冯夷:传说中的黄河之神,即河伯,泛指水神。《庄子·大宗师》:"冯夷得之,以游大川。"

⑩鼋吼鲸奔:水中鼋、鲸吼叫迅奔,形容海浪汹涌之势。唐杜甫《暂如临邑,至㟃山湖亭奉怀李员外率尔成兴》:"鼋吼风奔浪,鱼跳日映山。"南朝齐张融《海赋》:"兽门象逸,鱼路鲸奔。"

⑪蓬莱方丈:传说中海上神山名。《史记·秦始皇本纪》:"齐人徐市等上书,言海中有三神山,名曰蓬莱、方丈、瀛洲。"

【附录】

李弥逊《筠溪文集》卷十七《题明叔郎中海月吹笛图》:

天上星郎骑省孙,兴随孤月到天垠。浮槎夜入鱼龙宅,横竹秋生海岳云。控鲤丹成终独往,骑鲸仙去杳难群。纷纷世上知君少,画笔犹能续异闻。

念奴娇

玩月

寒绡素壁①,露华浓、群玉②峰峦如洗。明镜池开秋水净,冷浸一天空翠。荷芰波生,菰蒲③风动,惊起鱼龙戏。山河影里,十分光照人世。　　谁似老子痴顽④,胡床⑤欹坐,自引壶觞醉。醉里悲歌歌未彻,屋角乌飞星坠。对影三人,停杯一

18

问⑥,谁解骑鲸⑦意。玉京何处,翠楼空锁十二。⑧

【题解】

此词原本无题,据《芦川归来集》增补。《全宋词》所载李弥逊《念奴娇》(瑶池倒影)与张元幹此词大致相同,仅个别词句略有差异,应是张元幹词混入李弥逊词作中。张元幹有多首写月之词,大多不离"酒"字,不离"醉"字。此首玩月之词亦是如此。词人在动人秋色之中,高卧胡床,把酒自斟,醉看明月照影成三人。天上楼台空锁,词人终觉不如人间美酒相伴。

【注释】

①素壁:《芦川归来集》作"素璧"。

②群玉:群玉山,传说中的仙山。《穆天子传》卷二:"天子北征,东还,乃循黑水。癸巳,至于群玉之山。"按《山海经·西山经》:"玉山,是西王母所居也。"东晋郭璞注:"此山多玉石,因以名云。"唐李白《清平调》:"若非群玉山头见,会向瑶台月下逢。"

③菰蒲:菰和蒲。南朝宋谢灵运《从斤竹涧越岭溪行》:"苹萍泛沉深,菰蒲冒清浅。"

④老子痴顽:《五代史·冯道传》:"契丹灭晋,(冯)道又事契丹,朝耶律德光于京师。……德光诮之曰:'尔是何等老子?'对曰:'无才无德,痴顽老子。'"

⑤胡床:交椅,又称太师椅。

⑥"对影"二句:唐李白《月下独酌》:"举杯邀明月,对影成三人。"又《把酒问月》:"青天有月来几时,我今停杯一问之。"

⑦骑鲸:亦作"骑京鱼"。扬雄《羽猎赋》:"乘巨鳞,骑京鱼。"李善注:"京鱼,大鱼也,字或为鲸。鲸亦大鱼也。"后因以比喻隐遁或游仙。

⑧"玉京"二句:玉京本指道家称天帝所居之处,此指京都。唐孟郊《长安旅情》:"玉京十二楼,峨峨倚青翠。"

【附录】

《全宋词》载李弥逊所作《念奴娇》:

瑶池倒影,露华浓、群玉峰峦如虎。明镜平铺秋水净,寒锁一天空翠。

荷芰风摇,萍繁波动,惊起鱼龙戏。扶疏桂影,十分光照人世。　　谁似老子痴顽,胡床危坐,自引壶觞醉。斗转参横歌未彻,屋角乌飞星坠。对影三人,停杯一问,谁会骑鲸意。金牛何处,玉楼高耸十二。

念奴娇

己卯中秋和陈丈少卿①韵

垂虹②望极,扫太虚③纤翳④,明河翻雪。一碧天光波万顷⑤,涌出广寒宫阙⑥。好事浮家,不辞百里,俱载如花颊。琴高双鲤⑦,鼎来⑧同醉孤绝。　　浩荡今夕风烟,人间天上,别似寻常月。陶冶三高⑨千古恨,赏我中秋清节。八十仙翁,雅宜图画,写取横江楫。平生奇观,梦回犹竦毛发。

【题解】

中秋感怀寄人之作。词作于己卯,即绍兴二十九年(1159)。据词中"垂虹望极"之句,当作于吴江。明吴讷《唐宋名贤百家词》词题作"中秋"。词中所提及的垂虹桥是张元幹平生多次登临之处,词人的许多意兴由此生发,往日回忆也多在于此。词由天上之想回到人间之恨,曾经所经历的国朝屈辱,有如噩梦,常令词人毛发悚然。

【注释】

①陈丈少卿:当指陈瓘之子陈正同。据宋王明清《挥麈录·三录》卷三:"绍兴己卯,陈莹中(瓘)追谥忠肃,其子应之正同适为刑部侍郎,往谢政府。"《芦川归来集》卷八《贺陈都丞除刑部侍郎启》:"某衰退何能,嵚崎可笑。早侍先生杖履,转头垂四十年。"《宋史·职官志》:"太常寺,卿、少卿、丞各一人……"案正寺、光禄寺、太仆寺、大理寺、司农寺、卫尉寺、鸿胪寺,并设少卿。陈丈少卿未详属何寺。

②垂虹:见《念奴娇》(吴淞初冷)注释④。

③太虚：此指天空。东晋孙绰《游天台山赋》："太虚辽廓而无阂，运自然之妙有。"李善注："太虚，谓天也。"

④纤翳：微小的障蔽，多指浮云。南朝宋刘义庆《世说新语·言语》："司马太傅斋中夜坐，于时天月明净，都无纤翳。"

⑤"一碧"句：宋范仲淹《岳阳楼记》："上下天光，一碧万顷。"

⑥广寒宫阙：传说唐玄宗于八月望日游月中，见一大宫府，榜曰"广寒清虚之府"。见旧题唐柳宗元《龙城录·明皇梦游广寒宫》。后因称月中仙宫为"广寒宫"。

⑦琴高双鲤：《列仙传·琴高》："琴高，赵人。以鼓琴为宋康王舍人，行涓彭之术。浮游冀州涿水中。取龙子与弟子期至日，皆洁斋候于水旁，设祠。果承赤鲤，来坐祠中，且有万人观之。留一月，复入水去。"

⑧鼎来：方来、正来。《汉书·匡衡传》："诸儒为之语曰：'无说《诗》，匡鼎来，匡说《诗》，解人颐。'"

⑨三高：三位高士，范蠡、张翰、陆龟蒙皆吴人，宋时吴江以三人为三高，设三高祠祠之。宋范成大《吴郡志·祠庙下》："三高祠，在吴江县垂虹桥南，即王氏曛庵之雪滩也。昔堂在垂虹南圮，极偏仄，乾道三年，县令赵伯徒之雪滩，三高者，范蠡、张翰、陆龟蒙也。此祠人境俱胜，名闻天下。"

石州慢

寒水依痕①，春意渐回，沙际烟阔②。溪梅晴照生香，冷蕊数枝争发。天涯旧恨，试看几许消魂，长亭门外山重叠。不尽眼中青，是愁来③时节。　　情切。画楼深闭，想见东风，暗销肌雪④。辜负枕前云雨，尊前花月。心期切处，更有多少凄凉，殷勤⑤留与归时说。到得却⑥相逢，恰经年离别。

【题解】

此词为相思恨别之词，乃词人晚年去国离乡时所作。宋黄昇《花庵词选》调下有题"初春感旧",明武陵逸史编《草堂诗馀》作"感旧"。上片即景抒情,在溪梅争发、春意萌动的大好时节,词人却以"恨"字、"愁"字,为早春图平添几许悲凉。下片以"情切"二字承上启下,抒写由春日之愁所引发的相思离恨,并隐隐寄托家国之思。词人心中的别恨在反复渲染之中,尤为深致。

【注释】

①寒水依痕:唐杜甫《冬深》:"早霞随类影,寒水各依痕。"

②"春意"二句:唐杜甫《阆水歌》:"更复春从沙际归。"

③是愁来:宋黄昇《花庵词选》、明武陵逸史编《草堂诗馀》均作"怕黄昏"。

④肌雪:像冰雪一样的肌肤。庄子《逍遥游》:"藐姑射之山,有神人焉,肌肤若冰雪,绰约若处子。"

⑤殷勤:情意深厚。东晋王献之《桃叶歌三首》(其二):"相怜两乐事,独使我殷勤。"

⑥却:明武陵逸史编《草堂诗馀》、明毛晋《宋六十名家词》、清沈辰垣《历代诗馀》、清王奕清《词谱》均作"再"。

【汇评】

1. 明杨慎《词品》卷三:"张仲宗《石州慢》:'寒水依痕,春意渐回,沙际烟阔'为一句。今刻本于'沙际'之下截为一句,非也。下文'烟阔溪梅',成何语乎?"

2. 明卓人月《古今词统》卷十四:"'沙际烟阔'与'博山烟瘦'争奇。又杜诗:'春从沙际归。'寇平仲词:'塞草烟光阔。'"

3. 清黄苏《蓼园词选》:"仲宗于绍兴中,坐胡铨及李纲词除名。起三句是望天意之回。寒枝竞发,是望谪者复用也。'天涯旧恨'至'时节',是目断中原又恐不明也。'想见东风消肌雪',是念远同心者应亦瘦损也。'负枕前云雨',是借夫妇以喻朋友也。因送友而除名,不得已而托于思家,意亦苦矣。"

4. 清上彊村民编选,刘乃昌评注《宋词三百首》:"'情切'承上转下,专写离怀。……'心期'以下凝想归来重聚情景,以'经年离别'收煞,拍应上文,契合无间。"

石州慢

己酉秋吴兴舟中作

雨急云飞,惊散暮鸦①,微弄凉月。谁家疏柳低迷,几点流萤明灭。夜帆风驶,满湖烟水苍茫,菰蒲零乱秋声咽。梦断酒醒时,倚危樯清绝。　　心折②。长庚③光怒,群盗纵横,逆胡猖獗。欲挽天河④,一洗中原膏血。两宫⑤何处,塞垣只隔长江⑥,唾壶空击⑦悲歌缺。万里想龙沙⑧,泣孤臣⑨吴越。

【题解】

此词为张元幹又一爱国名作。词作于己酉,即宋高宗建炎三年(1129)。本年金兵大举侵凌南方,直驱扬州,高宗仓皇南奔,江北陷于敌手。时张元幹避乱至吴兴(今浙江湖州),流离之中历经凄苦,眼见山河沦落,内心悲愤至极,故作此词以抒愤。上片以悲凉之景衬托兵乱后的凄惨现状,下片怒斥贼兵横行并抒发国耻难雪的忧愤。词情激愤,慷慨悲壮。

【注释】

①惊散暮鸦:明毛晋《宋六十名家词》作"瞥然惊散"。

②心折:伤感到极点。南朝梁江淹《别赋》:"有别必怨,有怨必盈,使人意夺神骇,心折骨惊。"

③长庚:即金星,又名太白星,主兵戈之事。

④欲挽天河:唐杜甫《洗兵马诗》:"安得壮士挽天河,净洗甲兵长不用。"

⑤两宫:此指宋徽宗、宋钦宗二帝。

⑥"塞垣"句:宋高宗建炎三年(1129)三月,金兵占领扬州等地,时宋金边界仅隔一条长江,故云。

⑦唾壶空击：南朝宋刘义庆《世说新语·豪爽》："王处仲(王敦)每酒后辄咏'老骥伏枥，志在千里。烈士暮年，壮心不已'。以如意打唾壶，壶口尽缺。"后以"唾壶击缺"或"唾壶敲缺"形容心情忧愤或感情激昂。

⑧龙沙：即白龙堆沙漠，在今新疆天山南路。《后汉书·班超传赞》："定远(班超)慷慨，专功西遐。坦步葱雪，咫尺龙沙。"此指宋徽宗、钦宗被掳北地所居之地。

⑨孤臣：孤立无助或不受重用的远臣。南朝梁江淹《恨赋》："或有孤臣危涕，孽子坠心，迁客海上，流戍陇阴。"

【汇评】

清陈廷焯《词则·放歌集》卷一："忠爱根于血性，勃不可遏。"

永遇乐

宿鸥盟轩①

月仄②金盆③，江萦罗带④，凉飚天际。摩诘⑤丹青，营丘⑥平远，一望穷千里。白鸥盟⑦在，黄粱梦破⑧，投老此心如水⑨。耿无眠、披衣顾影，乍闻绕阶络纬⑩。　　百年倦客，三生习气，今古到头谁是。夜色苍茫，浮云灭没，举世方熟寐。谁人著眼，放神八极⑪，逸想寄尘寰外⑫。独凭栏、鸡鸣日上，海山雾起。

【题解】

绍兴十一年(1141)春，张元幹在福州筑新居鸥盟轩成。此词应作于鸥盟轩建成之后。以鸥盟作轩名，意在表明以鸥鸟为友甘心退隐之意。鸥盟轩外，江水似练，青山如画。词人凭栏远眺，千里清景，想来半生功名已是黄粱一梦，只欲归隐。词人以超尘之思，心骋天地之间，笔墨之间再无半点尘俗之气。

【注释】

①鸥盟轩:张元幹归隐后所修筑的住所。张元幹《次友人书怀》(其一):"此生无意入修门,粗饱鸡豚短褐温。卜筑几椽临水屋,经营数亩傍山园。酒杯剩喜故人饮,书帙能遮老眼昏。身世颇同猿择木,功名谁问鹤乘轩。"殆指鸥盟轩新居。李弥逊《筠溪集》卷十七有《题张仲宗鸥盟轩》一诗。

②月仄:清沈辰垣《历代诗馀》、清王奕清《词谱》作"月印"。

③金盆:圆月。唐杜甫《赠蜀僧闾丘师兄》:"夜阑接软语,落月如金盆。"

④江萦罗带:唐韩愈《送桂州严大夫同用南字》:"江作青罗带。"

⑤摩诘:唐代王维(701—761),字摩诘。玄宗开元进士擢第,历右拾遗、监察御史,又曾为河西节度判官。肃宗乾元中迁尚书右丞,故世称王右丞。以诗名盛于开元、天宝间,尤长五言,多咏山水田园,与孟浩然并称"王孟"。书画特臻其妙,后人推其为南宗山水画之祖。得宋之问蓝田别墅,沿辋水,弹琴赋诗,啸咏终日,所为诗号《辋川集》。

⑥营丘:本是古邑名,此指五代末、宋初画家李成(919—967)。李成字咸熙,其先唐宗室,避地营丘,安家于此。

⑦白鸥盟:《列子集释》卷二《黄帝篇》:"海上之人有好鸥鸟者,每旦之海上,从鸥鸟游,鸥鸟之至者百住而不止。"与鸥鸟做朋友,即指退隐。

⑧黄粱梦破:唐沈既济《枕中记》载:"卢生在邯郸客店遇道士吕翁,生自叹穷困,翁探囊中枕授之曰:'枕此当令子荣适如意。'时主人正蒸黄粱,生梦入枕中,享尽富贵荣华。及醒,黄粱尚未熟,怪曰:'岂其梦寐耶?'翁笑曰:'人世之事亦犹是矣。'"后因以"黄粱梦"比喻虚幻的事和不能实现的欲望。

⑨"投老"句:投老即垂老,此句表达心境淡泊之意。《汉书·郑崇传》:"(赵昌)知其见疏,因奏崇与宗族通,疑有奸,请治。上责崇曰:'君门如市人,何以欲禁切主上?'崇对曰:'臣门如市,臣心如水。愿得考覆。'"

⑩络纬:虫名,即莎鸡,俗称络丝娘、纺织娘。夏秋夜间振羽作声,声如纺线,故名。

⑪放神八极:唐杜甫《写怀》:"放神八极外,俯仰俱萧瑟。"

⑫尘寰外:清沈辰垣《历代诗馀》、清王奕清《词谱》作"尘寰内"。

【附录】

李弥逊《题张仲宗鸥盟轩》：

寄语沙头不下鸥,诗翁新葺面江楼。早知世事翻覆手,更觉人生起灭沤。念尽不应书咄咄,身闲何用榜休休。径须来结忘机伴,春水浮天不系舟。

永遇乐

为洛滨①横山②作

飞观横空,众山绕甸,江面相照。内槛披风,虚檐挂月,据尽登临要。有时巾屦,访公良夜,坐我半天林杪③。揽浮丘④、飘飘衣袂,相与似游蓬岛⑤。　　主人胜度⑥,文章英妙,合住北扉西沼。何事十年,风洒⑦露沐,不厌江山好。曲屏端有⑧,吹箫人在⑨,同倚暮云清晓。乘除⑩了、人间宠辱,付之一笑。

【题解】

本词乃张元幹代富直柔而作,作于李弥逊隐居之所横山阁。李弥逊自绍兴十年(1140)致仕归隐福建连江,建有横山阁。据"何事十年",此词当作于筠翁归隐后的十年,即绍兴二十年(1150)。张元幹与友同聚横山阁,从游之乐,似入蓬莱仙岛。横山阁之主人筠翁英才满腹,雅爱湖山,词人与友志同,故在词末共抒将人间宠辱付之一笑的旷达情怀。

【注释】

①洛滨:即富直柔。参见《念奴娇·代洛滨次石林韵》注释①。

②横山:即横山阁,在福建闽山南。

③林杪:树梢,林外。晋陆机《感时赋》:"猿长啸于林杪,鸟高鸣于

云端。"

④浮丘:东晋郭璞《游仙诗》:"左挹浮丘袖,右拍洪崖肩。"此指浮丘公得道成仙之事。

⑤蓬岛:即蓬莱仙岛。参见《念奴娇·题徐明叔海月吟笛图》注释⑪。

⑥主人胜度:此指李弥逊气度不凡。宋李弥逊《蝶恋花·福州横山阁》:"老子人间无著处。一尊来作横山主。"

⑦风洒:清沈辰垣《历代诗馀》作"风篦"。

⑧端有:应有。宋王安石《龙泉寺石井》(其二):"四海旱多霖雨少,此中端有卧龙无。"

⑨吹箫人在:《列仙传·萧史》卷上:"萧史者,秦穆公时人也,善吹箫,能致孔雀白鹤于庭。穆公有女字弄玉,好之。公遂以女妻焉,日数弄玉作凤鸣,居数年,吹似凤声,凤凰来止其屋。公为作凤台。夫归止其上,不下数年,一旦皆偕随凤凰飞去。"此指姬妾尚在。

⑩乘除:比喻人事的消长盛衰。唐元稹《景申秋八首》(其五):"三元推废王,九曜入乘除。"

八声甘州

陪筠翁①小酌横山阁

倚凌空、飞观展营丘②,卧轴恍移时。渐微云点缀,参横斗转③,野阔天垂。草树萦回岛屿,杳霭数峰低。共此一尊月④,顾影为谁。　　俯仰乾坤今古,正嫩凉生处,浓露初霏。据胡床残夜,唯我与公知。念老去、风流未减,见向来、人物几兴衰。身长健,何妨游戏,莫问栖迟⑤。

【题解】

绍兴十六年(1146),张元幹与李弥逊对酌横山阁,作此词。词抒由登览高阁所见之景而引发的人世兴衰之感。词人在天色将晓之际,与筠翁举酒酹月,顾影流连。凌空楼阁上俯仰天地,感今古兴衰之事,抒发愿与友适意栖迟的愿望。

【注释】

①筠翁:李弥逊(1089—1153),字似之,号筠溪居士,又号普现居士,苏州吴县(今属江苏)人。政和中累官起居郎,上封事直言朝政,贬知庐山,改奉嵩山祠,废斥隐居八年。宣和末知冀州,募勇士,修城堞,力抗南下金兵。历任知州及监司。高宗绍兴七年召为起居郎,试中书舍人,复奏六事,鲠直如故。秦桧复相,因反对屈节议和,被迫引退。九年,以徽猷阁直学士知漳州。十年,归隐福州连江西山,吟诗自娱。

②营丘:参见《永遇乐·宿鸥盟轩》注释⑥。

③参(shēn)横斗转:北斗转向,参星横斜,表示天色将明。宋苏轼《六月二十日夜渡海》:"参横斗转欲三更,苦雨终风也解晴。"

④共此一尊月:明毛晋《宋六十名家词》作"共一尊明月"。

⑤栖迟:游息。《诗·陈风·衡门》:"衡门之下,可以栖迟。"

八声甘州

西湖有感寄刘晞颜①

记当年、共饮醉画船,摇碧罥②花钿。问苍颜华发,烟蓑雨笠,何事重来。看尽人情物态,冷眼只堪咍③。赖有西湖在,洗我尘埃。　　夜久波光山色,间淡妆浓抹④,冰鉴⑤雪开。更潮头⑥千丈,江海两崔嵬。晓凉生、荷香扑面,洒天边、风露逼襟怀。谁同赏,通宵无寐,斜月低回。

【题解】

词作于绍兴二十八年(1158)。忆西湖,寄旧友,感慨旧游难重来。词

28

之上片以醉饮画船、歌酒相伴的回忆画面与人衰事变的现实相对照,反衬出词人的凄凉心境。过片又以西湖的山光水色转入无人相与同赏的落寞之情,只影徘徊,清冷孤寂,使词人更忆昔日同游之友。

【注释】

①刘晞颜:即刘无极,字晞颜,丹徒(今江苏镇江)人。徽宗政和五年(1115)进士。高宗建炎四年(1130),提举两浙路市舶,官终尚书郎,尝与苏庠唱和。事见《嘉定镇江志》卷一九。

②罥(juàn):缠绕悬挂,此指插花钗。

③咍(hāi):笑。唐杜甫《秋日荆南述怀》:"休为贫士叹,任受众人咍。"

④淡妆浓抹:宋苏轼《饮湖上初晴后雨》:"欲把西湖比西子,淡妆浓抹总相宜。"

⑤冰鉴:此指月亮。唐元稹《月》:"绛河冰鉴朗,黄道玉轮巍。"

⑥更潮头:明毛晋《宋六十名家词》作"东湖头"。朱居易《毛刻宋六十名家词勘误》作"更湖头",皆误。

水调歌头

同徐师川①泛太湖舟中作

落景下青嶂,高浪卷沧洲。平生颇惯,江海掀舞木兰舟。百二②山河空壮,底事中原尘涨③,丧乱几时休。泽畔行吟④处,天地一沙鸥⑤。　　想元龙⑥,犹高卧,百尺楼。临风酹酒,堪笑谈话觅封侯。老去英雄不见。惟与渔樵为伴。回首得无忧。莫道三伏⑦热,便是⑧五湖秋。

【题解】

建炎二年(1128),张元幹在乱离之中与徐俯相遇,泛游太湖,作此词以抒山河破碎、丧乱不休的感慨。词以舟行途中的风急浪涌之势,寓时危世乱之时局。壮怀之士飘零无迹,回天挽日之英雄不知何在,词人心中的悲愤与凄凉无奈转化为遁世之想。

【注释】

①徐师川:徐俯(1075—1141),字师川,自号东湖居士,洪州分宁(江西修水)人。徐禧之子,黄庭坚之甥。因父死于国事,授通直郎,累官右谏议大夫。绍兴二年(1132),赐进士出身。三年,迁翰林学士,擢端明殿学士,签书枢密院事,官至参知政事。

②百二:以二敌百,一说百的一倍。后以喻山河险固之地。《史记·高祖本纪》:"秦,形胜之国,带河山之险,县隔千里,持戟百万,秦得百二焉。"裴骃《集解》引苏林曰:"得百中之二焉。秦地险固,二万人足当诸侯百万人也。"司马贞《索隐》引虞喜曰:"言诸侯持戟百万,秦地险固,一倍于天下,故云得百二焉,言倍之也,盖言秦兵当二百万也。"

③尘涨:飞扬障目的尘土。此指金兵入侵。

④泽畔行吟:《楚辞·渔父》:"屈原既放,游于江潭,行吟泽畔,颜色憔悴,形容枯槁。"

⑤"天地"句:唐杜甫《旅夜书怀》:"飘飘何所似,天地一沙鸥。"

⑥元龙:陈登,字元龙。东汉末徐州下邳人。举孝廉,除东阳长。归曹操,为广陵太守,赏罚严明,治有纲纪。劝操攻吕布,诛之,以功加伏波将军。后为东城太守。许汜谓其为"湖海之士,豪气不除"。年三十九卒。《三国志·魏书》有传。

⑦三伏:即初伏、中伏、末伏。农历夏至后第三庚日起为初伏,第四庚日起为中伏,立秋后第一庚日起为末伏,是一年中最热的时候。

⑧便是:《永乐大典》本作"更在"。

水调歌头

和芗林居士①中秋

闻馀②有何好,一岁两中秋。滕王高阁③曾醉,月涌大江流④。今夜钓龙台⑤上，还似当时逢闰，佳句记英游。看山兼看月，登阁复登楼。　　别离久，今古恨，大刀头⑥。老来长是清梦，宛在旧神州。遐想芗林风味，瓮里自倾春色⑦，不用觅貂裘⑧。笑我成何事，搔首谩私忧。

【题解】

此词是作者与向子䜭的唱和之作，于绍兴十八年(1148)作于福州,此年因闰八月,故有两次中秋。词人登楼远眺,回想往昔滕王高阁宴集之盛景,已成过往。目极烟水,遐想辞官隐居的友人应正把酒对月,怡然自斟,而自己痴顽一生,一事无成,满怀忧愁。

【注释】

①芗(xiāng)林居士:向子䜭(1085—1152),字伯恭,号芗林居士。哲宗元符三年(1100)以外戚恩补假承奉郎。徽宗宣和初,除江淮发运司主管文字。宣和七年(1125),为京畿转运副使兼发运副使。后知潭州、鄂州,主管荆湖东路安抚司。因曹成兵变事,提举江州太平观。起知广州,未几致仕。寻起知江州,改江东转运使。八年,徙两浙路转运使,除户部侍郎。寻出知平江府。时金使议和将入境,不肯金诏,乃致仕。卜居临江军清江,号所居曰芗林。《宋史》卷三百七十七有传。

②闰馀:戊辰即绍兴十八年,因闰八月,故是年有两次中秋,故称闰馀。宋向子䜭《水调歌头》序:"大观庚寅八月秋……绍兴戊辰再闰。"

③滕王高阁:即滕王阁,在今江西南昌赣江之滨。唐高祖子元婴为洪州刺史时所建。后元婴封滕王,故名。唐王勃《滕王阁诗》:"滕王高阁临江渚,佩玉鸣鸾罢歌舞。"

④"月涌"句:唐杜甫《旅夜书怀》:"星垂平野阔,月涌大江流。"

⑤钓龙台:在今福建闽侯县南九里。如《福州志》卷十七所云:"钓台山,城南九里……东汉越王余善于此钓得白龙……曰钓龙台。"

⑥大刀头:"还"字的隐语。《玉台新咏·古绝句》:"藁砧今何在?山上复有山。何当大刀头?破镜飞上天。"唐吴兢《乐府古题要解·藁砧今何

在》:"'藁砧今何在',藁砧,趺也,问夫何处也。'山上复有山',重山为'出'字,言夫不在也。'何当大刀头',刀头有环,问夫何时当还也。"

⑦"瓮里"句:指自开初熟之酒。

⑧贳(shì)貂裘:以貂裘换酒。《西京杂记》卷二:"司马相如,初与卓文君还成都。居贫愁懑,以所著鹔鹴裘,就市人阳昌贳酒,与文君对饮。"

【附录】

向子谌《水调歌头》:

序:大观庚寅八月秋,芗林老、顾子美、汪彦章、蒲庭鉴,时在诸公幕府间。从游者,洪驹父、徐师川、苏伯固父子、李商老兄弟。是日登临,赋咏乐甚。俯仰三十九年,所存者,余与彦章耳。绍兴戊辰再闰,感时抚事,为之太息。用取旧诗中师川一二语,作是词。

闰馀有何好,一岁两中秋。补天修月人去,千古想风流。少日南昌幕下,更得洪徐苏李,快意作清游。送日眺西岭,得月上东楼。   四十载,两人在,总白头。谁知沧海成陆,萍迹落南州。忍问神京何在,幸有芗林秋露,芳气袭衣裘。断送馀生事,惟酒可忘忧。

水调歌头

陪福帅①宴集,口占以授官奴。

缥缈九仙②阁,壮观在人间。凉飚乍起,四围晴黛入阑干。已过中秋时候,便是菊花重九③,为寿一尊欢。今古登高意,玉帐④正清闲。   引三巴⑤,连五岭⑥,控百蛮⑦。元戎⑧小队,旧游曾记并龙山⑨。闽峤⑩尤宽南顾。闻道天边雨露。持橐⑪诏新颁。且拥笙歌醉,廊庙更徐还。

【题解】

此词作于重阳宴集之日,为福州郡守程迈祝寿而作。词写寿筵之盛,并赞颂福帅南征北战之功,对其祝以永沾天露之愿。词作上片以云雾缥缈的楼阁展现宴集的盛景,又以菊花烂漫的重阳佳节为寿宴再添喜庆。过片落实到平定百蛮之乱、功成三巴五岭的福帅本人。词末祝愿程迈早日班师回朝,再立新功。

【注释】

①福帅:福州郡守程迈,字进道,新安黟(今安徽黟县)人。元符三年进士。徽宗时提举江西常平。建炎三年,由太府卿迁起居郎,后改太常少卿。建炎四年,为福建安抚使兼知福州。绍兴三年,知温州。七年,知信州。八年,为江、淮、荆、浙、闽、广等路经制发运使。九年,知镇江府,移知饶州。绍兴十二年,再知福州。十五年正月卒,年七十八。《宋史翼》卷二十有传。

②九仙:明毛晋《宋六十名家词》作"九重"。九仙,泛指众仙。唐太宗《望终南山》:"对此恬千虑,无劳访九仙。"

③重九:指农历九月初九日,又称重阳。

④玉帐:主帅所居的帐幕,取如玉之坚的意思。

⑤三巴:古地名,巴郡、巴东、巴西的合称。相当于今四川嘉陵江和綦江流域以东的大部地区。

⑥五岭:大庾岭、越城岭、骑田岭、萌渚岭、都庞岭的总称,位于江西、湖南、广东、广西四省之间,是长江与珠江流域的分水岭。

⑦百蛮:古代南方少数民族的总称。三国魏曹植《杂诗》:"帝王临朝服,秉此威百蛮。"

⑧元戎:明毛晋《宋六十名家词》作"元成",朱居易《毛刻宋六十家词勘误》作"元戎"。

⑨龙山:在福建龙溪东北十里。

⑩闽峤:福建境内的山地,代指福建。

⑪持橐(tuó):谓侍从之臣携带书和笔,以备顾问。《汉书·赵充国传》:"持橐簪笔,事孝武皇帝数十年。"颜师古注:"橐所以盛书也。"

水调歌头

平日几经过，重到更留连。黄尘乌帽①，觉来眼界忽醒然。坐见如云秋稼，莫问鸡虫得失②，鸿鹄下翩翩。四海九州大，何地著飞仙。　　吸湖光，吞蟾影，倚天圆。胸中万顷空旷，清夜炯无眠。要识世间闲处，自有尊前深趣，且唱钓鱼船。调鼎③他年事，妙手看烹鲜④。

【题解】

《芦川归来集》卷二《登垂虹亭二首》(其一)："一别三吴地，重来二十年……山暗松江雨，波吞震泽天。"以及卷六《青玉案》(平生百绕垂虹路)词序："余经行松江，何啻百回"等句，与此词所云"平日几经过，重到更留连"相合，故此词约作于绍兴二十三年(1153)，即词人晚年重游吴江之时。词人重来旧地，流连之情不减往昔，但心中功名之想已然涤尽，心境更为旷达自适。

【注释】

①黄尘乌帽：宋黄庭坚《呈外舅孙莘老》："九陌黄尘乌帽底，五湖春水白鸥前。扁舟不为鲈鱼去，收取声名四十年。"《芦川归来集》卷九《跋张安国所藏山水小卷》："虽乌帽黄尘，汨没困顿，开卷便觉万里江山在眼界中。"

②鸡虫得失：唐杜甫《缚鸡行》："鸡虫得失无了时，注目寒江倚山阁。"

③调鼎：《韩诗外传》卷七："伊尹，故有莘氏僮也，负鼎操俎调五味，而立为相，其遇汤也。"意为宰相治理国家犹如调鼎中之味，比喻宰相之治理才能。

④烹鲜：《老子》："治大国若烹小鲜。"后因以"烹鲜"比喻治国便民之道，亦比喻政治才能。

水调歌头

雨断翻惊浪，山暝拥归云。麦秋①天气，聊泛征棹泊江村。不羡腰间金印②，却爱吾庐③高枕，无事闭柴门。搔首烟波上，老去任乾坤。　　白纶巾④，玉尘尾⑤，一杯春⑥。性灵陶冶，我辈犹要个中人⑦。莫变姓名吴市⑧，且向渔樵争席，与世共浮沉。目送飞鸿去⑨，何用画麒麟⑩。

【题解】

据王兆鹏《张元幹年谱》考证，此词作于绍兴二十三年(1153)，词人晚年游吴越之时。词作旨在表达淡泊功名之意和隐居闲逸之乐。上片直言归隐田园的志趣。下片进一步表现自己晚年向往的生活，即以清谈为乐，以诗酒自娱。

【注释】

①麦秋：麦熟的季节，通常指农历四、五月。《礼记·月令》："(孟夏之月)……靡草死，麦秋至。"陈澔《礼记集说》："秋者，百谷成熟之期。此于时虽夏，于麦则秋，故云麦秋。"

②腰间金印：秦汉时丞相佩金印紫绶。

③爱吾庐：晋陶渊明《读山海经》："众鸟欣有托，吾亦爱吾庐。"

④白纶巾：《晋书·谢万传》："万著白纶巾，鹤氅裘，履版而前。既见，与帝共谈移日。"

⑤玉尘尾：《晋书·王衍传》："衍妙善玄言，唯谈老庄为事，每捉玉柄尘尾，与手同色。"

⑥一杯春：即一杯酒，唐宋人喜称酒为春。

⑦个中人：此中人。宋苏轼《送金山乡僧归蜀开堂》："我非个中人，何以默识子。"

水调歌头

过后柳故居

露下菱歌远,萤傍藕花流。临溪堂上,望中依旧柳边洲。晚暑冰肌①沾汗,新浴香绵扑粉,湘簟月华浮。长记开朱户,不寐待归舟。　　恍重来,思往事,搅离愁。天涯何处,未应容易此生休②。莫问吴霜点鬓③,细与蛮笺④封恨,相见转绸缪⑤。云雨阳台梦⑥,河汉鹊桥秋⑦。

【题解】

该词记旧游。上片写回忆中的夏夜之景,佳人倚户翘首盼归舟。过片写从旧梦中醒来。末了轻叹年华流逝,满纸情愫,不知寄往何方。词人反复叹惜,往日情意,已成追忆。

【注释】

①冰肌:女子纯净洁白的肌肤,与"雪肤"意同,参见《石州慢》(寒水依痕)注释④。
②"未应"句:唐李商隐《马嵬诗》:"他生未卜此生休。"此反用其意。
③吴霜点鬓:唐李贺《还自会稽歌》:"吴霜点归鬓,身与塘蒲晚。"
④蛮笺:蜀地所产的彩色笺纸。唐陆龟蒙《酬袭美夏首病愈见招次韵》:"雨多青合是垣衣,一幅蛮笺夜款扉。"

⑤绸缪:情意殷切。汉李陵《与苏武诗》:"独有盈觞酒,与子结绸缪。"

⑥"云雨"句:参见《念奴娇》(蕊香深处)注释⑩。

⑦"河汉"句:河汉,指银河。《古诗十九首·迢迢牵牛星》:"河汉清且浅,相去复几许。"鹊桥,民间传说旧历七月初七之夜,喜鹊搭成桥,以渡牛郎、织女相会,因有鹊桥之称。唐权德舆《七夕见与诸孙题乞巧文》:"鹊桥临片月,河鼓掩轻云。"

水调歌头

癸酉虎丘①中秋

万里冰轮②满,千丈玉盘③浮。广寒宫殿④,西望湖海冷光流。扫尽长空纤翳⑤,散乱疏林清影,风露迫人愁。徐步行歌去,危坐⑥莫眠⑦休。　　问孤篷,缘底事,苦淹留⑧。倦游回首,向来云卧两星周⑨。此夜此生长好,明月明年何处⑩,归兴在南州⑪。老境一伧父⑫,异县四中秋。

【题解】

此词作于癸酉,即绍兴二十三年(1153)。词人在中秋之夜抒发羁旅之愁和思归之情。上片月光流溢的清寒之境,词人独行独歌,黯然无眠。下片以一"问"字直叩内心,自省为何久滞他乡,以致身如飘蓬。月圆人孤的凄然,使词人归兴更浓。

【注释】

①虎丘:即虎丘山,在江苏苏州西北,亦名海涌山。宋王象之《舆地纪胜》卷五:"虎丘山,在吴县(今属江苏苏州)西北九里。"

②冰轮:参见《念奴娇·题徐明叔海月吟笛图》注释③。

③玉盘:喻圆月。唐李白《古朗月行》:"小时不识月,呼作白玉盘。"

④广寒宫殿:参见《念奴娇·己卯中秋和陈丈少卿韵》注释⑥。

⑤纤翳:微小的障蔽。多指浮云。

⑥危坐:古人以两膝着地,耸起上身为"危坐",即正身而跪,表示严肃恭敬。后泛指正身而坐。《管子·弟子职》:"危坐乡师,颜色无怍。"

⑦莫眠:清沈辰垣《历代诗馀》作"不眠"。

⑧淹留:羁留,逗留。《楚辞·离骚》:"时缤纷其变易兮,又何可以淹留?"

⑨星周:星辰视运动历一周天为一星周,即一年。唐元稹《咏廿四气诗·大寒十二月中》:"冬与春交替,星周月诟存。"

⑩"此夜"二句:宋苏轼《阳关曲》(中秋月):"此生此夜不长好,明月明年何处看。"

⑪南州:泛指南方地区,此指福州。

⑫伧(cāng)父:魏晋南北朝时,南人讥北人粗鄙,蔑称之为"伧父"。《晋书·左思传》:"此间有伧父,欲作《三都赋》,须其成,当以覆酒瓮耳。"此用作自贱之词。

水调歌头

赠汪秀才①

袖手看飞雪,高卧过残冬。飘然底事春到,先我逐孤鸿。挽取笔端风雨②,快写胸中丘壑③,不肯下樊笼。大笑了今古,乘兴便西东。　　一尊酒,知何处,又相逢。奴星结柳,与君同送五家穷。④好是橘封千户⑤,正恐楼高百尺,湖海有元龙⑥。目光在牛背⑦,马耳射东风⑧。

【题解】

该词为赠人之作,当写于作者归隐之后。原本词题"汪"字下有缺笔字"亻"。明吴讷《唐宋名贤百家词》作"赠汪作",此题依据明毛晋《宋六十名家词》。上片以飘然傲世、恣意纵笔的豪情,书写乘兴西东的快感。下片则是与友举杯对酌,畅叙幽情,旨在抒发傲岸脱俗之志。

【注释】

①汪秀才:其人生平事迹不详。

②笔端风雨:唐杜甫《寄李十二白二十韵》:"笔落惊风雨,诗成泣鬼神。"

③胸中丘壑:《晋书·谢鲲列传》:"明帝问曰:'论者以君方庾亮,自谓何如?'答曰:'端委庙堂,使百僚准则,鲲不如亮。一丘一壑,自谓过之。'"

④"奴星"二句:唐韩愈《送穷文》:"主人使奴星结柳作车,缚草为船,载糗与粮……其名曰智穷,其次名曰学穷,又其次曰文穷,又其次曰命穷,又其次曰交穷。"

⑤橘封千户:《史记·货殖列传》:"蜀、汉、江陵千树橘……此其人皆与千户侯等。"

⑥元龙:参见《水调歌头》(同徐师川泛太湖舟中作)注释⑥。

⑦"目光"句:《世说新语·雅量》:"王夷甫尝属族人事,经时未行,遇于一处饮燕,因语之曰:'近属尊事,那得不行?'族人大怒,便举樏掷其面。夷甫都无言,盥洗毕,牵王丞相臂,与共载去。在车中照镜语丞相曰:'汝看我眼光,乃出牛背上。'"南朝梁刘孝标注:"王夷甫盖自谓风神英俊,不至与人校。"

⑧"马耳"句:东风吹过马耳,比喻充耳不闻。唐李白《答王十二寒夜独酌有怀》:"世人闻此皆掉头,有如东风射马耳。"

水调歌头

罢秩①后漫兴

放浪形骸外②,憔悴山泽癯③。倒冠落佩④,此心不待白髭须。聊复脱身鹓鹭⑤,未暇先寻水竹,矫首汉庭疏⑥。长夏唉丹荔⑦,两纪⑧傲闲居。　　忽风飘,连雨打,向西湖。藕花深处,尚能同载麹生⑨无。听子谈天⑩舌本,浇我书空胸次,醉卧踏冰壶。毕竟凌烟像⑪,何似辋川图⑫。

【题解】

张元幹于绍兴元年(1131)辞官返乡,此词应作于辞官后,具体创作时间不详。原本无词题,据《芦川归来集》增补。词写罢官后的闲逸生活,以魏晋士人"放浪形骸"的不羁豪情脱身官场,畅游山泽,尽谈天事。上片抒写平生功业未成,虽是抱憾归隐林泉,但终可清闲隐居的情怀。过片转忆西湖醉游之乐。词末抒发一世功高终不如半生逸乐的感怀。

【注释】

①罢秩(zhì):罢官。唐李肇《唐国史补》卷中:"勉罢秩,客游河北偶见故因。"

②"放浪"句:东晋王羲之《兰亭集序》:"或因寄所托,放浪形骸之外。"

③山泽癯(qú):《汉书·司马相如传》:"相如以为列仙之儒,居山泽间,形容甚癯。"癯:瘦的意思。

④倒冠落佩:此指归隐。唐杜牧《晚晴赋》:"倒冠落佩兮,与世阔疏。"

⑤鹓(yuān)鹭:鹓和鹭飞行有序,比喻班行有序的朝官。唐元稹《解秋十首》(其三):"同时骛名者,次第鹓鹭行。"

⑥疏:指西汉疏广(？—前45),东海兰陵(今山东兰陵)人,字仲翁,号黄老。少好学,受《春秋》于孟卿。征为博士太中大夫。宣帝地节三年(前67)立皇太子,广为少傅,后徙为太傅。在位五年,上疏请求退职,帝许之。散所赐金与族人故旧,并谓"贤而多财,则损其志。愚而多财,则益其过"。有《疏氏春秋》。

⑦丹荔:荔枝,因色红,故称。唐戴叔伦《春日早朝应制》:"丹荔来金阙,朱樱贡玉盘。"

⑧两纪:岁星(木星)绕地球一周约需十二年,故古称十二年为一纪。两纪即为二十四年。《国语·晋语四》:"文公在狄十二年,狐偃曰:'蓄力一纪,可以远矣。'"韦昭注:"十二年,岁星一周为一纪。"

⑨麹(qū)生:《酒史》:"史称酒曰麹生,亦曰麹秀才。"

⑩谈天:《史记·孟子荀卿列传》:"故齐人颂曰:'谈天衍,雕龙奭,炙毂过髡。'"裴骃《集解》引刘向《别录》:"邹衍之所言,五德终始,天地广大,尽言天事,故曰谈天。"

⑪凌烟像:指西安府凌烟阁中的功臣画像。

⑫辋川图:唐王维绘的名画。绘辋川别业二十胜景于其上,故名。

水调歌头

丁丑春与钟离少翁、张元鉴登垂虹①。

拄策②松江上,举酒酹三高③。此生飘荡,往来身世两徒劳。长羡五湖烟艇④,好是秋风鲈鲙⑤,笠泽久蓬蒿⑥。想像英灵⑦在,千古傲云涛。　　俯沧浪⑧,吞空旷,恍神交⑨。解衣盘礴⑩,政须一笑属吾曹⑪。洗尽人间尘土,扫去胸中冰炭,痛饮读《离骚》。纵有垂天翼,何用钓连鳌⑫。

【题解】

此词作于丁丑,即绍兴二十七年(1157)。是年词人与钟离少翁、张元鉴(此二人生平不详)拄策游松江。词作抒发遭逢乱世的怨愤之情,表达尽洗尘土的隐逸之志。

【注释】

①垂虹:参见《念奴娇》(吴淞初冷)注释④。

②拄策:明毛晋《宋六十名家词》作"挂策"。朱居易《毛刻宋六十家词勘误》改作"拄策"。

③三高:参见《念奴娇》(垂虹望极)注释⑨。

④五湖烟艇:此指范蠡功成身退,乘轻舟归隐五湖之事。

⑤秋风鲈鲙:《晋书·张翰传》:"翰因见秋风起,乃思吴中菰菜、莼羹、

鲈鱼脍,曰:'人生贵得适志,何能羁宦数千里以要名爵乎!'遂命驾而归。"后为思乡赋归之典。

⑥"笠泽"句:唐陆广微《吴地记》:"松江,一名松陵,又名笠泽。""笠泽久蓬蒿",指陆龟蒙隐居松江,不与流俗交接之事。

⑦英灵:此指范蠡、张翰、陆龟蒙三位名士。

⑧沧浪:清沈辰垣《历代诗馀》作"沧波"。

⑨神交:谓心意投合,深相结托而成忘形之交。

⑩盘礴:清沈辰垣《历代诗馀》作"盘薄"。解衣盘礴,形容不拘形迹,旷放自适。

⑪吾曹:明吴讷《唐宋名贤百家词》、明毛晋《送六十名家词》作"奇曹",朱居易《毛刻宋六十家词勘误》改作"吾曹",犹我辈,我们。

⑫钓连鳌:《列子·汤问》:"而龙伯之国有大人,举足不盈数步而暨五山之所,一钓而连六鳌,合负而趣归其国,灼其骨以数焉。"后以此为善钓之典。

【汇评】

清陈廷焯《词则·放歌集》卷一:"结怨愤。"

水调歌头

今夕定何夕①,秋水满东瓯②。悲凉怀抱,何事还倍去年愁。万里碧空如洗,寒浸十分明月,帘卷玉波流。非是经年别,一岁两中秋③。　　坐中庭,风露下,冷飕飕。素娥④无语相对,尊酒且迟留。琴罢不堪幽怨,遥想三山⑤影外,人倚夜深楼。矫首望霄汉,云海路悠悠。

【题解】

此词与《水调歌头》(和芗林居士中秋)作于同时,即绍兴十八年

42

(1148),乃是与舅父向子諲的唱和之词。时逢一年两中秋,人间可得两团圆,此本一大乐事,但于词人而言却要多感受一次月圆人缺的悲愁。中秋之夜的凄凉令人不能自已,只能以酒自醉,任明月空好。

【注释】

①"今夕"句:《诗经·唐风·绸缪》:"今夕何夕,见此良人。"宋苏轼《江月》:"今夕定何夕,梦中游化城。"

②东瓯:温州及浙江南部沿海地区的别称。东晋时于此置永嘉郡,隋废,唐时曾复置。

③一岁两中秋:此年因闰八月,故有两次中秋。

④素娥:嫦娥的别称,亦用作月的代称。南朝宋谢庄《月赋》:"引玄兔于帝台,集素娥于后庭。"李周翰注:"嫦娥窃药奔月,因以为名。月色白,故云素娥。"

⑤三山:参见《念奴娇》(蕊香深处)注释⑪。

水调歌头

为赵端礼①作

最乐贤王子,今岁好中秋。夜深珠履②,举杯相属③尽名流。宿雨④乍开银汉,洗出玉蟾⑤秋色,人在广寒⑥游。浩荡山河影,偏照岳阳楼⑦。　　露华浓,君恩重,判扶头⑧。霓旌⑨星节,已随丝管下皇州⑩。满座烛光花艳,笑睨乌巾⑪同醉,谁问负薪裘⑫。月转檐牙⑬晓,高枕更无忧⑭。

【题解】

此词用《水调歌头·和芗林居士中秋》韵,应同作于绍兴十八年(1148)。此年闰八月,两度中秋,张元幹有多首词事关此年中秋,且多是和友或寄友之作,词中多表现隐逸之志。此词亦不例外。词人在月圆时节,与友樽酒相属，一醉忘忧。

【注释】

①赵端礼：宋赵氏宗室，曾为节使，生平事迹不详。张元幹另有《临江仙·赵端礼重阳后一日置酒，坐上赋》《青玉案·燕赵端礼堂成》等为赵端礼所作之词。

②珠履：珠饰之履。也指有谋略的门客。《史记·春申君列传》："春申君客三千馀人，其上客皆蹑珠履。"

③相属：互相劝酒、敬酒。唐韩愈《八月十五夜赠张功曹》："沙平水息声影绝，一杯相属君当歌。"

④宿雨：夜雨，经夜的雨水。隋江总《诒孔中丞奂》："初晴原野开，宿雨润条枚。"

⑤玉蟾：月亮。唐李白《初月》："玉蟾离海上，白露湿花时。"

⑥广寒：即广寒宫。见《念奴娇·己卯中秋和陈丈少卿韵》注释⑥。

⑦岳阳楼：在今湖南岳阳西。相传三国吴鲁肃在此建阅兵台，唐开元四年(716)中书令张说谪守巴陵(今湖南岳阳)时在旧阅兵台基础上兴建此楼。主楼三层，巍峨雄壮。登楼远眺，八百里洞庭尽收眼底，为古今著名风景名胜。

⑧扶头：易醉之酒。唐白居易《早饮湖州酒寄崔使君》："一榼扶头酒，泓澄泻玉壶。"

⑨霓旌：缀有五色羽毛的旗帜。唐杜甫《哀江头》："忆昔霓旌下南苑，苑中万物生颜色。"

⑩皇州：京城。南朝宋鲍照《侍宴覆舟山》："繁霜飞玉阁，爱景丽皇州。"

⑪乌巾：即乌角巾，多为隐居不仕者的帽子。

⑫负薪裘：晋皇甫谧《高士传》上卷："披裘公者，吴人也。延陵季子出游，见道中遗金，顾而睹之，与公曰：'取彼金。'公投镰瞋目拂手而言曰：'何子居之高而视之卑？吾披裘而负薪，岂取遗金者哉？'"后成为歌咏隐士之典。唐王昌龄《放歌行》："幸蒙国士识，因脱负薪裘。"

⑬檐牙：檐际翘出如牙的部分。唐杜牧《阿房宫赋》："廊腰缦回，檐牙

高啄。”

⑭高枕更无忧:安然而卧,谓无所顾虑。《战国策·齐策四》:"今君有一窟,未得高枕而卧也。"《史记·张仪列传》:"无楚韩之患,则大王高枕而卧,国必无忧矣。"

水调歌头

追和

举手钓鳌客①,削迹种瓜侯②。重来吴会③三伏④,行见五湖秋。耳畔风波摇荡,身外功名飘忽,何路射旄头⑤。孤负⑥男儿志,怅望故园愁。　　梦中原,挥老泪,遍南州⑦。元龙湖海豪气,百尺卧高楼。短发霜黏两鬓,清夜盆倾一雨,喜听瓦鸣沟⑧。犹有壮心在,付与百川流。

【题解】
据王兆鹏《张元幹年谱》考证,此词作于绍兴二十一年(1151)秋,乃追和《水调歌头·同徐师川泛太湖舟中作》一词。时张元幹削秩除名,离开临安后,漫游至吴兴、太湖一带,因作此词。词作上片抒发壮志难酬的恨憾,词人空有济世之才,却报国无路,枉负男儿一生志气。下片抒写怅望故国的愁怀,国未复,人已老,泪空流的悲痛,痛及今古。

【注释】
①钓鳌客:《唐语林·补遗》:"李白开元中谒宰相,封一板,上题曰:'海上钓鳌客李白。'宰相问曰:'先生临沧海,钓巨鳌,以何物为钩线?'白曰:'风波逸其情,乾坤纵其志。以虹蜺为线,明月为钩。'又曰:'何物为饵?'白曰:'以天下无义气丈夫为饵。'宰相竦然。"此指志向远大、豪迈不羁之人。
②种瓜侯:《史记·萧相国世家》:"召平者,故秦东陵侯。秦破,为布衣,贫,种瓜于长安城东,瓜美,故世俗谓之'东陵瓜',从召平以为名也。"

③吴会：秦汉会稽郡治在吴县，郡县连称为吴会；东汉时指吴郡、会稽两地的合称。

④三伏：见《水调歌头·同徐师川泛太湖舟中作》注释⑦。

⑤旄（máo）头：《史记·天官书》："昂曰髦头，胡星也。"唐张守节《史记正义》："昂七星为髦头，胡星，亦为狱事。明，天下狱讼平；暗为刑罚滥。六星明与大星等，大水且至，其兵大起；摇动若跳跃者，胡兵大起；一星不见，皆兵之忧也。"此指金兵。

⑥孤负：违背，对不住。旧题汉李陵《答苏武书》："功大罪小，不蒙明察，孤负陵心。"唐韩愈《感春》："孤负平生志，已矣知何奈。"

⑦南州：参见《水调歌头·癸酉虎丘中秋》注释⑪。

⑧瓦鸣沟：即瓦沟鸣。宋黄庭坚《贾天锡惠宝薰乞诗予以兵卫森画戟燕寝凝清香十字作诗报之》："瓦沟鸣急雪，睡鸭照华灯。"

水调歌头

送吕居仁①召赴行在所

戎虏②乱中夏③，星历一周天④。干戈未定，悲咤⑤河洛⑥尚腥膻⑦。万里两宫⑧无路，政仰君王神武⑨，愿数中兴年⑩。吾道尊洙泗⑪，何暇议伊川⑫。　　吕公子，三世相⑬，在凌烟⑭。诗名独步，焉用儿辈更毛笺⑮。好去⑯承明说论⑰。照映金狨⑱带稳。恩与荔枝偏⑲。回首东山⑳路，池阁醉双莲。

【题解】

此词约作于绍兴六年（1136），时张元幹在福州。据李心传《建炎以来系年要录》卷一百，吕本中由范冲荐，召赴临安。张元幹作此词以送行。此时距金兵入侵中原已十年之久，然而干戈尚未完全平息，四海腥膻之气依然未除，徽、钦二帝被俘之耻犹未雪。在此形势下，张元幹希望有志之士吕本中能够把握报效国家的机会,辅佐君王,迎来中兴。

【注释】

　　①吕居仁:吕本中(1084－1145),字居仁,世称东莱先生,祖籍莱州,寿州(今安徽寿县)人。哲宗元祐年间宰相吕公著曾孙,荥阳先生吕希哲孙,南宋东莱郡侯吕好问之子。幼以荫授承务郎。徽宗政和、宣和间,官济阴主簿、泰州士曹掾。宣和六年(1124),除枢密院编修。钦宗靖康元年(1126),迁职方员外郎。高宗绍兴六年(1136),召为起居舍人,赐进士出身。八年,擢中书舍人,兼侍读,权直学士院。同年十月,因反对和议,罢职,提兴太平观。《宋史》卷三百七十六有传。

　　②戎虏:《芦川归来集》作“马蹂”,乃清人忌讳所改。

　　③中夏:此指中原地区。西晋陆机《辨亡论》:“魏人据中夏,汉氏有岷益,吴制荆扬而奄交广。”

　　④一周天:岁星十二年在天空循环一周,此借指十二年。从靖康元年(1126)金兵进犯中原到绍兴六年(1136)将近十二年,故称一周天。

　　⑤悲咤(chà):亦作“悲诧”。悲叹,悲愤。

　　⑥河洛:黄河与洛水的并称,亦泛指两水之间的地区。

　　⑦腥膻:难闻的腥味,亦指入侵的外敌。

　　⑧两宫:参见《石州慢·己酉秋吴兴舟中作》注释⑤。

　　⑨君王神武:唐杜甫《投赠哥舒开府二十韵》:“君王自神武,驾驭必英雄。”

　　⑩中兴年:唐杜甫《喜达行在所三首》(其三):“今朝汉社稷,新数中兴年。”张元幹《上张丞相十首》(其八):“知音何日报,愿见中兴年。”

　　⑪洙泗:洙水和泗水。古时二水自今山东泗水北合流而下,至曲阜北,又分为二水,洙水在北,泗水在南。

　　⑫伊川:此指北宋理学家程颐,字正叔,与其兄程颢合称二程,二人同为北宋理学之奠基人。《宋史·程颐》:“(颐)平生诲人不倦,故学者出其门最多,渊源所渐,皆为名士。涪人祠颐于北岩,世称伊川先生。”

　　⑬三世相:谓吕本中家世有三代宰相,即吕蒙正、吕夷简、吕公著。

　　⑭凌烟:参见《水调歌头·罢秩后漫兴》注释⑪。

⑮毛笺：此指《毛诗故训传》和郑玄《毛诗笺》。《毛传》是我国现存最早的《诗经》注本。

⑯好去：好去是送别之词，犹言好走，一路平安。

⑰承明谠论：承明，汉殿名，在未央宫中，此借指朝廷；谠论指正直之言，直言。此指吕本中入朝后忠直敢言。

⑱金狨：狨皮制成的鞍垫。宋文同《易元吉抱枥狨》："老枥抱拥肿，金狨立鬅髻。"

⑲"恩与"句：宋欧阳修《归田录》卷二："国朝之制……乃创为金铸之制以赐群臣，方团毬路以赐两府，御仙花以赐学士以上，今俗谓毬路为'笏头'，御仙花为'荔枝'，皆失其本号也。"南宋吴曾《能改斋漫录》卷十三《赐服带》："侍郎直学士以上，服御仙花金带，人或误指为荔枝。近年赐带者多，匠者务为新巧，遂以御仙花枝叶稍繁，改钣荔枝，而叶极省。"

⑳东山：《晋书·谢安传》："谢安初隐东山，后入朝，位登台辅。"

风流子

政和间过延平，双溪阁①落成，席上赋。

飞观插雕梁。凭虚起、缥缈五云乡②。对山滴翠岚，两眉浓黛，水分双派，满眼波光。曲栏干③外，汀烟轻冉冉，莎草细茫茫。无数钓舟，最宜烟雨，有如图画，浑似潇湘。　　使君行乐处，秦筝④弄哀怨，云鬟分行。心醉一缸春色，满座凝香。有天涯倦客，尊前回首，听彻伊川⑤，恼损柔肠。不似碧潭双剑⑥，犹解相将⑦。

【题解】

据王兆鹏《张元幹年谱》考证，此词作于政和六年（1116），为福建双溪阁之落成而作。清沈辰垣《历代诗馀》词题作"延平双溪阁落成"。词作上

48

片极言双溪阁之无限风光,高阁周围山如眉黛,波光流溢,有如仙境。下片写宴席上的丝竹之乐与美酒之欢,乐声悠扬,似带哀怨,令人不禁悲从中来,词人由此抒发忧国忧生之嗟。

【注释】

①双溪阁:原名延平阁,后蔡京改名双溪阁,以延平城外有剑溪、樵川二水交流。双溪阁即在剑溪上。延平,宋属福建路,即今福建南平市延平区。黄裳《演山先生文集》卷十五有《延平阁记》,载其形胜颇详。

②五云乡:仙人居住的地方。前蜀徐太妃《丈人观》:"不羡乘鸾入烟雾,此中便是五云乡。"

③曲栏干:各本无"干"字,据《全宋词》补。

④秦筝:一种弦乐器。似瑟,传为秦蒙恬所造,故名。

⑤伊川:此指伊州大曲调。《新唐书·礼乐志十二》:"天宝乐曲,皆以边地名,若《凉州》《伊州》《甘州》之类。"《乐府诗集·近代曲辞一·伊州》引《乐苑》:"《伊州》,商调曲,西京节度(盖)嘉运所进也。"

⑥碧潭双剑:据《晋书·张华列传》载:"(张)华闻豫章人雷焕妙达纬象,乃要焕宿,屏人曰:'可共寻天文,知将来吉凶。'因登楼仰观。焕曰:'仆察之久矣,惟斗牛之间颇有异气。'华曰:'是何祥也?'焕曰:'宝剑之精,上彻于天耳。'华曰:'君言得之。吾少时有相者言,吾年出六十,位登三事,当得宝剑佩之。斯言岂效与!'因问曰:'在何郡?'焕曰:'在豫章丰城。'……焕到县,掘狱屋基,入地四丈馀,得一石函,光气非常,中有双剑,并刻题,一曰龙泉,一曰太阿。其夕,斗牛间气不复见焉。"

⑦相将:相偕,相共。晋陶渊明《拟古》:"先巢故尚在,相将还旧居。"

鱼游春水

芳洲生蘋芷,宿雨收晴浮暖翠。烟光如洗,几片花飞点泪。清镜空馀白发添,新恨谁传红绫寄。溪涨岸痕,浪吞沙尾①。　　老去情怀易醉,十二栏干慵遍倚②。双凫③人惯风流,功名万里。梦想浓妆碧云边,目断归帆④夕阳里。何时送客,更临春水。

【题解】

该词为送别之作,约作于绍兴十五年(1145)前后,时张元幹在福州。词作抒发年华空老,功名无成的遗恨。上片描写春景,以一"泪"字,透露出词人悲凉的心境。下片直抒送别伤怀。煞尾之句,言有尽而意无穷。

【注释】

①沙尾:滩尾,沙滩的边缘。唐杜甫《春水》:"朝来没沙尾,碧色动柴门。"

②"十二栏干"句:乐府民歌《西洲曲》:"楼高望不见,尽日栏杆头。栏杆十二曲,垂手明如玉。"宋秦观《调笑令·盼盼》:"十二栏杆倚遍。"

③双凫:《后汉书·王乔传》:"王乔者,河东人也。显宗世,为叶令。乔有神术,每月朔望,常自县诣台朝。帝怪其来数,而不见车骑,密令太史伺望之。言其临至,辄有双凫从东南飞来。于是候凫至,举罗张之,但得一只舄焉。乃诏尚方诊视,则四年中所赐尚书官属履也。"后用为地方官的故实。

④归帆:明毛晋《宋六十名家词》作"孤帆"。

宝鼎现

筠翁李似之①作此词见招,因赋其事,使歌之者想像风味如到山中也。

山庄图画②,锦囊吟咏③,胸中丘壑④。年少日、如虹豪气⑤,吐凤⑥词华浑忘却。便袖手、向岩前溪畔,种满烟梢雾箨⑦。想别墅平泉⑧,当时草木,风流如昨。　　瘦藤⑨闲倚看锄药⑩。双芒鞋、雨后常著。目送处、飞鸿灭没⑪,谁问蓬蒿争燕雀。乍霁月、望松云南渡,短艇敧沙夜泊。正万里青冥,千林虚籁,从渠缯缴⑫。　　　携幼尚有筇丁,谁会得、人生行乐⑬。岸帻⑭纶巾归去,深户香迷翠幕。恐未免、上凌烟阁⑮。好在秋天鹗⑯。念小山丛桂⑰,今宵狂客⑱,不胜杯勺。

【题解】

词调见《顺庵乐府》。李弥逊词名《三段子》,陈合词名《宝鼎儿》,以康与之词为正体,康词三段结拍均作三字一句、四字一句、六字一句。张元幹此词为又一体,其词三段结拍俱作五字一句、四字两句,又后段第三句添一字作六字句,与诸家词相异。据王兆鹏《张元幹年谱》考证,此词作于绍兴十一年(1141)。词分三叠,首写友人李弥逊山庄如画的壮景,以及庄主的诗意豪情。次写闲情闲事,纵身湖海山林,优游自适。最后总写出世之想,功名易逝,唯有隐身山林,可方自适。

【注释】

①李似之:即李弥逊,参见《八声甘州·陪筠翁小酌横山阁》注释①。

②山庄图画:据《宋史·李公麟传》载"李公麟,字伯时……既归老,肆意于龙眠山岩壑间。雅善画,自作《山庄图》,为世宝。"此借指李弥逊所居住的山庄。

③锦囊吟咏:唐李商隐《李贺小传》:"恒从小奚奴骑距驴,背一古破锦囊,遇有所得,即书投囊中。及暮归,太夫人使婢受囊出之,见所书多,辄曰:'是儿要当呕出心始已耳!'"此借指李弥逊作诗之才。

④胸中丘壑:参见《水调歌头·赠汪秀才》注释③。

⑤如虹豪气:唐李贺《高轩过》:"马蹄隐耳声隆隆,入门下马气如虹。"

⑥吐凤:东晋葛洪《西京杂记》卷二:"(扬)雄著《太玄经》,梦吐凤凰,集《玄》之上。"后因以"吐凤"称颂文才或文字之美。唐李商隐《喜舍弟羲叟及第上礼部魏公》:"朝满迁莺侣,门多吐凤才。"

⑦箨(tuò):竹笋之皮。

⑧平泉:唐李德裕游息的平泉庄。唐康骈《剧谈录·李相国宅》:"(平泉庄)去洛阳三十里,卉木台榭,若造仙府。"

⑨瘦藤:拐杖。宋黄庭坚《题落星寺》:"不知青云梯几级,更借瘦藤寻

上方。”

⑩锄药:唐杜荀鹤《怀庐岳旧隐》:"岩鹿惯随锄药叟,溪鸥不怕洗苔僧。"

⑪"目送"句:魏嵇康《赠秀才入军》:"目送归鸿,手挥五弦。"

⑫从渠缯缴(zēngjiǎo):《史记·留侯世家》:"四人为寿已毕,趋去。上目送之,召戚夫人指示四人者曰:'我欲易之,彼四人辅之,羽翼已成,难动矣。吕后真而主矣。'戚夫人泣,上曰:'为我楚舞,吾为若楚歌。'歌曰:'鸿鹄高飞,一举千里。羽翮已就,横绝四海。横绝四海,当可奈何!虽有缯缴,尚安所施!'歌数阕,戚夫人嘘唏流涕,上起去,罢酒。竟不易太子者,留侯本招此四人之力也。"南朝宋裴骃《史记集解》引韦昭曰:"缴,弋射也。其矢曰矰。"

⑬人生行乐:汉杨恽《歌诗》:"人生行乐耳,须富贵何时。"

⑭岸帻(zé):推起头巾,露出前额。形容态度洒脱,或衣着简率不拘。

⑮凌烟阁:唐太宗为表彰功臣而建的绘有功臣画像的高阁。

⑯秋天鹗:唐杜甫《奉赠严八阁老》:"蛟龙得云雨,雕鹗在秋天。"

⑰小山丛桂:西汉刘安《招隐士》:"桂树丛生兮山之幽,偃蹇连蜷兮枝相缭。"序曰:"《招隐士》者,淮南小山之所作也。……小山之徒,闵伤屈原,又怪其升天乘云,役使百神,似若仙者,虽身沈没,名德显闻,与隐处山泽无异,故作《招隐士》之赋,以章其志也。"

⑱狂客:指唐贺知章,因其自号"四明狂客",故称。此指放荡不羁的人。

【附录】

宋李弥逊《三段子·次韵苏粹中寄咏筠注》(《三段子》,即《宝鼎现》):

层林烟霏,巨壁天半,鸿飞无路。云断处、两山之间,十万琅玕环翠羽。转秀谷、枕萍花汀溆。短柳疏篱向暮。看卧垄牛归,横舟人去,平芜鸥鹭。

并游不见鞭鸾侣。只僧前、松子随步。回径险、凌风退想,小憩清泉欹茂树。正笋蕨、过如苏新雨。矶下游鱼可数。纵窈窕、云关长启,寂寂谁争子所。　世上丹毂朱缨,春梦觉、南柯何许。况荣枯无定,中有欢离愁聚。尽笑我、诧盘中趣。为续昌黎赋。会有人,秣马膏车,相属一尊清醑。

祝英台近

枕霞红,钗燕①坠。花露殢②云鬟。粉淡香残,犹带宿醒③睡。画檐红日三竿,慵窥鸾鉴,长是倚、春风无力。　　又经岁。玉腕条脱④轻松,羞郎见憔悴⑤。何事秋来,容易又分袂。可堪疏雨梧桐⑥,空阶络纬⑦,背人处、偷弹珠泪。

【题解】

《祝英台近》,又名《月底修箫谱》,始见《东坡乐府》。调名即指东晋梁山伯与祝英台殉情而死,化蝶双飞之事,故此调宛转凄抑,有旧曲遗音。明吴讷《唐宋名贤百家词》中,此调无"近"字。此词抒写闺中思妇的怨别之苦。上片描写少妇独居时的慵懒情态,残醉未醒,娇困无力。下片转入女子的内心伤怀,既见又别,欲别无言,暗弹珠泪。词情柔婉凄恻,与词人的豪放之作迥异。

【注释】

①钗燕:钗上之燕状镶饰物,传说佩之吉祥。语本《太平御览》卷七一八引《洞冥记》:"元鼎元年,起招灵阁。有神女留一玉钗与帝,帝以赐赵婕妤。至昭帝元凤中,宫人犹见此钗,共谋欲碎之。明旦视之匣,唯见白燕直升天,故宫人作玉钗,因改名玉燕钗,言其吉祥。"

②殢(tì):滞留,此指露水沾湿云鬓。

③宿醒(chéng):犹宿醉。三国魏徐干《情诗》:"忧思连相属,中心如宿醒。"

④条脱:明吴讷《唐宋名贤百家词》作"跳脱"。古代臂饰,呈螺旋形,上下两头左右可活动,以便紧松,一副两个。南朝梁陶弘景《真诰·运象·绿萼华诗》:"赠诗一篇并致火澣布手巾一枚、金玉条脱各一枚。条脱似指环而大,异常精好。"

⑤"羞郎"句:唐元稹《莺莺传》:"不为傍人羞不起,为郎憔悴却羞郎。"

⑥疏雨梧桐:清沈德潜《唐诗别裁集》卷一载孟浩然诗句:"微云淡河汉,疏雨滴梧桐。"

⑦络纬:参见《永遇乐·宿鸥盟轩》注释⑩。

朝中措

次聪父①韵

花阴如坐木兰船。风露正娟娟。翠盖匝庭芳影,青蛟平地飞涎。②　　春撩狂兴,香迷痛饮,中圣中贤③。携取一枝同梦,从他五夜④如年。

【题解】

《花草萃编》卷四将此词误作王之道词,应为张元幹所作。据王兆鹏《张元幹年谱》考证,此词作于绍兴十一年(1141)。词乃与杨聪父唱和之作。上片以花阴翠盖营造出清雅之境,此是词境,更是心境。下片以酒抒怀,抒写与友痛饮沉醉之意。

【注释】

①聪父:即杨聪父,生平不详。张元幹与之多有唱和,《芦川归来集》卷三有《辛酉别杨聪父》《再用韵奉留聪父》《次韵聪父见遗二首》《次聪父见遗韵》《和杨聪父闻雨书怀》诸诗。另有《春光好·为杨聪父侍儿切脍作》词,见后。

②"翠盖"二句:翠盖,此指形如车盖的植物;青蛟,比喻虬屈的藤蔓。宋苏轼《杜沂游武昌以酴醾花菩萨泉见饷》:"酴醾不争春,寂寞开最晚。青蛟走玉骨,羽盖蒙珠纩。"

③中圣中贤:《三国志·魏书·徐邈传》:"徐邈字景山,燕国蓟人

也……魏国初建,为尚书郎。时科禁酒,而邈私饮至于沈醉。校事赵达问以曹事,邈曰:'中圣人。'达白之太祖,太祖甚怒。度辽将军鲜于辅进曰:'平日醉客谓酒清者为圣人,浊者为贤人,邈性修慎,偶醉言耳。'竟坐得免刑。"

④五夜:即五更。南朝梁陆倕《新刻漏铭》:"六日不辨,五夜不分。"李善注引卫宏《汉旧仪》:"昼夜漏起,省中用火,中黄门持五夜。五夜者,甲夜、乙夜、丙夜、丁夜、戊夜也。"唐王建《和元郎中从八月十二至十五夜玩月》(其五):"仰头五夜风中立,从未圆时直到圆。"

蝶恋花

窗暗窗明昏又晓。百岁光阴,老去难重少。四十归来^①犹赖早,浮名浮利都经了。　　时把青铜^②闲自照。华发苍颜,一任傍人笑。不会参禅^③并学道^④,但知心下无烦恼。

【题解】

此词作于绍兴元年(1130)。该年初,张元幹以右朝奉郎致仕,年方四十一岁,故词云"四十归来"。彼时词人已经历了功名浮梦,深感蜗角虚名于人生稍纵即逝,无足轻重。词中所透露的不再是少年时的豪情意气或优游之乐,而是对人生的了悟。

【注释】

①四十归来:《芦川归来集》卷二《上张丞相十首》(其九):"罪放丙午末,归来辛亥初。"卷四《上平江陈侍郎十绝并序》:"辛亥休官,忽忽二十九载,行年七十矣。"辛亥即绍兴元年,时张元幹四十一岁。

②青铜:指青铜镜。唐罗隐《伤华发》:"青铜不自见,只拟老他人。"

③参禅:佛教禅宗的修持方法,有游访问禅、参究禅理、打坐禅思等形式。

④学道:学习道行,指学仙或学佛。《汉书·张良传》:"乃学道,欲轻举。"颜师古注:"道谓仙道。"宋苏轼《将至广州用过韵寄迈迨二子》:"皇天遣出家,临老乃学道。"

蝶恋花

燕去莺来春又到。花落花开,几度池塘草①。歌舞筵中人易老,闭门打坐②安闲好。 败意常多如意少③,著甚④来由,入闹寻烦恼。千古是非浑忘了,有时独自掀髯⑤笑。

【题解】

此词与前首《蝶恋花》(窗暗窗明昏又晓)为同韵之作,当作于同时。上片有感于自然界时节的循环更替,怅叹人生青春一去不复返,故有闭门修行忘却世事之念。下片则抒写将是非一笑了之的旷达情怀。

【注释】

①池塘草:南朝宋谢灵运《登池上楼》:"池塘生春草,园柳变鸣禽。"

②打坐:僧道修行方法的一种,闭目盘腿而坐,断除妄想。此指静坐。

③"败意"句:《晋书·羊祜列传》:"祜叹曰:'天下不如意,恒十居七八,故有当断不断。天与不取,岂非更事者恨于后时哉!'"《晋书·王戎传》:"戎每与籍为竹林之游,戎尝后至。籍曰:'俗物已复来败人意。'戎笑曰:'卿辈意亦复易败耳!'"

④著甚:犹言作甚。宋苏轼《满庭芳》:"蜗角虚名,蝇头微利,算来著甚干忙。"

⑤掀髯:笑时启口张须貌。宋苏轼《次韵刘景文兄见寄》:"细看落墨皆松瘦,想见掀髯正鹤孤。"

沁园春

绍兴丁巳五月六夜,梦与一道人对歌数曲,遂成此词。

神水华池①,汞铅②凝结,虎龙③往来。问子前午后,阳销阴长④,自然炉鼎⑤,何用安排。灵宝玄门⑥,烟萝⑦真境,三日庚生兑户开⑧。泥丸⑨透,尽周天火候,平步仙阶。　　蓬莱直上瑶台⑩,看海变桑田飞暮埃⑪。念尘劳⑫良苦,流光易度,明珠谁得,白骨成堆。位极人臣,功高今古,总蹈危机吞祸胎⑬。争知我,办青鞋布袜⑭,雁荡天台⑮。

【题解】

此词作于丁巳,即绍兴七年(1137)。词因梦道人而作,从用语到意境,均有浓厚的仙道色彩。身未入教,而心向往之,这是多数士人在历经世变,而又无力跳脱尘网之后所产生的共同心理。故词人在描绘修真隐居的清境中,感慨为浮名虚利而劳神忧苦的人生比不上杖策远游,求道成仙的自在生活。

【注释】

①神水华池:宋张君房辑《云笈七签·金丹绝》:"阴阳二汞同一形,先后配合自有情。用金反应为神水,华池得母由木精。"同书卷十一《黄庭经》:"中池内神服赤珠。"《太平御览》卷三六七引《养生经》:"口为华池。"

②汞铅:即铅汞。道家以铅和汞入鼎炼丹,认为服食可以长生。后称炼丹之事为铅汞。唐白居易《同徽之赠别郭虚舟炼师五十韵》:"专心在铅汞,馀力工琴棋。"

③虎龙:即龙虎,道教术语。宋张君房辑《云笈七签·金丹绝》:"太玄阴符:'道生阴阳,阴阳生五行。合为还丹,故名龙虎。龙者阳气,木也;虎者阴气,金也。'"唐吕岩《沁园春》:"造化争驰,虎龙交媾,进火功夫牛

斗危。"

④"问子"二句:宋张君房辑《云笈七签·金丹绝》:"太丹有三品:上者汞,中者丹,下者砂。悟者归一无二。金虎合阴,位属西方,寄生太阴,玄铅而为至精,曰虎龙。卯酉相克,子午相望,此是天地阴阳轮轴转运生化也。"

⑤炉鼎:炉灶与鼎,炼丹用具。多借指内丹家所说的丹田。唐吕岩《七言》(其十二):"认得东西木与金,自然炉鼎虎龙吟。"

⑥灵宝玄门:灵宝是道家所谓的长生之法。东晋葛洪《抱朴子·内篇辨问》:"此乃灵宝之方,长生之法。"玄门指道教,《老子》:"玄之又玄,众妙之门。"

⑦烟萝:借指幽居或修真之处。唐裴铏《传奇·文箫》:"一斑与两斑,引入越王山。世数今逃尽,烟萝得再还。"周楞伽辑注:"烟萝,道家称隐居修真的地方。"宋苏舜钦《离京后作》:"脱身离网罟,含笑入烟萝。"

⑧"三日"句:唐吕岩《步蟾宫》:"坎离乾兑逢子午,须认取,自家根祖……捉得金精牢闭锢,炼甲庚,要生龙虎。"

⑨泥丸:宋张君房辑《云笈七签·黄庭经》:"脑神精根,字泥丸。"又云:"泥丸,脑之象也。"

⑩瑶台:指传说中的神仙居处。东晋王嘉《拾遗记·昆仑山》:"傍有瑶台十二,各广千步,皆五色玉为台基。"

⑪"看海变桑田"句:旧题晋葛洪《神仙传》卷七《麻姑》:"麻姑自说云:'接待以来,已见东海三为桑田。向到蓬莱,水又浅于往者会时略半也。岂将复还为陵陆乎?'方平笑曰:'圣人皆言,海中复扬尘也。'"

⑫尘劳:世俗事务的烦恼。《无量寿经》卷上:"散诸尘劳,坏诸欲堑。"

⑬祸胎:犹祸根。汉枚乘《上书谏吴王》:"福生有基,祸生有胎,纳其基,绝其胎,祸何自来?"

⑭青鞋布袜:指隐士或平民生活。唐杜甫《奉先刘少府新画山水障歌》:"若耶溪,云门寺,吾独胡为在泥滓,青鞋布袜从此始。"仇兆鳌注:"此见画而思托身世外。"

⑮雁荡天台:雁荡山和天台山,前者在浙江乐清县东,后者在浙江天台县北。

沁园春

　　敧枕深轩,散帙①虚堂②,畏景③屡移。渐披襟临水,支床④就月,莲香拂面,竹色侵衣。压玉为醴⑤,折荷当盏⑥,卧看银潢星四垂。人归后,任饥蝉自啸,宿鸟相依。　　痴儿莫蹈危机,悟三十九年都尽非。任纡朱拖紫⑦,围金佩玉,青钱⑧流地,白璧如坻⑨。富贵浮云,身名零露,事事无心归便归。秋风动,正吴淞月冷,莼长鲈肥⑩。

【题解】

　　此词又见于李弥逊《筠翁乐府》。《芦川归来集》调下有题"漫兴",据"悟三十九年都尽非"所云,当作于词人三十九岁之时。词作主要表达幽居隐逸之趣和超尘脱俗之想。词人在星斗垂天的夜色中,披襟而卧,月下小酌。往昔蹈身宦海,而今尽成浮云,梦想回归故里,尽享莼鲈之乐。

【注释】

　　①散帙(zhì):帙指书卷的外套。散帙,指打开书帙,亦借指读书。南朝宋谢灵运《酬从弟惠连》:"凌涧寻我室,散帙问所知。"刘良注:"散帙,谓开书帙也。"

　　②虚堂:高堂。南朝梁萧统《示徐州弟》:"屑屑风生,昭昭月影。高宇既清,虚堂复静。"

　　③畏景:夏天的太阳。唐刘得仁《和郑校书夏日游郑泉》:"太虚悬畏景,古木蔽清阴。"

　　④支床:《史记·龟策列传》:"南方老人用龟支床足,行二十馀岁,老人死,移床,龟尚生不死。龟能行气导引。"后用为典故,比喻身处困境,内心寂寞。

　　⑤"压玉"句:宋李弥逊《醉花阴·硕人生日》:"楼上地行仙,压玉为醴,

旋摘黄金蕊。"醪,指醇酒。

⑥"折荷"句:唐曹邺《从天平节度使游平流园》:"乘兴挈一壶,折荷以为盏。"

⑦纡朱拖紫:亦作"纡朱曳紫",形容地位显贵,朱、紫指高官所佩印绶之颜色。东晋葛洪《抱朴子·逸民》:"何必纡朱曳紫,服冕乘轺。"唐白居易《岁暮寄微之》:"若并如今是全活,纡朱拖紫且开眉。"

⑧青钱:青色铜钱。唐李贺《相劝酒》:"青钱白璧买无端,丈夫快意方为欢。"

⑨坻(chí):水中高地。《诗·秦风·蒹葭》:"宛在水中坻。"

⑩莼长鲈肥:参见《水调歌头·丁丑春与钟离少翁、张元鉴登垂虹》注释⑤。

临江仙

送王叔济①

玉立清标②消晚暑,胸中一段冰壶③。画船归去醉歌珠④。微云收未尽,残月炯如初。　　鸳鹭行间催阔步,秋来乘兴凫趋⑤。烦君为我问西湖。不知疏影⑥畔,许我结茅⑦无。

【题解】

此词作于绍兴二十四年(1154),时张元幹在闽中。据《芦川归来集》卷九《亦乐居士集序》,该年九月,张元幹应王叔济之请为其父文集作序,此时叔济当赴临安任职,芦川在闽为之送行,因作此词。上片描写叔济风神俊逸、冰清玉洁的形象,并点明送别环境。下片展望叔济归去后的情形。结句一问,便将内心对西湖的留恋之情,倾吐无遗。

【注释】

①王叔济:即王湝,王铁第三子。生平事迹不详。

②清标:俊逸。《南齐书·杜栖传》:"贤子学业清标,后来之秀。"

③"胸中"句:南朝宋鲍照《代白头吟》:"直如朱丝绳,清如玉壶冰。"唐王昌龄《芙蓉楼送辛渐》:"洛阳亲友如相问,一片冰心在玉壶。"

④歌珠:《芦川归来集》作"歌姝"。

⑤凫趋:比喻欢欣。唐卢照邻《穷鱼赋》:"渔者观焉,乃具竿索,集朋党,凫趋雀跃,风驰电往。"

⑥疏影:宋林逋《梅花诗》:"疏影横斜水清浅,暗香浮动月黄昏。"

⑦结茅:编茅为屋。南朝宋鲍照《观圃人艺植诗》:"抱锸垄上餐,结茅野中宿。"意谓效仿林逋,隐居西湖。

临江仙

荼蘼①有感

莺唤屏山惊睡起②,娇多③须要④郎扶。荼蘼斗帐⑤罢熏炉。翠穿珠落索⑥,香泛玉流苏⑦。　　长记枕痕销醉色,日高犹倦妆梳。一枝春瘦想如初。梦迷芳草路,望断素鳞书⑧。

【题解】

闺中思妇,是张元幹词作中的典型形象之一。词中日高贪睡,犹倦梳妆的少妇,因人不归,日日醉酒,瘦如花枝。词人对思妇内心的独白未着一字,只写尽了她的日常情态,但结句几字却让人感受到女子的相思之愁,渺渺无极。辞未吐,意已出。

【注释】

①荼蘼:宋张邦基《墨庄漫录》卷九:"酴醿花或作荼蘼,一名木香。有二品:一种花大而棘,长条而紫心者为酴醿;一品花小而繁,小枝而檀心者为木香。"

②"莺唤"句：唐金昌绪《春怨》："打起黄莺儿，莫教枝上啼。啼时惊妾梦，不得到辽西。"

③娇多：宋黄昇《花庵词选》作"娇羞"。

④须要：宋黄昇《花庵词选》作"须索"。

⑤斗帐：小帐，形如覆斗。古乐府《孔雀东南飞》："红罗复斗帐，四角垂香囊。"

⑥珠落索：明田艺蘅《留青日札》卷二十二《珠璎珞》："荀子曰：'处女婴宝珠'即今珠璎珞也，一名珠落索。"此指女子颈部的装饰。

⑦流苏：宋黄昇《花庵词选》作"流酥"。

⑧素鳞书：素鳞本指白色的鱼，素鳞书借指书信。汉乐府《饮马长城窟行》："客从远方来，遗我双鲤鱼。呼儿烹鲤鱼，中有尺素书。"

【汇评】

1. 明沈际飞《草堂诗馀别集》卷二："态甚。"又："迟媚温悴，有含词未吐，气若芳兰之意。"

2. 清许昂霄《词综偶评》："《临江仙》：'日高犹倦妆梳'以上俱是追忆。"

临江仙

赵端礼①重阳后一日置酒，坐上赋。

十日篱边犹袖手，天教冷地藏香。王孙风味最难忘。逃禅②留坐客，度曲出宫妆。　　判却③为花今夜醉，大家且泛鹅黄④。人心休更问炎凉。从渠簪发短⑤，还我引杯长⑥。

【题解】

此词于绍兴十八年(1148)作于闽中。与《青玉案·燕赵端礼堂成》作于同时。张元幹与王孙赵端礼的交游光景，是词人一生中难以忘怀的时光。重阳之后，词人与赵端礼等众友逃禅醉酒，吟歌作乐，不问世事人情。

只与众人举杯对酌。

【注释】

①赵端礼:参见《水调歌头·为赵端礼作》注释①。

②逃禅:逃出禅戒。唐杜甫《饮中八仙歌》:"苏晋长斋绣佛前,醉中往往爱逃禅。"仇兆鳌注:"逃禅,犹云逃墨逃杨,是逃而出,非逃而入。"

③判却:割舍,甘愿,豁出。唐高骈《送春》:"春光看欲尽,判却醉如泥。"

④鹅黄:唐杜甫《舟前小鹅儿》:"鹅儿黄似酒,对酒爱鹅黄。"后因以"鹅黄酒"泛指好酒。

⑤簪发短:唐杜甫《春望》:"白头搔更短,浑欲不胜簪。"

⑥引杯长:唐杜甫《夜宴左氏庄》:"检书烧烛短,看剑引杯长。"

临江仙

送宇文德和①被召赴行在所

露坐榕阴须痛饮,从渠叠鼓②频催。暮山新月两徘徊。离愁秋水远,醉眼晓帆开。　　泛宅浮家③游戏去,流行坎止④忘怀。江边鸥鹭莫相猜。⑤上林消息好,鸿雁已归来。⑥

【题解】

此词约于绍兴初作于福州。适逢宇文德和被召赴官,张元幹作词寄意。

【注释】

①宇文德和:生平事迹不详,与张元幹相交。

②叠鼓:小击鼓、急击鼓。南朝齐谢朓《鼓吹曲》:"凝笳翼高盖,叠鼓送华辀。"李善注:"小击鼓谓之叠。"

③泛宅浮家:《新唐书·隐逸传·张志和》:"颜真卿为湖州刺史,志和

来谒,真卿以舟敝漏,请更之。志和曰:'愿为浮家泛宅,往来苕雪间。'"宋胡舜陟《渔家傲》:"今我绿蓑青箬笠,浮家泛宅烟波逸。"

④流行坎止:《汉书·贾谊传》:"乘流则逝,得坎则止;纵躯委命,不私与己。"谓顺流而行,遇险而止,比喻行止进退视境况而定。宋苏轼《答程天侔书》:"尚有此身,付与造物者,听其运转,流行坎止,无不可者。"

⑤"江边"句:《列子集释》卷二《黄帝篇》:"海上之人有好鸥鸟者,每旦之海上,从鸥鸟游,鸥鸟之至者百住而不止。其父曰:'吾闻鸥鸟皆从汝游,汝取来,吾玩之。'明日之海上,鸥鸟舞而不下也。"

⑥"上林"二句:《汉书·苏武传》:"天子射上林中,得雁,足有系帛书。"

醉落魄

浮家泛宅①,旧游记雪溪②踪迹。此生已是天涯隔。投老谁知,还作三吴③客。　　故人怪我疏髯黑,醉来犹似丁年④日。光阴未肯成虚掷。蜀魄⑤声中,著处有春色。

【题解】

据《芦川归来集》卷二《登垂虹亭》诗:"一别三吴地,重来二十年",以及此词中"投老谁知,还作三吴客"之句,此词应作于绍兴二十七年(1157),即词人游吴越之时。词抒飘零之苦、故国之思。北宋亡后,词人辗转三吴间,在悲风老泪之中追忆旧游踪迹。光阴流逝,但词人不忍老去,期待在悲歌中迎来国朝新生。

【注释】

①浮家泛宅:参见《临江仙·送宇文德和被召赴行在所》注释③。

②雪(zhà)溪:水名。在浙江湖州,也为旧吴兴县之别称。《太平寰宇记》卷九十四:"乌程县……雪溪在县东南一里,凡四水合为一溪……自德清县前北流至州南兴国寺前曰雪溪。"

③三吴:指吴兴、吴郡、会稽三郡。唐李白《赠升州王使君忠臣》:"六代

帝王国,三吴佳丽城。"

④丁年:男子成丁之年。汉李陵《答苏武书》:"丁年奉使,皓首而归。"李善注:"丁年,谓丁壮之年也。"

⑤蜀魄:犹蜀魂,指杜鹃鸟。据《华阳国志》卷三《蜀志》,相传蜀主名杜宇,号望帝,死化为鹃。春月昼夜悲鸣,蜀人闻之,曰:"我望帝魂也。"故称。唐杜荀鹤《闻子规》:"楚天空阔月成轮,蜀魄声声似告人。"

醉落魄

绿枝红萼,江南芳信①年年约。竹舆②路转溪桥角。晴日烘香,的皪③疏篱落。　　玉台粉面铅华薄。画堂长记深罗幕。惜花老去情犹著。客里④惊春⑤,生怕⑥东风恶⑦。

【题解】

词在伤春惜花的愁怀中寄寓客中相思之忆。上片写绚烂春景。下片转到因花忆人的愁情之中,人不复见,惜花犹惜人。伤春怀人的客中情怀,深婉而含蓄。

【注释】

①江南芳信:宋贺铸《蓦山溪》:"江南芳信,目断何人寄。"

②竹舆:竹轿。《汉书·严助传》:"舆轿而隃领。"颜师古注引臣瓒曰:"今竹舆车也,江表作竹舆以行是也。"

③的皪(lì):亦作"的礰""的历"。光亮、鲜明貌。汉司马相如《上林赋》:"明月珠子,的皪江靡。"

④客里:离乡在外期间。唐牟融《送范启东还京》:"客里故人尊酒别,天涯游子弊裘寒。"

⑤惊春:谓花木于春日来临时迅速萌发。南朝宋鲍照《行药至城东桥》:"开芳及雉节,合彩各惊春。"

⑥生怕:犹只怕,唯恐。唐曹唐《勸剑》:"生怕雷霆号涧底,长闻风雨在

床头。"

⑦东风恶:唐王建《春去曲》:"就中一夜东风恶,收红拾紫无遗落。"

醉落魄

　　一枝冰萼①,鬓云低度横波②约。醉扶曾胃乌巾角。长是春来,肠断宝钗落。　　罗衣乍怯香风薄。夜深花困遮垂幕。不堪往事寻思著。休问尊前,客恶主人恶。

【题解】
该词为对梅怀人之作。词作在回忆中抒写现实的孤寂怅惘。

【注释】
①冰萼:初春之梅花,凌寒而绽,称之冰萼。宋李龏《梅花集句》:"小桥分路入青苔,冰萼琼华次第开。"

②横波:女子眼神流动,如横流之水。东汉傅毅《舞赋》:"眉连娟以增绕兮,目流睇而横波。"李善注:"横波,言目邪视,如水之横流也。"

醉落魄

　　云鸿影落,风吹小艇欹沙泊。津亭①古木浓阴合。一枕滩声,客睡何曾著。　　天涯万里情怀恶。年华垂暮犹离索②。佳人想见猜疑错。莫数归期,已负当时约。

【题解】
　　据"年华垂暮犹离索"句,此词当作于词人晚年流寓他乡之时。词人晚来漂泊,羁旅之中倚枕难眠,有约难赴、归期屡误的怅恨又使其心中倍添凄凉。

【注释】

①津亭：古代建于渡口旁的亭子。唐王勃《江亭夜月送别》："津亭秋月夜，谁见泣离群？"

②离索：离群索居。《礼记·檀弓上》："吾离群而索居，亦已久矣。"唐杜甫《夜听许十一诵诗爱而有作》："离索晚相逢，包蒙欣有击。"

南歌子

中秋

凉月今宵满，晴空万里宽。素娥①应念老夫闲。特地②中秋著意，照人间。　　香雾云鬟湿，清辉玉臂寒。③休教凝伫向更阑④。飘下桂华闻早⑤，大家看。

【题解】

此词与向子諲《南歌子·代张仲宗赋》同韵，当作于同时，即北宋宣和年间。清沈辰垣《历代诗馀》无词题。词乃中秋佳节与向子諲的唱和之作，记玩月赏花之乐。

【注释】

①素娥：《水调歌头》（今夕定何夕）注释④。

②特地：亦作"特的"，特意。唐戴叔伦《题黄司直园》："为忆去年梅，凌寒特地来。"

③"香雾"二句：直接借用唐杜甫《月夜》"香雾云鬟湿，清辉玉臂寒"二句。

④更阑：更深夜残。唐方干《元日》："晨鸡两遍报更阑，刁斗无声晓露乾。"

⑤闻早：明毛晋《宋六十名家词》、清沈辰垣《历代诗馀》作"开早"。闻

早,据张相《诗词曲语辞汇释》卷五:"闻早犹云趁早或赶早也。"唐霍总《采莲女》:"闻早渡江去,日高来起居。"

【附录】

宋向子諲《南歌子·代张仲宗赋》:

碧落飞明镜,晴烟幂远山。扁舟夜下广陵滩。照我白蘋红蓼,一杯残。

初望同盘饮,如何两处看。遥知香雾湿云鬟。凭暖琼楼十二,玉栏干。

南歌子

远树留残雪,寒江照晚晴。分明江上数峰青①。倚槛旧愁新恨②,一时生。　　春意来无际,归舟去有程。道人元自③没心情。楚梦④只因沈醉⑤,等闲⑥成。

【题解】

旧愁新恨,是此词主旨。残雪、寒江映射出凄凉的心境,远别之悲、家国之恨交织于心。

【注释】

①江上数峰青:唐钱起《省试湘灵鼓瑟》:"曲终人不见,江上数峰青。"

②旧愁新恨:南唐冯延巳《采桑子》:"旧愁新恨知多少,目断遥天,独立花前。"

③元自:犹言原本,本来。唐杜甫《伤春》:"鬓毛元自白,泪点向来垂。"

④楚梦:参见《念奴娇·丁卯上巳,燕集叶尚书蕊香堂赏海棠,即席赋之》注释⑩。

⑤沈醉:即"沉醉"。大醉,沉迷之意。

⑥等闲:无端,平白。唐刘禹锡《竹枝词》:"长恨人心不如水,等闲平地起波澜。"

南歌子

　　玉露团①寒菊,秋风入败荷。缭墙南畔曲池涡。天迥②遥岑③倒影,落层波。　　月转檐牙短,更传漏箭④多。醉来归去意如何。只为地偏心远⑤,惯弦歌。

【题解】
词写秋日愁思。上片写深秋之景。下片写词人沉吟秋风,归去无望,唯在弦歌声中以求自适心。

【注释】
①团:清沈辰垣《历代诗馀》作"薄"。
②天迥:明毛晋《宋六十名家词作》"天迥",朱居易《毛刻六十家词勘误》作"天迥"。
③遥岑:远处陡峭的小山崖。唐韩愈孟郊《城南联句》:"遥岑出寸碧,远目增双明。"
④漏箭:漏壶的部件,上刻时辰度数,随水浮沉以计时。宋陆游《晨起》:"夜润熏笼煖,灯残漏箭长。"
⑤地偏心远:晋陶渊明《饮酒》:"问君何能尔,心远地自偏。"

南歌子

　　桂魄①分馀晕②,檀香破紫心。高鬟松绾鬓云侵。又被兰膏香染、色沈沈。　　指印纤纤粉,钗横隐隐金。更阑云雨凤帏深。长是枕前不见、殢③人寻。

【题解】

该词为闺帏之作、香艳之词。词人以细腻之笔,状写儿女之情。

【注释】

①桂魄:指月。唐骆宾王《伤祝阿王明府》:"嗟乎,轮销桂魄,骊珠毁贝阙之前,斗散紫氛,龙剑没延平之水。"

②分馀晕:明毛晋《宋六十名家词》作"芬馀晕",朱居易《毛刻六十家词勘误》作"分馀晕"。

③殢(tì):此指引逗,纠缠。宋吕渭老《思佳客》:"秋意早,暑衣轻。殢人索酒复同倾。"

卜算子

梅

的皪①数枝斜,冰雪萦馀态。烛外尊前满眼春,风味年年在。　　老去惜花深,醉里愁多瞞②。冷蕊孤芳底处③愁,少个人人④戴。

【题解】

据"老去惜花深,醉里愁多瞞",词应作于作者还乡之后。词人以孤高清冷之梅,表现内心的孤寂清绝。冷梅横斜,孤芳之下,独自惆怅,无人与共。

【注释】

①的皪(lì):参见《醉落魄》(绿枝红萼)注释③。

②多瞞:"瞞"通"煞",表示程度深,相当于"甚"。多瞞,《芦川归来集》作"无赖"。

③底处:何处。张相《诗词曲语辞汇释》卷一:"言何处也。"宋杨万里《山云》:"春从底处领云来,日日山头絮作堆。"

④人人:用以称亲昵者。宋欧阳修《蝶恋花》:"翠被双盘金缕凤。忆得前春,有个人人共。"

卜算子

凉气入熏笼①,暗影欹花砌。紫玉②谁人三弄③寒,吹断④江梅意。　　花底湿春衣,隔坐风轻递。却笑笙箫缑岭人⑤,明月偷垂泪。

【题解】

该词为春夜伤怀之作。薄寒之中听人弄笛,勾起远人之思,愁苦之感因之而生。

【注释】

①熏笼:亦作"燻笼"。一种覆盖于火炉上供熏香、烘物和取暖用的器物。《太平御览》卷七一一引《东宫旧事》:"太子纳妃,有漆画手巾熏笼二,条被熏笼三。"唐王昌龄《长信秋词》(其一):"熏笼玉枕无颜色,卧听南宫清漏长。"

②紫玉:古人多截紫竹为箫笛,因以紫玉为箫笛之代称。唐李白《经乱后将避地剡中留赠崔宣城》:"胡床紫玉笛,却坐青云叫。"

③三弄:即梅花三弄。唐李郢《赠羽林将军》:"惟有桓伊江上笛,卧吹三弄送残阳。"

④吹断:原作"细吹断",据明毛晋《宋六十名家词》改。

⑤笙箫缑(gōu)岭人:旧题汉刘向《列仙传》卷上《王子乔》:"王子乔,周灵王太子晋也。好吹笙,作凤鸣。游伊洛闲,道士浮丘公接上嵩山。十馀年后,来于山上,告桓良曰:'告我家,七月七日待我缑氏山头。'果乘白鹤驻山颠,望之不得到,举手谢时人而去。"

卜算子

风露湿行云，沙水①迷归艇。卧看明河月满空，斗挂苍山顶。　　万古只青天，多事②悲人境③。起舞闻鸡④酒未醒，潮落秋江冷。

【题解】

此词作于张元幹休官里居之时。词人倚船遥望银河，感慨宇宙之间，唯有青天万古不变，而人世之事纷繁变幻，事事堪悲。词人立身此世，空有奋发之志，却无施展之时，只能以酒自醉，一任潮水自退，秋江自冷。

【注释】

①沙水：据《福建通志》，沙水即福建沙溪，闽江源头之一。

②多事：多事故，多事变。《庄子·天地》："多男子则多惧，富则多事，寿则多辱。"

③人境：尘世，人所居止的地方。晋陶潜《饮酒》(其五)："结庐在人境，而无车马喧。"

④起舞闻鸡：《晋书·祖逖传》："(祖逖)与司空刘琨俱为司州主簿，情好绸缪，共被同寝。中夜闻荒鸡鸣，蹴琨觉曰：'此非恶声也。'因起舞。"后以"闻鸡起舞"为志士仁人及时奋发之典。

卜算子

芳信①著寒梢，影入花光画②。玉立风前万里春，雪艳江天夜。　　谁折暗香来，故把新篘③泻。记得偎人并照时，鬓乱斜枝惹。

因梅思人之作。雪夜闻寒梅之香,忆起佳人曾折梅相赠,乘兴厄酒相劝。犹记其插花偎人,对镜自理云鬟的模样。伊人一举一动,一颦一笑已然铭刻于词人心中。如今梅花又开,黯然思量伊人何在矣。

【注释】

①芳信:花开的讯息,亦以指春的消息。宋苏轼《谢关景仁送红梅栽》:"年年芳信负红梅,江畔垂垂又欲开。"

②"影入"句:花光指宋代僧人仲仁,会稽人,住衡州华光寺,号华光长老、华光道人。酷好梅花,工画墨梅。与黄庭坚交往甚密。元夏文彦《图绘宝鉴》卷三:"(仲仁)以墨晕作梅,如花影然,别成一家,所谓写意者也。"

③新篘(chōu):新漉取的酒。唐段成式《怯酒赠周繇》:"大白东西飞正狂,新篘石冻杂梅香。"

浣溪沙

夜坐

曲室①明窗烛吐光,瓦炉灰暖炷瓢香,夜阑茗椀间飞觞②。坐稳蒲团凭隽几③,熏馀纸帐④掩梨床⑤,个中⑥风味更难忘。

【题解】

词写夜坐闲情。明烛照幽窗,香炉袅清芬,室内清茶美酒恣意斟酌,茶盏酒觞交错不迭。此情此景或是与友人举杯对酌,或是与佳人把盏言欢,此等惬意之情令人难以忘怀。

【注释】

①曲室:内室,密室。三国魏阮籍《达庄论》:"且烛龙之光,不照一堂之

上；钟山之口，不谈曲室之内。"

②飞觞：举杯或行觞。左思《吴都赋》："里宴巷饮，飞觞举白。"刘良注："行觞疾如飞也。"

③棐(fěi)几：用棐木做的几桌，亦泛指几桌。《晋书·王羲之传》："尝诣门生家，见棐几滑净，因书之，真草相半。"

④纸帐：以藤皮茧纸缝制的帐子。据明高濂《遵生八笺》卷八记载，其制法为："用藤皮茧纸缠于木上，以索缠紧，勒作皱纹，不用糊，以线折缝缝之。顶不用纸，以稀布为顶，取其透气。"唐齐己《夏日草堂作》："沙泉带草堂，纸帐卷空床。"

⑤梨床：明吴讷《唐宋名贤百家词》、明毛晋《宋六十名家词》均作"藜床"。

⑥个中：张相《诗词曲语辞汇释》卷七："个中，犹云此中。"唐寒山《诗》之二五五："若得个中意，纵横处处通。"

浣溪沙

一枕秋风两处凉，雨声初歇漏声长，池塘零落藕花香。归梦等闲①归燕去，断肠分付断云行，画屏今夜更思量②。

【题解】

据《全宋词》，此首误作王之道词，见《花草萃编》卷三。此词为悲秋怀人之作。秋夜凉风侵枕，扰得两处离人清梦难成。料想池塘里的残荷，也在凄风寒雨之中飘逝了最后的芬芳。如此萧索之景，影射着相思之人凄凉的心境。词人空对画屏，自问归期而无人相答，只能默默心伤。

【注释】

①等闲：参见《南歌子》(远树留残雪)注释⑥。

②思量：想念，相思。《敦煌曲子词·风归云遍·征夫数载》："想君薄行，更不思量，谁为传书与表妾衷肠。"

浣溪沙

王仲时①席上赋木犀②

翡翠钗头缀玉虫③，秋蟾④飘下广寒宫，数枝金粟⑤露华浓。　　花底清歌生皓齿，烛边疏影映酥胸，恼人⑥风味冷香中。

【题解】

据王兆鹏《张元幹年谱》考证，此词作于宣和五年(1123)。词乃与友人仲时同赋桂花的唱和之作，殆赠席上之歌姬。秋桂香袅，美人花下起舞放歌，清歌婉转，舞步蹁跹，其姿态之婀娜，不输月下疏枝花影。凉风徐来，月下之花，花下之人，万般撩人情思。

【注释】

①王仲时：王及之，字仲时，生卒年不详。吕本中《东莱紫微诗友杂志》称其："才高识远，有绝人者。宣和间在京作宗学官。"仲时尝与张元幹相交。靖康元年正月，二人同为李纲行营属官，次年仲时因在汴城围中诱置内人为妾以及抄劄金银自盗事遭贬。

②木犀：即桂花。宋释晓莹《罗湖野录》卷一："时当暑退凉生，秋香满院。晦堂乃曰：'闻木犀香乎？'"

③玉虫：此指虫状的玉雕首饰。唐韩愈《咏灯花同侯十一》："黄里排金粟，钗头缀玉虫。"

④秋蟾：秋月。唐姚合《秋夜月中登天坛》："秋蟾流异彩，斋洁上坛行。"

⑤金粟：桂花的别名，因其色黄如金，花小如粟，故称。宋范成大《中秋后两日，自上沙回，闻千岩观下岩桂盛开，复舣石湖留赏一日，赋两绝》(其一)："金粟枝头一夜开，故应全得小诗催。"

⑥恼人:撩拨人。后蜀欧阳炯《菩萨蛮》:"斜卧脸波春,玉郎休恼人。"

浣溪沙

武林①送李似表②

燕掠风樯③款款飞,艳桃秾李闹长堤,骑鲸④人去晓莺啼。
可意⑤湖山留我住,断肠烟水送君归,三春⑥不是别离时。

【题解】

宋黄昇《花庵词选》词题作"别意"。词约作于绍兴末,于临安送别友人
时。江畔别友之时,桃李一片浓芳,晓莺声声啼叫,似作挽留之语。词人自
是沉醉于湖山之中,唯惆怅友人即将离开,从此便少一知己相伴,故在此盎
然的春景中愁绪满怀。

【注释】

①武林:旧时杭州的别称,以武林山得名。宋苏轼《送子由使契丹》:
"沙漠回看清禁月,湖山应梦武林春。"

②李似表:李弥正,字似表,李弥逊弟弟。吴县(今江苏苏州)人,一说
长乐(今广东五华)人。徽宗宣和二年(1120)释褐。高宗绍兴三年(1133)
为建昌军学教授。五年,除秘书省正字,充点检试卷官,兼史馆校勘(《建炎
以来系年要录》卷六六、八五、九〇、九一)。七年,除著作佐郎(同上书卷一
一五)。官终朝奉大夫。

③风樯:即帆船。唐刘禹锡《鱼复江中》:"风樯好住贪程去,斜日青帘
背酒家。"

④骑鲸:参见《念奴娇·玩月》注释⑦。

⑤可意:合意,如意。宋苏轼《秋晚客兴》:"流年又喜经重九,可意黄花
是处开。"

⑥三春:春季三个月,农历正月称孟春,二月称仲春,三月称季春。此

指春季。东汉班固《终南山赋》:"三春之季,孟夏之初,天气肃清,周览八隅。"唐李白《别毡帐火炉》:"离恨属三春,佳期在十月。"

浣溪沙

云气吞江卷夕阳,白头波上电飞忙,奔雷惊雨溅胡床。
玉节①故人同壮观,锦囊公子②更平章③,榕阴归梦十分凉。

【题解】
该词是忆故人之作。远观天际,正是一派风雨欲来的气势,俄而雷电惊奔,江涛浪卷,暴雨乱溅。词人面对顷刻骤变的天象,回忆起友人,遥想从前与之同览壮景,那时友人才高位显,何等风光。而今两人各自散落天涯,不知归处,每念及此,词人便心有伤感。

【注释】
①玉节:玉制的符节。《周礼·地官·掌节》:"守邦国者用玉节,守都鄙者用角节。"
②锦囊公子:本指诗鬼李贺,此处借指词中"故人"。参见《宝鼎现》(山庄图画)注释③。
③平章:古代官名。唐代以尚书、中书、门下三省长官为宰相,因官高权重,不常设置,选任其他官员加同中书门下平章事之名,简称"同平章事",同参国事。

浣溪沙

山绕平湖波撼城①,湖光倒影浸山青,水晶楼②下欲三更。
雾柳暗时云度月,露荷翻处水流萤,萧萧散发到天明。

词写明逸静秀的湖光山色和洒脱闲适的情怀。起句颇有"气蒸云梦泽,波撼岳阳城"的壮美气势,但笔势就此收住,转到平湖之上的淡荡之美。水之清润,山之妩媚,相映成趣。词人留恋至三更,见月下荷珠泻影,流萤照水,甚是可爱。词人沉浸于灵秀的山水之中,披发至天明,其潇洒、闲逸的形象悄然跃之纸上。

【注释】

①波撼城:唐孟浩然《临洞庭湖赠张丞相》:"气蒸云梦泽,波撼岳阳城。"

②水晶楼:宋胡仔《苕溪渔隐丛话》前集卷五十三《水晶宫》:"吴兴谓之水晶宫,不载之于《图经》,但《吴兴集》刺史杨汉公《九月十五夜绝句》云:'江南地暖少严风,九月炎凉正得中,溪上玉楼楼上月,清光合作水晶宫。'因此诗也。"

【汇评】

近人徐培均《唐宋词小令精华》:"(过片)二句对仗工整,虽经雕琢而不失自然之美。结句笔锋顿转,因想到自己已无'乌纱'之累,可以披着一头稀疏的头发陶醉在美好的山光水色中直到天明,自由而又轻松,这是一种狂放不羁的态度。……此词以清丽婉转为其主要特色,然亦间有豪放洒脱的情致,兼得豪放、婉约词风之长。"

浣溪沙

目送归舟①铁瓮城②,隔江想见蜀山青,风前团扇仆频更。
梦里有时身化鹤③,人间无数草为萤④,此时山月下楼明。

【题解】

此词于绍兴二十四年(1154)秋作于镇江。词为送别友人归蜀而作。

起笔直抒目送友人时的流连不舍之意。过片转入对人世沧桑的感叹之中，化鹤仙去的丁令威，千年归辽，而人间已然几度腐草幻化成萤！世事变幻如此，常人无可奈何。词人沉思回首已是山月下沉时。

【注释】

①归舟：原作"归州"，据明毛晋《宋六十名家词》《芦川归来集》改。

②铁瓮城：江苏镇江古城名，是镇江北固山前的一座古城，为三国时孙权所筑。宋王令《忆润州葛使君》："金山寺近尘埃绝，铁瓮城深气象雄。"

③化鹤：谓成仙。《搜神后记》卷一："丁令威本辽东人，学道于灵虚山，后化鹤归辽。"

④"人间"句：古人认为腐草能化为萤。《逸周书·时训》："大暑之日，腐草化为萤。"唐李商隐《隋宫》："于今腐草无萤火，终古垂杨有暮鸦。"

浣溪沙

蔷薇水①

月转花枝清影疏，露华浓处滴真珠，天香遗恨冒花须②。沐出乌云③多态度④，晕成娥绿⑤费工夫，归时分付与妆梳。

【题解】

词咏蔷薇香水。上片描写蔷薇香水得之于天地精华，是在清光月露的浸润中孕育而成。此水之香是自然赋予人间的馈赠，词人得此珍奇，立马想到的是此时沐浴出水的佳人，故在下片直言表达愿将香水赠予佳人的心意。

【注释】

①蔷薇水：古代香水名。南唐张泌《妆楼记·蔷薇水》："周显德五年，

昆明国献蔷薇水十五瓶，云得自西域，以洒衣，衣敝而香不灭。"宋蔡绦《铁围山丛谈》卷五："旧说蔷薇水乃外国采蔷薇花上露水，殆不然，实用白金为甑，采蔷薇花蒸气成水，则屡采屡蒸，积而为香，此所以不败，但异域蔷薇花气馨烈非常，故大食国蔷薇水虽贮琉璃缶中，蜡密封其外，然香犹透彻闻数十步，洒著人衣袂，经十数日不歇也。"

②花须：花蕊。唐杜甫《陪李金吾花下饮》："见轻吹鸟毳，随意数花须。"

③乌云：比喻女子的黑发。宋苏轼《岐亭道上见梅花戏赠季常》："行当更向钗头见，病起乌云正作堆。"

④多态度：女子婀娜多姿的体态。宋晏几道《浣溪沙》："腰自细来多态度，脸因红处转风流。"

⑤娥绿：明毛晋《宋六十名家词》作"蛾绿"。娥绿即螺黛，画眉用的青黑色颜料。

浣溪沙

笃耨香①

花气天然百和芬②，仙风吹过海中春，龙涎③沈水④总销魂。　　清润巧萦金缕⑤细，氤氲⑥偏傍玉脂⑦温，别来长是惜馀熏⑧。

【题解】

小词咏香，亦咏美人。上片描写自然界花木的芬芳，像是从仙界吹来的香气，龙涎香、沉香，芳香浓郁，令人销魂。而下片所写到的笃耨香，则是细若金缕，轻盈宜人，且此香气似乎偏爱美人，香暖玉肌，傍人不绝，令人黯然难舍。

【注释】

①笃耨（dǔnòu）香：亦作"笃傉""笃禄"。香木名，其树脂香气浓郁，名

笃耨香,可作香料及供药用。宋陆游《书枕屏》:"西域兜罗被,南番笃耨香。"

②百和芬:由各种香料和成的香。《太平御览》卷八一六引《汉武帝内传》:"燔百和香,燃九微灯,以待西王母。"南朝梁吴均《行路难》(其四):"博山炉中百和香,郁金苏合及都梁。"

③龙涎(xián):极名贵的香料。唐许浑《暝投灵智寺渡溪不得却取沿江路往》:"沙虚留虎迹,水滑带龙涎。"

④沈水:即"沉水",指沉香。晋嵇含《南方草木状·蜜香沉香》:"此八物同出于一树也……木心与节坚黑,沉水者为沉香,与水面平者为鸡骨香。"后因以"沉水"借指沉香。唐罗隐《香》:"沉水良材食柏珍,博山烟煖玉楼春。"

⑤金缕:指金丝。唐白居易《秦中吟·议婚》:"红楼富家女,金缕绣罗襦。"

⑥氤氲(yīnyūn):此指浓郁的香气。南朝梁沈约《芳树》:"氤氲非一香,参差多异色。"

⑦玉脂:明毛晋《宋六十名家词》作"玉肌"。唐李贺《将进酒》:"烹龙炮凤玉脂泣,罗屏绣幕围香风。"

⑧馀熏:犹余香。宋苏轼《和张昌言喜雨》:"梦觉酒醒闻好句,帐空簟冷发馀熏。"

浣溪沙

范才元①自酿,色香如玉,直与绿萼梅同调,宛然京洛气味也,因名曰萼绿春,且作一首。

萼绿华②家萼绿春,山瓶③何处下青云,浓香气味已醺人。
竹叶④传杯惊老眼,松醪题赋倒纶巾⑤,须防银字⑥暖朱唇。

【题解】

据此词"宛然京洛气味也"等句,词约作于南渡后。词人在上片妙赞友人自酿之酒有似仙酿,未尝其酒,已闻酒香。下片则是细酌慢斟的切身感受,此酒有如醇美的竹叶清,令人一饮则眼目明朗;又如一饮辄醉的松花酒,令人欲罢不能。品酒之乐,趣味横生。

【注释】

①范才元:生平事迹不详。与张元幹、吕本中以及苏籀等交游唱和。

②萼绿华:《太平广记》卷五十七《女仙二·萼绿华》:"萼绿华者,女仙也。年可二十许,上下青衣,颜色绝整。以晋穆帝升平三年己未十一月十日夜降于羊权家。"亦省称"萼绿"。唐李商隐《重过圣女祠》:"萼绿华来无定所,杜兰香去未移时。"

③山瓶:山野人家所用的酒瓶。唐杜甫《谢严中丞送青城山道士乳酒一瓶》:"山瓶乳酒下青云,气味浓香幸见分。"

④竹叶:即"竹叶清",一种酒,产自浙江绍兴。晋张华《轻薄篇》:"苍梧竹叶清,宜城九酝醯。"唐白居易《忆江南》:"吴酒一杯春竹叶,吴娃双舞醉芙蓉。"

⑤"松醪"句:松醪(láo),用松肪或松花酿制的酒。唐戎昱《送张秀才之长沙》:"松醪能醉客,慎勿滞湘潭。"宋苏轼作《中山松醪赋》:"烂文章之纠缠,惊节解而流膏……收薄用于桑榆,制中山之松醪……颠倒白纶巾,淋漓宫锦袍。"

⑥银字:笙笛类管乐器上用银作字,以表示音调的高低。据此词"谚以'窃尝'为'吹笙'云",这里的银字指吹笙,也即偷尝美酒之意。

【汇评】

1.清谢章铤《赌棋山庄词话》卷四:"宋时谚谓吹笙为窃尝,见张仲宗《芦川词》。"

2.清况周颐《蕙风词话》卷三:"(此词)后段'竹叶传杯惊老眼,松醪题赋倒纶巾。须防银字暖朱唇。''窃尝',尝酒也,故末句云云。《织馀琐述》云:乐器竹制者唯笙,用吸气吸之,恒轻,故以喻'窃尝'。"

浣溪沙

戏简宇文德和①求相香②

花气③蒸浓古鼎烟，水沉④春透露华⑤鲜，心清无暇数龙涎⑥。　　乞与病夫僧帐座，不妨公子醉茵眠，普熏三界⑦扫腥膻⑧。

【题解】

词乃调侃友人寺庙拈香之作。寺庙的清净，终究不会妨碍友人在花酒中醉眠的生活，词人的调侃之处或恐正在于此。

【注释】

①宇文德和：参见《临江仙》(露坐榕阴须痛饮)注释①。

②相香：明毛晋《宋六十名家词》《芦川归来集》均作"拈香"。

③花气：花的香气。唐贾至《对酒曲》(其一)："曲水浮花气，流风散舞衣。"

④水沉：亦作"水沈"，即沉香。唐杜牧《为人题赠》(其一)："桂席尘瑶珮，琼炉烬水沉。"

⑤露华：露水。唐李白《清平调词》(其一)："云想衣裳花想容，春风拂槛露华浓。"

⑥龙涎：参见《浣溪沙·笃耨香》注释③。

⑦三界：佛教指众生轮回的欲界、色界和无色界。晋慧远《沙门不敬王者论·求宗不顺化》："三界流动，以罪苦为场。化尽则因缘永息，流动则受苦尤穷。"唐寒山《诗》之二一三："可畏三界轮，念念未曾息。"

⑧腥膻：难闻的腥味，亦比喻人间丑恶污浊的现象。南朝梁沈约《需雅》(其三)："终朝采之不盈掬，用拂腥膻和九谷。"

浣溪沙

求年例①贡馀香

花气薰人百和香②，少陵佳句③是仙方，空教蜂蝶为花忙。

和露摘来轻换骨④，傍怀闻处恼回肠⑤，去年时候入思量⑥。

【题解】

此为因香怀人之作。上片描写百和香料的妙处。下片回忆去年之景，词人采下带露鲜花酿为美酒，美人闻此酒香，细语嗔怪词人无端勾人嗜酒心思。记忆中的画面令词人陷入怅惘之中。

【注释】

①年例：年终按例发给的赏钱。

②"花气"句：唐杜甫《即事》："花气浑如百和香。"

③少陵佳句：唐杜甫曾经住在长安杜陵西，因自号杜陵布衣、少陵野老，后人称为杜少陵。此指杜甫诗句。

④换骨：此处应指换骨醪。换骨，本指道家服食仙酒、金丹等化骨升仙之事，后引申为作诗文活用古人之意，推陈出新。此处应当是借用唐冯贽《云仙杂记·酿换骨醪》"宪宗采凤李花酿换骨醪"之意，即以花酿酒。

⑤回肠：比喻愁苦、悲痛之情郁结于内，辗转不解。唐唐彦谦《春阴》："一寸回肠百虑侵，旅愁危涕两争禁。"

⑥思量：参见《浣溪沙》(一枕秋风两处凉)注释②。

浣溪沙

残腊①晴寒出众芳，风流②勾引③破春光，年年长为此花忙。　　　夜久莫教银烛炧④,酒边何似玉台⑤妆,冰肌温处觅馀香。

【题解】

词赋梅花。众芳沉寂之时,凌寒独放的梅花招引着春光的降临。盼梅如盼春,故而人们愿意夜烧高烛,长照此花。烛光映照下的梅花,不啻在镜台边妆饰的美人,梅花的清香使佳人的肌肤更加温润凝香。词人的惜花之情,怜人之意,流溢笔端。

【注释】

①残腊:农历年底。唐李频《湘口送友人》:"零落梅花过残腊,故园归去又新年。"

②风流:风韵美好动人,此指梅花的风韵。

③勾引:招引,吸引。唐杜甫《风雨看舟前落花戏为新句》:"影遭碧水潜勾引,风妒红花却倒吹。"

④"夜久"句:宋苏轼《海棠》:"只恐夜深花睡去,故烧高烛照红妆。"银烛炧(xiè),意为蜡烛烧尽。

⑤玉台:玉饰的镜台,亦为镜台的美称。唐王昌龄《朝来曲》:"盘龙玉台镜,唯待画眉人。"

浣溪沙

棐几①明窗乐未央,熏炉茗盌②是家常,客来长揖对胡床。
蟹眼③汤深轻泛乳,龙涎灰暖细烘香,为君行草写秋阳④。

【题解】

把盏品茗,是文人墨客的风雅乐事。此词便是描写烘香煮茶的闲情逸致。词人与友人煮水烹茶，围炉夜话直至夜深。居室内茶瓯泛乳，龙涎香袅，一片清雅之境。茶罢香余之际，词人雅意未尽，为客书写东坡的《秋阳赋》，聊表寸心之志。

【注释】

①辈(fēi)儿：参见《浣溪沙·夜坐》注释③。

②茗盌(wǎn)："盌"同"碗"，茗盌即茶碗。

③蟹眼：螃蟹的眼睛，比喻水初沸时泛起的小气泡。宋庞元英《谈薮》："俗以汤之未滚者为盲汤，初滚者曰蟹眼，渐大者曰鱼眼，其未滚者无眼，所语盲也。"宋苏轼《试院煎茶》："蟹眼已过鱼眼生，飕飕欲作松风鸣。蒙茸出磨细珠落，眩转绕瓯飞雪轻。"

④秋阳：此指宋苏轼的《秋阳赋》，赋云："吾心皎然如秋阳之明，吾气肃然如秋阳之清，吾好善而欲成之如秋阳之坚百谷，吾恶恶而欲刑之如秋阳之陨群木。"

浣溪沙

书大同驿①壁

榕叶桄榔②驿枕溪，海风吹断瘴云③低，薄寒初觉到征衣。岁晚可堪归梦远，愁深偏恨得书稀，荒庭日脚④又垂西。

【题解】

此词作于政和、宣和年间，时张元幹在福建泉州同安县。词抒离都已久，归去无期的感慨。词人暂驻同安驿，在清寒之中，深觉征客之衣不胜薄寒。日已晚，归无期，是词人心寒愁深的症结之所在，京都尚无一书寄来，更是令词人遗恨满怀。

【注释】

①大同驿：据《福建通志》，大同驿为福建泉州同安县驿名，又称同

安驿。

②桄榔(guānglàng):亦作"桄桹",一种常绿乔木。宋梅尧臣《送番禺杜杆主簿》:"行识桄桹树,初窥翡翠巢。"

③瘴云:犹瘴气。唐杜甫《热》:"瘴云终不灭,泸水复西来。"

④日脚:太阳穿过云隙射下来的光线。唐岑参《送李司谏归京》:"雨过风头黑,云开日脚黄。"

浣溪沙

咏木香①

睡起中庭月未蹉,繁香随影上轻罗。多情肯放一春过。
比似②雪时犹带韵,不如梅处却缘多。酒边枕畔奈愁何。

【题解】

词咏茶蘼花,并抒发惜花伤春之愁。茶蘼比之雪花,多了一份淡雅之韵;比之梅花,却少了几分冷香与孤傲。此花之色香难全,甚为憾事。词人对酒赏花,又能奈此愁何!

【注释】

①木香:茶蘼花的别名。春末夏初开白色或黄色花,略有香气。宋孟元老《东京梦华录·驾回仪卫》:"是月季春,万花烂熳,牡丹、芍药、棣棠、木香种种上市。"

②比似:与……相比,比起。宋周密《玲珑四犯》:"凭问柳陌情人,比似垂杨谁瘦?"

柳梢青

清山①浮碧,细风丝雨,新愁如织。慵试春衫,不禁②宿酒,天涯寒食。　　归期莫数芳辰③,误几度、回廊夜色。入户飞花,隔帘双燕,有谁知得④。

【题解】

《柳梢青》又名《陇头月》《玉水明沙》《云淡秋空》等,大多抒写春愁秋怨。此词有"归期莫数芳辰,误几度、回廊夜色"之句,当为客居异乡时所作,大抵抒发天涯孤旅的怅惘。上片以寒食时节的如愁细雨,直言词人内心况味。下片在归期已误的愁怨中抒发孤寂无依之感。词人心中经年沉积的伤感,难以消解。

【注释】

①清山:明毛晋《宋六十名家词》、清沈辰垣《历代诗馀》、清朱彝尊《词综》均作"海山"。

②不禁:经受不住。唐杜甫《舍弟观赴蓝田取妻子到江陵喜寄》(其二):"巡檐索共梅花笑,冷蕊疏枝半不禁。"

③芳辰:美好的时光,多指春季。南朝梁沈约《反舌赋》:"对芳辰于此月,属今余之遵暮。"

④知得:知晓,晓得。唐元稹《酬乐天得微之诗知通州事因成四首》(其一):"知得共君相见否,近来魂梦转悠悠。"

柳梢青

小楼南陌,翠軿①金勒②,谁家春色。冷雨吹花,禁烟怯柳,伤心行客。　　少年百万呼卢③,拥越女、吴姬共掷。被底香浓,尊前烛灭④,如今消得。

【题解】

此词为花间遗调。绮罗香泽之词,与张元幹早年游乐狎昵的生活分不开。"少年百万呼卢,拥越女、吴姬共掷"便是真实的写照。词在烟柳花雨之中拉开回忆的序幕,上片写现实的"伤心",似冷雨侵心;下片回忆过去的欢愉,如在眼前。直露富艳之语,使此词成为张元幹艳情词的代表。

【注释】

①翠軿(píng):古代贵族妇女乘用的翠帷车。宋苏轼《陌上花》:"陌上山花无数开,路人争看翠軿来。"

②金勒:金饰的带嚼口的马络头。南朝陈祖孙登《紫骝马》:"飞尘暗金勒,落泪洒银鞍。"

③呼卢:古时博戏,用木制骰子五枚,每枚两面,一面涂黑,画牛犊;一面涂白,画雉,一掷五子皆黑者为卢,为最胜采;五子四黑一白者为雉,是次胜采。赌博时为求胜采,往往且掷且喝,故称赌博为"呼卢喝雉"。唐李白《少年行》:"呼卢百万终不惜,报仇千里如咫尺。"

④尊前烛灭:《史记》卷一百二十六《滑稽列传》:"(威王)置酒后宫,召髡赐之酒。问曰:'先生能饮几何而醉?'……对曰:'日暮酒阑,合尊促坐,男女同席,履舄交错,杯盘狼藉,堂上烛灭,主人留髡而送客,罗襦襟解,微闻芗泽,当此之时,髡心最欢,能饮一石。'"

醉花阴

紫枢①泽笏②趋龙尾③,平入钧衡位④。春殿听宣麻⑤,争喜登庸⑥,何似今番喜。　　昆台⑦宜有神仙裔,奕世⑧貂蝉⑨贵。玉砌长兰芽⑩,好拥笙歌,长向花前醉。

【题解】

词有"昆台宜有神仙裔,奕世貂蝉贵",与《卷珠帘·寿》"流庆昆台,自是神仙胄"相合,应作于同时,俱为富直柔贺寿。直柔作为宰相之后,天生有着超然脱俗的风采,且其家族子弟秀出。如此显贵的世家在富直柔生朝之日,自是举家欢庆,尽享笙歌美酒之乐。

【注释】

①紫枢：朝廷中枢部门。唐中宗李显《授张锡工部尚书制》："紫枢仁俊，彤管须贤。"

②泽笏：古代大臣上朝拿着的手板，用玉、象牙或竹片制成，上面可以记事，称作"笏"。此指有光泽的笏板。

③龙尾：此指龙尾道，唐代含元殿前的甬道。自上望下，宛如龙尾下垂，故名。后代指朝廷。唐张籍《赠赵将军》："身贵早登龙尾道，功高自破鹿头城。"

④钧衡位：钧、衡本是古代量器，此借指担负国家政务重任的丞相。唐高适《留上李右相》："钧衡持国柄，柱石总朝经。"

⑤宣麻：唐宋拜相命将，用白麻纸写诏书公布于朝，称为"宣麻"。后遂以为诏拜将相之称。《新唐书·百官志一》："开元二十六年，又改翰林供奉为学士，别置学士院，专掌内命。凡拜将相，号令征伐，皆用白麻。"

⑥登庸：即选拔任用之意。《尚书·尧典》："帝曰：'畴咨若时登庸。'"旧题汉孔安国传："畴，谁。庸，用也。谁能咸熙庶绩，顺是事者，将登用之。"

⑦昆台：相传昆仑山顶有金台五所，玉楼十二，皆为神仙居处。因以"昆台""昆府"代指神仙所居之地。

⑧奕世：累世，代代。《国语·周语上》："奕世载德，不忝前人。"

⑨貂蝉：貂尾和附蝉，古代为侍中、常侍等贵近之臣的冠饰。《后汉书·舆服志下》："侍中、中常侍加黄金珰，附蝉为文，貂尾为饰，谓之'赵惠文冠'。"后代指达官贵人。

⑩"玉砌"句：即玉砌兰芽之典，多借指优秀的弟子。《世说新语·言语》："谢太傅问诸子侄：'子弟亦何预人事，而正欲使其佳？'诸人莫有言者，车骑答曰：'譬如芝兰玉树，欲使其生于阶庭耳。'"

醉花阴

春日思归

翠箔①阴阴笼画阁,昨夜东风恶。芳径满香泥②,南陌东郊,惆怅妨行乐。　　伤春比似年时恶③,潘鬓④新来薄。何处不禁愁,雨滴花腮,和泪胭脂落⑤。

【题解】

据《全宋词》,此首又见李弥逊《筠溪乐府》。原无词题,据《芦川归来集》补。词乃张元幹在宣和年间作于中都,是伤春思归之作。词人在雨逝花残的凄凉春景中,抒发年华易老的伤感。身在异乡,看花带雨,犹似粉面带泪,其伤春情绪甚为深矣。

【注释】

①翠箔:绿色的帘幕。唐温庭筠《酒泉子》:"掩银屏,垂翠箔,度春宵。"

②芳径满香泥:《筠溪乐府》作"香径漫春泥"。

③年时恶:《筠溪乐府》作"年时觉"。

④潘鬓:西晋潘岳《秋兴赋》:"余春秋三十有二,始见二毛。"后因以"潘鬓"谓中年鬓发初白。唐李德裕《秋日登郡楼望赞皇山感而成咏》:"越吟因病感,潘鬓入秋悲。"

⑤"雨滴"二句:唐白居易《曲江对雨》:"林花著雨燕脂落。"

醉花阴

咏木犀①

紫菊红萸②开犯早③,独占秋光老。酝造④一般清,比着芝

兰,犹自争多少⑤。   霜刀⑥剪叶呈纤巧,手捻迎人笑。云
鬟一枝斜,小阁幽窗,是处⑦都香了。

【题解】

此词与李弥逊《醉花阴·木犀》文字全同,《全宋词》两收,疑是张元幹词误作李弥逊词。词咏桂花。上片写花之清韵,下片写爱美女子拈花插鬟,步履所及之处,香飘不绝。

【注释】

①木犀:参见《浣溪沙·王仲时席上赋木犀》注释②。

②紫菊红萸:清沈辰垣《历代诗馀》作"红萸紫菊"。唐赵彦昭《奉和九日幸临渭亭登高应制》:"紫菊宜新寿,丹萸辟旧邪。"

③犯早:清沈辰垣《历代诗馀》作"还早"。

④酝造:酿造、制作。宋苏轼《虞美人》:"酝造一场烦恼,送人来。"

⑤争多少:差多少,即不甚差也。宋晏几道《蝶恋花》:"三月露桃芳意早。细看花枝,人面争多少。"

⑥霜刀:雪亮锋利的刀。唐杜甫《观打鱼歌》:"饔子左右挥霜刀,鲙飞金盘白雪高。"

⑦是处:到处,处处。《南齐书·虞玩之传》:"填街溢巷,是处皆然。"宋柳永《八声甘州》:"是处红衰翠减,苒苒物华休。"

长相思令

香暖帏,玉暖肌。娇卧嗔人来睡迟,印残双黛眉。
虫声低,漏声稀。惊枕初醒灯暗时,梦人归未归①。

【题解】

《长相思令》,唐教坊曲名,又称《长相思》《相思令》《吴山青》等,《乐府

雅词》名《长相思令》。此词一如其词牌名,抒发相思梦归之意。上片抒写梦中情景,佳人细语嗔人归卧迟。下片抒写梦醒后良人犹未归,虽对佳人情思未着一字,但相思之意亦已显现。

【注释】

①"梦人"句:唐杜甫《见萤火》:"来岁如今归未归。"

长相思令

　　花下愁,月下愁。花落月明人在楼,断肠春复秋。从他休,任他休。如今青鸾①不自由,看看②天尽头。

【题解】

　　词抒断肠人在天涯的愁思。看花也愁,望月也愁,词人之愁始终绕不开家国之思,逃不过旧游、旧友之忆。词人望断天尽头,心知青鸾纵有飞翼,却不能将心语传与故人。愁之不尽,只能听之任之。

【注释】

　　①青鸾:古代传说中的神鸟,赤色多者为凤,青色多者为鸾。《拾遗记》卷十《蓬莱山》:"蓬莱山有浮筠之簳,叶青茎紫,子大如珠,有青鸾集其上。"北周庾信《谢赵王赉干鱼启》:"文鳐夜触,翼似青鸾。"

　　②看看:估量时间之词,有渐渐、眼看着、转瞬间等意思,此作转眼之意。宋王安石《马上》:"年光如水尽东流,风物看看又到秋。"

如梦令

七夕

　　雨洗青冥风露①,云外双星②初度。乞巧③夜楼空,月妒回廊私语④。凝伫，凝伫，不似去年情绪。

【题解】

词抒七夕愁怀。每逢良夜，月宫仙子所妒忌的，并不是一年一见的牛郎织女，而是人间朝夕相守的才子佳人，他们夜夜私语，甚似神仙！而天地之间唯有词人，徘徊凝伫，不知所往。良辰依旧，往事已非，词人更无情绪度此佳节。

【注释】

①青冥风露：宋王安石《题画扇》："青冥风露非人世，鬓乱钗斜特地寒。"

②双星：指牵牛、织女二星。唐杜甫《奉酬薛十二丈判官见赠》："相如才调逸，银汉会双星。"

③乞巧：旧时风俗，农历七月七日夜，妇女在庭院向织女星乞求智巧，称为"乞巧"。南朝梁宗懔《荆楚岁时记》："七月七日为牵牛织女聚会之夜。是夕，人家妇女结彩缕，穿七孔针，或以金银鍮石为针，陈瓜果于庭中以乞巧，有喜子网于瓜上则以为符应。"

④回廊私语：唐白居易《长恨歌》："七月七日长生殿，夜半无人私语时。"

如梦令

潮退江南晚渡①，山暗水西烟雨。天气十分凉，断送一年残暑。归去，归去，香雾曲屏深处。

【题解】

秋来时节，亦是愁生之际。词人举目江南渡口，一片烟雨苍茫。又是一年秋雨送残暑，词人内心唯剩凄凉。乘舟晚渡，误入曲屏深处，方悟归去无路。初秋之凉,也是词人心境的一抹冷色调。

【注释】

①江南晚渡:唐张乔《题广信寺》:"晚渡明村火,晴山响郡鼙。"

如梦令

卧看西湖烟渚,绿盖红妆①无数。帘卷曲栏风②,拂面荷香吹雨。归去,归去,笑损③花边鸥鹭。

【题解】

据《芦川归来集》卷九《苏养直诗帖跋尾》云:"予华发苍颜,归寓西湖之上。"此意与本词相合,故应作于同时,即绍兴二十八年(1158),作于临安。词人作为苍颜老翁置身于荷绿花红之中,唯恐花间鸥鹭嘲笑,故云归去尔。自嘲之中,意趣横生。

【注释】

①绿盖红妆:此指荷叶荷花。宋欧阳修《采桑子》:"荷花开后西湖好,载酒来时。不用旌旗。前后红幢绿盖随。"宋苏辙《筠州州宅双莲》:"绿盖红房共一池,一双游女巧追随。"

②"帘卷"句:唐冯延巳《南乡子》:"帘卷曲房谁共醉。"

③笑损:张相《诗词曲语辞汇释》卷三:"此犹云笑煞。"

春光好

疏雨洗,细风吹,淡黄时。不分①小亭芳草绿,映檐低。

楼下十二层梯,日长影里莺啼。倚遍阑干看尽柳,忆腰肢②。

词乃春日怀人之作。词人在万般旖旎的春光之中,缓步流连,一时听远处阵阵莺啼,一时倚栏看柳,柳姿婀娜使词人不禁回忆起腰细如柳的佳人。未知人依旧,瘦如柳;还是瘦如削,不如柳。思念之情,浓于春色。

【注释】

①不分:不料。唐白居易《酬舒三员外见赠长句》:"已判到老为狂客,不分当春作病夫。"

②忆腰肢:唐孟启《本事诗·事感》载白居易诗句:"樱桃樊素口,杨柳小蛮腰。"

春光好

吴绫窄,藕丝重,一钩红。翠被眠时常要^①人暖,著怀中。六幅裙窣轻风^②,见人遮尽行踪。正是^③踏青天气好,忆弓弓^④。

【题解】

词乃花间风调,词中翠被、裙窣、弓弓之语,字字不离女子,并以此将其娇媠情貌及曼妙体态刻画得惟妙惟肖。每到踏青时节,词人便会忆起伊人的款款之姿。

【注释】

①常要:明毛晋《宋六十名家词》《芦川归来集》无"常"字。

②"六幅"句:五代孙光宪《思帝乡》:"六幅罗裙窣地,微行曳碧波。"

③正是:原作"止是",据明毛晋《宋六十名家词》改。

④弓弓:形容旧时妇女的小脚缠后弯曲如弓,此借指女子。宋欧阳修《南乡子》:"花下相逢、忙走怕人猜。遗下弓弓小绣鞋。"

　　清张宗橚《词林纪事》卷十引蒿庐师云："此词颇佳，其末句云'忆弓弓'，盖赋美人纤趾也。"橚案："《墨庄漫录》：'妇人缠足，起于近世，前世书传，皆无所载。自《南史》齐东昏侯为潘贵妃凿金为莲花以帖地，命妃行其上，曰步步生莲花，然亦不言其弓小也。'如古乐府、《玉台新咏》，皆六朝词人纤艳之言，从无一言称缠足者。又如唐之李白、杜牧、李商隐之徒，作诗多言闺帏之事，亦无及之者。唯韩偓《香奁集》有《咏屦子》诗云：'六寸肤圆光致致。'唐尺短，以今较之，亦自小也，而不言其弓。又案《道山新闻》：'李后主宫嫔窅娘，纤丽善舞，后主作金莲，高六尺，饰以宝物，细带缨络，莲中作品色瑞莲，令窅娘以帛绕脚，令纤小屈上，作新月状，素袜舞其中，回旋有凌云之态。'唐镐诗云：'莲中花更好，云里月长新。'因窅娘作也。由是人皆效之，以纤弓为妙。此词结语，似本此。"

江城子

　　银涛①无际卷蓬瀛②。落霞明，暮云平。曾见青鸾、紫凤下层城。二十五弦③弹不尽，空感慨，惜馀情。　　苍梧④烟水断归程。卷霓旌，为谁迎。空有千行，流泪寄幽贞。舞罢鱼龙云海晚，千古恨，入江声。

【题解】

　　此词又见叶梦得《石林词》。词乃怀古感慨之作。上片由辽阔缥缈的景象展开联想，云海缭绕仙山，似能看见青鸾、紫凤飞下仙城。下片回想舜帝当年魂逝苍梧，娥皇女英垂泪千行，也唤不回已然逝去的英灵，两位妃子最终也沉入江底，没入涛声，令人遗恨千古。

【注释】

　　①银涛：此指云海。唐李煜《青玉案》："银涛无际，玉山万里，寒罩江

南树。"

②蓬瀛:蓬莱和瀛洲。神山名,相传为仙人所居之处,亦泛指仙境。东晋葛洪《抱朴子·对俗》:"(得道之士)或委华骃而辔蛟龙,或弃神州而宅蓬瀛。"

③二十五弦:古代由二十五根弦组成的一种琴瑟。《淮南子·泰族训》:"琴不鸣,而二十五弦各以其声应。"《汉书·郊祀志上》:"泰帝使素女鼓五十弦瑟,悲,帝禁不止,故破其瑟为二十五弦。"唐钱起《归雁》:"二十五弦弹夜月,不胜清怨郤飞来。"

④苍梧:《史记·五帝本纪·舜本纪》:"践帝位三十九年,南巡狩,崩于苍梧之野。葬于江南九疑,是为零陵。"

青玉案

燕赵端礼①堂成

华裾②玉辔③青丝鞚④,记年少,金吾⑤从。花底朝回珠翠拥。晓钟初断,宿酲犹带⑥,绿锁窗中梦。　　天涯相遇鞭鸾凤⑦,老去堂成更情重。月转檐牙云绕栋。凉吹香雾,酒迷歌扇,春笋⑧传杯送。

【题解】

此词应与《临江仙·赵端礼重阳后一日置酒,坐上赋》作于同时,于绍兴十八年(1148)作于福建,庆贺友人赵端礼新宅建成。宋黄昇《花庵词选》词题作"忆旧"。上片是对京华游冶生活的回忆,状写玉勒雕鞍、肥马轻裘的游乐场景。下片写友人建堂定居,其新居似是耸入青天的仙宫,庆贺之宴上,美酒伴笙歌,一片欢愉之景。

【注释】

①赵端礼:参见《水调歌头·为赵端礼作》注释①。

②华裾:犹美服。唐李贺《高轩过》:"华裾织翠青如葱,金环压辔摇玲珑。"

③玉辔:精美的马缰绳。唐陈陶《巫山高》:"飘飘丝散巴子天,苔裳玉辔红霞幡。"

④青丝鞚(kòng):青色丝绳的马络头。南朝梁萧绎《紫骝马》:"宛转青丝鞚,照耀珊瑚鞭。"

⑤金吾:古官名,汉有执金吾,唐宋以后有金吾卫、金吾将军等。又《汉书·百官公卿表上》:"中尉,秦官,掌徼循京师,有两丞、侯、司马、千人。武帝太初元年更名'执金吾'。"颜师古注:"应劭曰:'吾者,御也,掌执金革以御非常。'金吾,鸟名也,主辟不祥。天子出行,职主先导,以御非常。故执此鸟之象,因以名官。"

⑥犹带:明毛晋《宋六十名家词》《芦川归来集》作"犹䍀"。

⑦鞭鸾凤:谓仙人鞭策凤鸾乘之以行,比喻闲逸、高雅的生活。唐韩愈《奉酬卢给事云夫四兄曲江荷花行见寄,并呈上钱七兄阁老张十八助教》:"上界真人足官府,岂如散仙鞭笞鸾凤终日相追陪。"

⑧春笋:春季的竹笋,纤嫩柔软,比喻女子纤润的手指。南唐李煜《捣练子令》:"斜托香腮春笋嫩,为谁和泪倚阑干?"

青玉案

再和

王孙①陌上春风鞚。蕊珠②宴,云軿③从。归去笙歌常醉拥。蜡残花炬,月侵冰簟,惯作凉堂梦。 玉人劝客钗斜凤,条脱擎杯腕嫌重。燕子入帘飞画栋。雨馀深院④,漏催清夜,更轧⑤秦筝送。

【题解】

此首为追和前首《青玉案·燕赵端礼堂成》而作,词意相近,应与之作于同时。词作上片描写作为赵宋后裔的友人，过着笙歌醉舞的奢华生活。下片则写其新居宴集之盛，堂中佳人举酒劝客，堂前燕子飞入帘帷，绕栋不止，这正是世家大族吉祥富贵的象征。

【注释】

①王孙：此指赵端礼。参见《水调歌头·为赵端礼作》注释①。

②蕊珠：即蕊珠宫，道教经典中所说的仙宫。唐钱起《暇日览旧诗因以题咏》："箧笥静开难似此，蕊珠春色海中山。"

③云軿（píng）：神仙所乘之车，以云为之，故云。南朝梁沈约《赤松涧》："神丹在兹化，云軿于此陟。"

④深院：清沈辰垣《历代诗馀》作"深苑"。

⑤轧：据《旧唐书·音乐》，唐有轧筝，用竹片轧其弦发声。词中"轧"字，应为演奏方法。唐杜牧《题张处士山庄一绝》："好鸟疑敲磬，风蝉认轧筝。"

青玉案

生朝

花王①独占春风远，看百卉、芳菲遍。五福②长随今日宴。粉光生艳，宝香飘雾，方响③流苏颤。　　寿祺堂上修篁畔，乳燕双双贺新院。玉斝④明年何处劝。旌幢⑤满路，貂蝉⑥宜面，归觐⑦黄金殿。

【题解】

据此词"寿祺堂上修篁畔"以及李弥逊《感皇恩·端礼节使生日》"华堂初建"等语句，此词应为赵端礼生朝而作。宴会堂中，百花在牡丹的感召之下，开出一派富贵气象，词人于此景中对友人寄予福寿延年的由衷祝愿，并通过寿筵之上的盛景，显示出皇家子孙的殊荣。

①花王:花中之王,指牡丹。宋欧阳修《洛阳牡丹记·花释名》:"钱思公尝曰:'人谓牡丹花王,今姚黄真可为王,而魏花乃后也。'"

②五福:《尚书·洪范》:"五福:一曰寿,二曰富,三曰康宁,四曰攸好德,五曰考终命。"汉桓谭《新论》:"五福:寿、富、贵、安乐、子孙众多。"唐陈子昂《临邛县令封君遗爱碑》:"家膺五福,堂享三寿。"

③方响:古磬类打击乐器。创始于南朝梁,为隋唐燕乐中常用乐器。唐牛殳《方响歌》:"乐中何乐偏堪赏,无过夜深听方响。"

④玉斝(jiǎ):玉制的酒器。南朝梁刘孝标《广绝交论》:"分雁鹜之稻粱,沾玉斝之馀沥。"李善注引《说文》:"斝,玉爵也。"

⑤旌幢:即旌旗。唐方干《尚书新创敌楼二首》(其二):"直须分付丹青手,画出旌幢绕谪仙。"

⑥貂蝉:参见《醉花阴》(紫枢泽笏趋龙尾)注释⑨。

⑦归觐:谓归谒君王父母。唐贾岛《送韦琼校书》:"宾佐兼归觐,此行江汉心。"

【附录】

李弥逊《感皇恩·端礼节使生日》:

密竹剪轻绡,华堂初建。卷上虾须待开宴。寿期春聚,芍药一番开遍。砌成锦步帐,笼弦管。　　绛节近颁,丹雏重见。花里双双乍归燕。重重乐事,凭仗东风拘管。一时分付与,金荷劝。

青玉案

筠翁生朝

水芝①香远摇红影,泛瑞霭②、横山③顶。缥缈笙歌云不定。玉钩斜挂,素蟾初满,醉惬浮瓜冷④。　　庭兰⑤戏彩⑥传金鼎,小袖青衫更辉映。谁道筠溪⑦归计近。秋风催去,凤池⑧难老,长把中书印。

【题解】

本词于绍兴十年(1140)为李弥逊生朝而作,时张元幹在福州。与其他贺寿词一样,此词亦是在祥和的生辰氛围中寄寓词人的心意。上片描写生朝之际的夏日盛景,下片则以老莱戏彩之典,赞美友人孝顺的品性,并指出朝廷终究会罢黜秦桧等奸佞之臣,召回友人李弥逊,令其官复原职,为国尽忠。

【注释】

①水芝:荷花别名。晋崔豹《古今注·草木》:"芙蓉,一名荷华,生池泽中,实曰莲。花之最秀异者,一名水芝,一名水花。"唐陆龟蒙《奉和袭美题达上人药圃》:"山蓣便和幽涧石,水芝须带本池泥。"

②瑞霭:吉祥之云气。宋赵长卿《浣溪沙》:"金兽喷香瑞霭氛,夜凉如水酒醺醺。"

③横山:此指李弥逊居住的横山阁。

④浮瓜冷:三国魏曹丕《与朝歌令吴质书》:"浮甘瓜于清泉,沉朱李于寒水。"谓天热时把瓜果用冷水浸后食用。后以"沉李浮瓜"借指消夏乐事。此指消夏果品。

⑤庭兰:参见《醉花阴》(紫枢泽笏趋龙尾)注释⑩。

⑥戏彩:《艺文类聚》卷二十引汉刘向《列女传》:"老莱子孝养二亲,行年七十,婴儿自娱,著五色采衣。尝取浆上堂,跌仆,因卧地为小儿啼。"后用为孝养长辈之典。

⑦筠溪:此指筠溪居士李弥逊。

⑧凤池:即凤凰池,禁苑中池沼。魏晋南北朝时设中书省于禁苑,掌管机要,接近皇帝,故称中书省为"凤凰池"。南朝梁范云《古意赠王中书》:"摄官青琐闼,遥望凤凰池。"李弥逊曾为中书舍人,以反对议和忤秦桧,乞归田,故词云"凤池难老"。

青玉案

生朝

银潢露洗冰轮皎,谪仙下、蓬莱岛。帘卷横山①珠翠绕。生朝香雾,玳筵②丝管,长醉壶天③晓。　　金銮④夜锁麻新草,入辅明光⑤拜元老。看取明年人总道。中兴贤相,太平时世,分外风光好。

【题解】

此词当为李弥逊生朝作,时在绍兴七年李弥逊任中书舍人之后。上片主写宴集之景,下片寄寓生朝之愿。友人生朝宴会上,美酒佳肴之丰盛、丝竹管弦之热闹,使人像是沉醉在壶中天地里。宴会中的寿星为中书舍人时,出入朝堂,朝谒天子,与贤相元老共治时世,政绩颇丰。词人在对友人的赞誉之中,对其仕途寄予了美好的期待。

【注释】

①横山:当指李弥逊所居横山阁。

②玳筵(dàiyán):玳瑁筵,谓豪华、珍贵的宴席。宋朱熹《鹧鸪天·江槛》:"酒阑江月移雕槛,歌罢江风拂玳筵。"

③壶天:即壶中天地。参见《念奴娇·丁卯上巳,燕集叶尚书蕊香堂赏海棠,即席赋之》注释⑫。

④金銮:即金銮殿,唐朝宫殿名。唐李白《赠从弟南平太守之遥》:"承恩初入银台门,著书独在金銮殿。"

⑤明光:即明光宫,汉代宫殿名,后亦泛指朝廷宫殿。唐武元衡《出塞作》:"要须洒扫龙沙净,归谒明光一报恩。"

青玉案

月华冷沁花梢露,芳意恋、香肌住。心字^①龙涎饶济楚^②。素馨^③风味,碎琼^④流品^⑤,别有天然处。　　围炉屈曲宜深炷,留取春光向朱户。绿绮^⑥声中谁暗许。小窗归去,梦回犹记,金鼎分云缕。

【题解】

词写烧香留春之意。月凉之夜,词人围绕在香炉边盘膝而坐,任香料芬芳弥漫,力挽百花飘逝的春天。闲坐朱户之内,忽而听到远处传来绿绮琴的悠扬之音,不知谁家女子会在此琴声中,芳心暗许。琴声渐杳,一夜梦醒,宝鼎内的香烟如云似雾,依然不绝如缕。

【注释】

①心字:即心字香。宋晏几道《临江仙》:"记得小𬞟初见,两重心字罗衣。"明杨慎《词品·心字香》:"心字罗衣,则谓心字香薰之尔。"

②济楚:美好。宋柳永《木兰花》:"心娘自小能歌舞,举意动容皆济楚。"

③素馨:植物名。本名耶悉茗,佛书作"鬘华",初秋开花,以其花色白而芳香,故称。宋吴曾《能改斋漫录·方物》:"岭外素馨花,本名耶悉茗花,丛脞么么,似不足贵。唯花洁白,南人极重之,以白而香,故易其名。"

④碎琼:玉屑。唐皮日休《奉和鲁望渔具十五咏·叉鱼》:"中目碎琼碧,毁鳞殷组绣。"

⑤流品:品类,等级。本指官阶,后亦泛指门第或社会地位。《宋书·王僧绰传》:"元嘉二十六年,徙尚书吏部郎,参掌大选。究识流品,谙悉人物,拔才举能,咸得其分。"

⑥绿绮:古琴名。晋傅玄《琴赋》序:"齐桓公有鸣琴曰号钟,楚庄有鸣

琴曰绕梁，中世司马相如有绿绮，蔡邕有焦尾，皆名器也。"

青玉案

　　贺方回①所作，世间和韵者多矣。余经行松江，何尝百回，念欲下一转语，了无好怀。此来偶有得，当与吾宗椿老子②载酒浩歌西湖南山间，写我滞思，二公③不可不入社也。

　　平生百绕垂虹④路，看万顷、翻云去。山澹夕晖帆影度。菱歌风断，袜罗尘散⑤，总是关情处。　　少年陈迹今迟暮，走笔犹能醉时⑥句。花底目成⑦心暗许。旧家⑧春事，觉来客恨⑨，分付疏篷雨。

【题解】
　　此词乃追和贺铸《青玉案》(凌波不过横塘路)之词，作者追和之意由来已久。清沈辰垣《历代诗馀》无题。词人与友曾多次登临垂虹亭，故而此地一景一物，无不关情。回想起年少之时游历于此，即便在酒醉之后依然能走笔成诗，然而人已迟暮，往事也渺然不可追寻。最令人难以忘怀的是花丛间的美好邂逅。如今，词人已是愁绪满怀的天涯孤客。词作结句，直抒心中的客恨家愁。

【注释】
　　①贺方回：贺铸(1053—1125)，字方回，号庆湖遗老，卫州(今河南汲县)人。哲宗元祐七年(1092)，以李清臣、苏轼等荐，授鄂州宝泉监。徽宗大观三年(1109)以承议郎致仕，卜居苏南。又以荐复起，管勾杭州洞霄宫。宣和元年(1119)再致仕。七年，卒于常州，年七十四。铸善为辞章，以填词名家，因《青玉案》词"梅子黄时雨"句，世称贺梅子。诗亦为时人所重，自编《庆湖遗老诗集》前后集，今有前集传世。事见《庆湖遗老诗集》原序及附录《贺公墓志铭》，《宋史》卷四四三有传。

②椿老子:即张椿老,生平不详。

③二公:《芦川归来集》作"公等"。

④垂虹:参见《念奴娇》(吴淞初冷)注释④。

⑤袜罗尘散:曹植《洛神赋》:"凌波微步,罗袜生尘。"李善注:"凌波而袜生尘,言神人异也。"

⑥醉时:明毛晋《宋六十名家词》《芦川归来集》、清沈辰垣《历代诗馀》均作"醉诗"。

⑦目成:通过眉目传情来结成亲好。《楚辞·九歌·少司命》:"满堂兮美人,忽独与余兮目成。"

⑧旧家:犹从前。唐岑参《送王大昌龄赴江宁》:"旧家富春渚,尝忆卧江楼。"宋元人诗词中也常用此词。宋杨万里《答章汉直》:"老里睡多吟里少,旧家句熟近来生。"宋周邦彦《瑞龙吟》:"惟有旧家秋娘,声价如故。"

⑨客恨:游子的愁思。唐李端《送刘侍郎》:"唯有夜猿知客恨,峄阳溪路第三声。"

【附录】

贺铸《青玉案》:

凌波不过横塘路,但目送、芳尘去。锦瑟华年谁与度。月桥花院,琐窗朱户,只有春知处。   碧云冉冉蘅皋暮,彩笔新题断肠句。试问闲愁都几许。一川烟草,满城风絮,梅子黄时雨。

点绛唇

丙寅秋社①前一日,溪光亭大雨作。

山暗秋云,暝鸦接翅②啼榕树。故人何处,一夜溪亭③雨。梦入新凉,只道④消残暑。还知否,燕将雏去,又是流年⑤度。

词作于丙寅,即绍兴十六年(1146)。清朱彝尊《词综》词题无"丙寅"二字,清沈辰垣《历代诗馀》词题作"秋社前一日溪光亭雨"。《芦川归来集》卷十《丙寅自赞》云:"只用两仆肩舆,不羡倘来轩冕。投闲二十馀年,善类干烦殆遍。"此词约于此年秋闲居故里时所作。大雨将至,词人眼见啼鸦以榕树为栖身之所,内心不禁牵念故人,未知其身在何处,是否安好。一阵秋雨,凉意侵梦,令人不得安睡。又是一季年华流逝,词人怎不心生凄怆。

【注释】

①秋社:古代秋季祭祀土神的日子。唐元稹《有鸟二十章》(其十一):"春风吹送廊庑间,秋社驱将嵌孔里。"

②接翅:翅膀碰着翅膀,形容禽鸟多。唐杜甫《复愁十二首》(其二):"钓艇收缗尽,昏鸦接翅归。"

③溪亭:溪光亭,在建宁(今福建南平)。《嘉靖建宁府志》卷二十载:"溪光亭,在待贤坊左,宋时建。"

④只道:只说,只以为。唐杜甫《柳边》:"只道梅花发,那知柳亦新。"

⑤流年:如水般流逝的光阴、年华。南朝宋鲍照《登云阳九里埭》:"宿心不复归,流年抱衰疾。"

点绛唇

水驿①凝霜,夜帆风驶潮生晓。酒醒寒悄②,枕底波声小。
好去归舟,有个人风调③。君行了,此欢应少,索共梅花笑④。

【题解】

词写寒夜行舟的羁旅情怀。词人在舟中欹枕而卧,独自饮酒,唯闻细浪拍船之声。羁旅之中,期待归去与故人相与同游,而今此人亦已远行,过去的欢乐已然一去不复返。只今归去,唯有一树梅花依然笑傲寒风,迎接词人的归来。

【注释】

①水驿:水路驿站。唐朱庆馀《送韦繇校书赴浙东幕》:"水驿近船水,山城候骑尘。"

②寒悄:冷气侵入之意。《芦川归来集》作"寒峭"。

③风调:人的品格情调。《北齐书·崔瞻传》:"偃弟儦,学识有才思,风调甚高。"唐白居易《和殷协律琴思》:"秋水莲冠春草裙,依稀风调似文君。"

④"索共"句:唐杜甫《舍弟观赴蓝田取妻子到江陵喜寄三首》(其二):"巡檐索共梅花笑,冷蕊疏枝半不禁。"

点绛唇

春晓①轻雷②,采蘋洲③上清明雨。乱云遮树,暗淡江村路。　　今夜归舟,绿润红香处。遥山暮,画楼何许④,唤取⑤潮回去。

【题解】

词写舟行途中的归心之切。细雨纷纷的清明时节,词人放眼远望,所见只是一片沉沉的暮景,终究望不到归家之路。内心之惆怅,不言自明。最令词人怅惘的,不是盼不到归期,而是不知倚楼相待之人是否还在。愈念于此,归心愈切。

【注释】

①春晓:春日黎明之时。唐赵存约《鸟散馀花落》:"春晓游禽集,幽庭几树花。"

②轻雷:隐隐的雷声。唐高适《陪窦侍御灵云南亭宴得雷字》:"新秋

归远树,残雨拥轻雷。"

③采蘋洲:南朝梁柳恽《江南曲》:"汀洲采白蘋,日落江南春。洞庭有归客,潇湘逢故人。故人何不返,春华复应晚。不道新知乐,祇言行路远。"

④何许:何处。唐杜甫《宿青溪驿奉怀张员外十五兄之绪》:"我生本飘飘,今复在何许?"

⑤唤取:呼请。唐杜甫《江畔独步寻花七绝句》(其四):"谁能载酒开金盏,唤取佳人舞绣筵。"

点绛唇

画阁①深围,暖红光里芳林影。暗香成阵。上下花相映。
倒挂疏枝,月落参横②冷。休装景③,要人酒醒,除是花枝并。

【题解】

词写春日醉酒情怀,抒发孤寂之愁。月光撒地,芳林掩映的小楼中,无须更多装饰,如若得并蒂花枝,便是再好不过的装景了。可惜的是,花有并蒂,此身却是孤影相伴,词人的孤苦之愁,唯向醉里暂能忘却罢。

【注释】

①画阁:彩绘华丽的楼阁。南朝梁庾肩吾《咏舞曲应令》:"歌声临画阁,舞袖出芳林。"

②参横:参星横斜,指夜深。三国魏曹植《善哉行》:"月没参横,北斗阑干。"宋秦观《和黄法曹忆建溪梅花》:"月没参横画角哀,暗香销尽令人老。"

③装景:宋孔平仲《种花口号》(其一):"幽居装景要多般,带雨移花便得看。"

点绛唇

生朝

嵩洛①云烟,间生②真相耆英裔③。要知鲐背④,难老中和气⑤。 报道玉堂⑥,已草调元⑦制。华夷喜,绣裳⑧貂珥⑨,便向东山起⑩。

【题解】

曹济平《芦川词笺注》据此词"间生真相耆英裔""便向东山起"等句,以及李弥逊《点绛唇·富季申生日》:"麟阁丹青,眷注耆英裔。眉间喜,日边飞骑。来促东山起。"等句推断,此词是张元幹为富直柔生朝而作。富直柔作为才华横溢之士,在奸臣当道的时局中,仕途几经波折。词人愿其重归朝廷,再展宏图。

【注释】

①嵩洛:嵩山和洛水的并称,两者均靠近东都洛阳。嵩山,在河南登封北,为五岳之中岳。古称外方、太室,又名崇高、嵩高。洛水,即今洛河。汉扬雄《羽猎赋》:"鞭洛水之宓妃,饷屈原与彭胥。"北魏郦道元《水经注·洛水》:"洛水出京兆上洛县讙举山。"

②间生:隔世而生。唐欧阳炯《题景焕画应天寺壁天王歌》:"谁知未满三十载,或有异人来间生。"

③耆英裔:宋文彦博与富弼、司马光等聚集洛阳高年者共十三人(一说十一人),置酒相乐,称"洛阳耆英会"。《宋史·文彦博传》:"(文彦博)与富弼、司马光等十三人,用白居易九老会故事,置酒赋诗相乐,序齿不序官。为堂,绘像其中,谓之'洛阳耆英会',好事者莫不慕之。"宋司马光《洛阳耆英会序》:"一旦悉集士大夫老而贤者于韩公之第,置酒相乐,宾主凡十有一

人,既而图形妙觉僧舍,时人谓之'洛阳耆英会'。"富直柔乃富弼的后裔,所以称为耆英裔。

④鲐(tái)背:谓老人背上生斑如鲐鱼之纹,为高寿之征,故常用来代称老人。《尔雅·释诂上》:"鲐背、耇老,寿也。"郭璞注:"鲐背,背皮如鲐鱼。"南北朝庾肩吾《南城门老》:"鹤发辞轩冕,鲐背烹葵菽。"

⑤中和气:《礼记·中庸》:"喜怒哀乐之未发谓之中,发而皆中节谓之和;中也者,天下之大本也,和也者,天下之达道也。致中和,天地位焉,万物育焉。"《旧唐书·许景先传》称其文"属词丰美,得中和之气"。

⑥玉堂:此指官署名。汉侍中有玉堂署,宋以后翰林院亦称玉堂。《汉书·李寻传》:"过随众贤待诏,食太官,衣御府,久污玉堂之署。"颜师古注:"玉堂殿在未央宫。"王先谦补注引何焯曰:"汉时待诏于玉堂殿,唐时待诏于翰林院,至宋以后,翰林遂并蒙玉堂之号。"

⑦调元:谓调和阴阳,执掌大政。多用以指为宰相。唐李益《述怀寄衡州令狐相公》:"调元方翼圣,轩盖忽言东。"

⑧绣裳:彩色下衣。古代官员的礼服。《诗·秦风·终南》:"君子至止,黻衣绣裳。"

⑨貂珥:指侍中、常侍之冠,因插貂尾为饰,故称。此借指帝王贵近之臣。南朝陈徐陵《劝进梁元帝表》:"况臣等显奉皇华,亲承朝命,珪璋特达,通聘河阳;貂珥雍容,寻盟漳水。"

⑩东山起:《世说新语·排调》:"谢公在东山,朝命屡降而不动。后出为桓宣武司马,将发新亭,朝士咸出瞻送。高灵时为中丞,亦往相祖。先时,多少饮酒,因倚醉,戏曰:'卿屡违朝旨,高卧东山,诸人每相与言:安石不肯出,将如苍生何? 今亦苍生将如卿何?'谢笑而不答。"故"东山起"常指失势后重新得势。唐杜甫《暮秋枉裴道州手札,率尔遣兴,寄近呈苏涣侍御》:"无数将军西第成,早作丞相东山起。"

点绛唇

呈洛滨、筠溪二老。

清夜沈沈，暗蛩啼处檐花落。①乍凉簾幕，香绕屏山②角。堪恨归鸿，情似秋云薄③。书难托，尽交④寂寞，忘了前时约。

【题解】

据张元幹《精严寺化钟疏》一文："岁在戊辰（即绍兴十八年），僧结制日（佛教语，谓僧尼一夏九旬安居期满而散去），洛宾（即富直柔）、最乐、普现（即筠溪）三居士，拉芦川老隐过其所而宿焉"，词当作于绍兴十八年（1148）。词写深夜愁肠，委婉抒发中原不能收复的遗恨。上片写景，寓情于景；下片抒情，意境深沉。清沈辰垣《历代诗馀》无词题。明毛晋《宋六十名家词》"呈"字作"皇"，朱居易《毛刻宋六十名家词勘误》谓应做"呈"。

【注释】

①"清夜"二句：唐杜甫《醉时歌》："清夜沈沈动春酌，灯前细雨檐花落。"

②屏山：参见《兰陵王·春恨》注释③。

③秋云薄：唐杜甫《雨晴》："天水秋云薄，从西万里风。"宋朱敦儒《西江月》："世事短如春梦，人情薄似秋云。"

④尽交：即尽教、听凭、不管之意。宋刘克庄《乍归》（其九）："格力穷方进，功夫老始知。尽教人贬驳，唤作岭南诗。"

点绛唇

醉泛吴松①，小舟谁怕东风大。旧时经过，曾向垂虹卧。

月淡霜天，今夜空②清坐③。还知么，满斝高和，只有君知我。

【题解】

词当为张元幹晚年泛游吴淞江时所作。江上风骤浪涌，然词人重游之时已是无所畏惧，于此独坐清冷之境，对影成双。仰天轻叹，不知故人是否还记得当年携酒同游的时光。此际，唯有远方友人知晓词人内心的凄凉况味。

【注释】

①吴松：即吴淞，参见《念奴娇》(吴淞初冷)注释③。

②空：据王锳《诗词曲语辞例释》："空、独、自，表示情态的副词，有时并兼有一定的指代作用。"唐温庭筠《河渎神》(其三)："离别橹声空萧索，玉容惆怅妆薄。"

③清坐：安闲静坐。宋王安石《对棋与道源至草堂寺》："北风吹人不可出，清坐且与君棋。"

点绛唇

减塑①冠儿，宝钗金缕双綵结。怎教宁帖②，眼恼儿③里劣。　　韵底人人④，天与多磨折⑤。休分说⑥，放灯时节⑦，闲了花和月。

【题解】

该词为元夕词。此词写元夕放灯之夜，看灯之人，心不在灯，不在花，也不在月，出游之意或恐在人。花灯未燃之时，闺中女子便精心梳妆打扮，镜里前后照，唯恐妆容有丝毫不妥。妆罢出行，眼中哪有灯和月，只期在火树银花之中，蓦然看见所思之人的身影。

【注释】

①减塑:据《宋史·舆服志三》:"仁宗景祐二年……造冠冕,蠲减珍华,务简约,有'减翠''减丝''减轻''减塑'等",减塑应与造冠崇尚简约有关。

②宁帖:妥帖,指金钗等发饰妥当服帖。

③眼恼儿:明毛晋《宋六十名家词》作"眼儿恼"。眼恼亦作眼脑,即眼睛。《景德传灯录》卷九《洪州黄檗希运禅师》:"有此眼脑,方辨得邪正。"

④人人:见《卜算子·梅》注释④。

⑤磨折:折磨,磨难,挫折。唐白居易《自咏》:"唯是无儿头早白,被天磨折恰平均。"

⑥分说:分辩,辩白。宋释德洪《潜庵源禅师真赞一首》:"一庵深藏霹雳,舌从教万象自分说。"

⑦放灯时节:指农历正月元宵节燃点花灯供民游赏的风俗。放灯之期,代有不同,约在正月十一日至二十日之间。宋江休复《江邻几杂志》:"京师上元,放灯三夕,钱氏纳土进钱买两夜,今十七,十八两夜灯,因钱氏而添之。"

点绛唇

水鹢①风帆,两眉只解相思皱。悄然难受,教我怎唧嚼②。待得书来,不管归时瘦。娇痴后,是事③揾就④,只这难依口。

【题解】

词写相思之苦。首先直言内心愁思,心中积淀已久的沉痛和哀伤,已难以用言语表述。既而陷入待得音信的憧憬中,若得远人消息,哪管人消瘦。最后回想从前相依相伴的光景,只未曾开口言说依恋之意。

【注释】

①水鹢:一种水鸟,借指船。鹢善飞,古代船头多画其像。

②唧嚼(jī liū)：一作唧溜，亦作鲫溜，敏捷机灵之意，此指畅快表达内心愁情与相思之意。唐卢仝《扬州送伯龄过江》："不唧溜钝汉，何由通姓名。"

③是事：事事，凡事。唐韩愈《戏题牡丹》："长年是事皆抛尽，今日栏边暂眼明。"

④撋(ruán)就：迁就，将就。宋秦观《满园花》："我当初不合苦撋就，惯纵得软顽，见底心先有。"

点绛唇

小雨恢晴，坐来①池上荷珠碎。倬眉②浓翠，怎不教人醉。美盼③流觞④，白鹭窥秋水。天然媚。大家休睡。笑倚西风里。

【题解】

词记雨后闲情雅兴。池畔曲水流觞，有美人相伴，如此雅情逸致，直至西风四起，犹然未绝。

【注释】

①坐来：张相《诗词曲语辞汇释》卷四："坐来，犹云适才或正当其时也，亦犹云登时或一时也。"唐李白《单父东楼秋夜送族弟沈之秦》："坐来黄叶落四五，北斗已挂西城楼。"

②倬(zhuō)眉：明毛晋《宋六十名家词》《芦川归来集》作"掉眉"。朱居易《毛刻宋六十名家词勘误》作"倬眉"。倬眉，即俊俏的眉毛。

③美盼：黑白分明的美目。语本《诗·卫风·硕人》："巧笑倩兮，美目盼兮。"毛传："盼，白黑分。"宋柳永《洞仙歌》："倾城巧笑如花面，恣雅态，明眸回美盼。"

④流觞：古代习俗，每逢夏历三月上旬的巳日(三国魏以后定为夏历三月初三日)，人们于水边相聚宴饮，认为可被除不祥。后人仿行，于环曲的水流旁宴集，在上流放置酒杯，任其顺流而下，杯停在谁的面前，谁就取饮，

称为"流觞曲水"。东晋王羲之《兰亭集序》："又有清流激湍,映带左右,引以为流觞曲水。"

虞美人

广寒蟾影①开云路②。目断愁来处。菊花轻泛玉杯空,醉后不知星斗,乱西东。　　今宵入梦阳台雨③,谁忍先归去。酒醒长是五更钟,休念旧游吹帽④,几秋风。

【题解】

词记重阳时节的孤苦愁怀,抒发怀乡思人之情。词人在月夜独斟独醉,愁之来处便是千里之外的家乡,身在异乡,每逢佳节,思亲思友之情更浓。梦里几番沉湎旧日欢愉,梦断酒醒后仍然是形影相吊,每于此际,词人更念与友携手共登高的聚会之乐。

【注释】

①蟾影:月影,月光。唐徐晦《海上生明月赋》:"水族将蟾影交驰,浪花与桂枝相送。"

②云路:指遥远的路程。唐钱起《登复州南楼》:"故人云路隔,何处寄瑶华。"

③阳台雨:参见《念奴娇》(蕊香深处)注释⑩。

④吹帽:《晋书·孟嘉传》:"九月九日,温(桓温)燕龙山,僚佐毕集,时佐史并著戎服,有风至,吹嘉帽堕落,嘉不之觉。"后以"吹帽"为重九登高雅集的典故。唐杜甫《九日蓝田崔氏庄》:"羞将短发还吹帽,笑倩旁人为正冠。"

虞美人

西郊追赏寻芳处,闻道冲寒①去。雨肥红绽②向南枝,岁晚才开应是,恨春迟。　　天涯乐事③王孙贵,花底还君醉。有人风味④胜疏梅,醉里折花归去,更传杯⑤。

【题解】

词应作于作者早年游汴京之时。上片写王孙子弟的赏花雅兴,闻道西郊梅花盛开,不顾寒冷乘兴而来。下片则写花下饮酒之乐,临去之时,兴致未绝,便折梅归去,好为饮酒奏歌之事,再增一份风雅韵致。梅的清绝与人的雅致,相得益彰。

【注释】

①冲寒:冒着寒冷。唐杜甫《小至》:"岸容待腊将舒柳,山意冲寒欲放梅。"

②雨肥红绽:唐杜甫《陪郑广文游何将军山林十首》(其五):"绿垂风折笋,红绽雨肥梅。"

③乐事:欢乐之事。南朝宋谢灵运《拟魏太子邺中集诗序》:"天下良辰、美景、赏心、乐事,四者难并。"唐白居易《和微之春日投简阳明洞天五十韵》:"醉乡虽咫尺,乐事亦须臾。"

④风味:风度,风采。唐徐铉《和李秀才雪中求酒》:"少年风味新吟动,老叟襟怀万事忘。"

⑤传杯:谓宴饮中传递酒杯劝酒。唐杜甫《九日》(其二):"旧日重阳日,传杯不放杯。"仇兆鳌注引明王嗣奭《杜臆》:"'传杯不放杯',见古人只用一杯,诸客传饮。"

虞美人

　　菊坡九日登高①路，往事知何处。陵迁谷变②总成空，回首十年秋思③，吹台④东。　　西窗一夜萧萧雨，梦绕中原去。觉来依旧画楼⑤钟，不道木犀⑥香撼，海山风。

【题解】

　　据词中所云"回首十年秋思、吹台东"，词作于靖康之变后的十年，即绍兴六年(1136)秋。词写重阳之际，登高远眺所引发的故国之思。词人登高遥望山川，回首国朝十年屈辱，悲不自胜。夜夜梦绕中原，然而梦醒后所见依然是南宋小王朝的日日笙歌醉舞。词人的忧国之心，在秋风来临之际，更为沉痛伤感。

【注释】

　　①登高：旧俗于农历九月九日重阳节，以绛囊盛茱萸，登高山，饮菊酒，谓可以避邪免灾。唐王维《九月九日忆山东兄弟》："遥知兄弟登高处，遍插茱萸少一人。"

　　②陵迁谷变：《诗·小雅·十月之交》："高岸为谷，深谷为陵。"毛传："言易位也。"郑玄笺："易位者，君子居下，小人处上之谓也。"《芦川归来集》卷一《七月三日雨不止复一日作》："陵谷倘迁变，楼观皆空虚。"此指世事变迁。

　　③"回首"句：《芦川归来集》卷二有《感事四首丙午冬淮上作》，其《上张丞相(浚)十首》其九云："罪放丙午末，归来辛亥初。"丙午即靖康元年(1126)，十年后回首之时则是绍兴六年(1136)。

　　④吹台：《水经注》卷二十二《渠水》引《陈留风俗传》："县有仓颉、师旷城，上有列仙之吹台，北有牧泽……衿带牧泽，方一十五里，俗谓之蒲关泽，即谓此矣。梁王增筑以为吹台，城隍夷灭，略存故迹。今层台孤立于牧泽之右矣，其台方一百许步。"

⑤画楼：雕饰华丽的楼房。唐李峤《晚秋喜雨》："聚霭笼仙阁，连霏绕画楼。"

⑥木犀：参见《浣溪沙·王仲时席上赋木犀》注释②。

虞美人

开残桃李春方到，谁送东风早。杖藜①幽径踏馀花，却对绿阴青子②、问年华。　　迢迢云水横清浅③，不遣愁眉展。数竿修竹自横斜，犹有小窗朱户、似侬家④。

【题解】

词抒春光易逝、年华空老的隐隐哀叹。春去无迹，残红糁地，此景已令人黯然神伤。想起当年杜牧寻芳一事，又不禁心有迟暮之感。云影轻漾的静谧夜景，也未能令词人一展眉头。一路前行，方看见掩映在修竹之中的人家，似是故家。

【注释】

①杖藜：明毛晋《宋六十名家词》作"揞藜"。杖藜，谓拄着手杖行走。唐杜甫《暮归》："年过半百不称意，明日看云还杖藜。"

②绿阴青子：《唐诗纪事》卷五十六《杜牧》："牧佐宣城幕，游湖州……得垂髫者十馀岁。后十四年，牧刺湖州，其人已嫁生子矣，乃怅而为诗曰：'自恨寻芳到已迟，往年曾见未开时。如今风摆花狼籍，绿叶成阴子满枝。'"

③"迢迢"句：宋林逋《山园小梅》："疏影横斜水清浅，暗香浮动月黄昏。"

④侬家：自称，犹言我。家，后缀。唐寒山《诗》之一六九："侬家暂下山，入到城隍里。"

渔家傲

题玄真子①图

钓笠②披云青障③绕,桡头④细雨春江渺。白鸟飞来风满棹。收纶了,渔童拍手樵青⑤笑。　明月太虚同一照⑥,浮家泛宅⑦忘昏晓。醉眼冷看城市闹。烟波老,谁能惹得闲烦恼⑧。

【题解】

此词为题画词。明沈际飞《草堂诗馀正集》词题作"渔父",清沈辰垣《历代诗馀》词题作"题画"。词作于绍兴二十五年(1155)之前。南宋胡仔《苕溪渔隐丛话后集》卷三十九:"张仲宗有《渔家傲》词,余往岁在钱塘,与仲宗从游甚久,仲宗手写此词相示,云旧所作也。"又据王兆鹏先生《张元幹年谱》,胡仔与芦川从游临安的时间是绍兴二十五年乙亥(1155),即芦川65岁之时,故词应作于二人从游之前。词作在刻画张志和不慕名利,逍遥自得的形象之中,也寄寓了词人愿抛却烦恼,隐迹江湖的闲情雅致。

【注释】

①玄真子:唐代张志和,字子同,号烟波钓徒,又号玄真子,婺州金华(今浙江金华)人。肃宗乾元、上元间游太学,登明经第,献策肃宗,待诏翰林,授左金吾卫录事参军。未几因事贬南浦尉。遇赦还,浪迹江湖,隐越州会稽多年。代宗大历九年(774)为湖州刺史颜真卿幕客,撰《渔歌子》词五首,真卿等和之。生平见颜真卿《浪迹先生玄真子张志和碑铭》《新唐书》本传。工诗词,《渔歌子》(一称《渔父》)为早期文人词名作,"西塞山前白鹭飞"一阕尤传诵人口。

②钓笠:雨天垂钓时所戴的笠帽,一般用箬竹叶或篾编制。唐张志和《渔父》词:"青箬笠,绿蓑衣,斜风细雨不须归。"

③青障:明武陵逸史编《草堂诗馀》作"青嶂"。

④橛(jué)头:即橛头船,一种尖头小船。明武陵逸史编《草堂诗馀》、清沈辰垣《历代诗馀》作"绿蓑"。

⑤渔童、樵青:唐颜真卿《浪迹先生玄真子张志和碑》:"肃宗尝赐奴婢各一,玄真配为夫妻,名夫曰渔童,妻曰樵青。"

⑥"明月"句:《全唐文》卷三百四十《颜真卿五·浪迹先生玄真子张志和碑铭》:"竟陵子陆羽、校书郎裴修尝诣问有何人往来,答曰:'太虚作室而共居,夜月为灯以同照。与四海诸公未尝离别,有何往来?'"

⑦浮家泛宅:参见《临江仙》(露坐榕阴须痛饮)注释③。

⑧闲烦恼:张相《诗词曲语辞汇释》卷四谓是"没关系之烦恼、是非,或空烦恼、空是非也"。

【汇评】

1. 南宋胡仔《苕溪渔隐丛话后集》卷三十九:"张仲宗有《渔家傲》词,余往岁在钱塘,与仲宗从游甚久,仲宗手写此词相示,云旧所作也。其词第三句,原是'橛头细雨春江渺',余谓仲宗曰,橛头虽是船名,今以雨衬之,语晦而病,因为改作'绿蓑细雨',仲宗笑以为然。"

2. 南宋罗大经《鹤林玉露》乙编卷三谓此词:"语意尤飘逸。仲宗年逾四十即挂冠,后因作词送胡澹庵贬新州,忤秦桧,亦得罪。其标志如此,宜其能道玄真子心事。"

3. 明顾从敬《类选草堂诗馀正集》卷二眉批:"洒然出尘。仲宗四十一后即挂冠,继以胡澹庵贬作词送之,忤秦桧得罪,标致若此,宜其能道玄真子神情。"

渔家傲

楼外天寒山欲暮,溪边雪后①藏云树。小艇风斜沙觜露②。流年度,春光已向梅梢住。　　短梦今宵还到否,苇村四望知何处。客里从来无意绪。催归去,故园正要莺花主。

【题解】

羁旅漂泊中的思归之意,是张元幹词的主题之一,此首小令意即在此。词之上阕营造的是一番清寒的暮景,雪藏云树,小艇风斜之句,深得明人杨慎叹赏。下阕则直抒在寒夜中的梦归之意,每到春来更思故园莺花,归乡之情更为深沉。

【注释】

①雪后:明杨慎《词品》、明毛晋《宋六十名家词》《芦川归来集》作"雪霭"。

②沙觜露:明杨慎《词品》作"沙觜路"。

【汇评】

1.明杨慎《词品》卷二:"'溪边雪霭藏云树。小艇风斜沙觜路',皆秀句也。词中多以'否'呼为'府',与'主''舞'字同押,盖闽音也。……曹元宠亦以'否'呼为'府'。"

2.明卓人月《古今词统》卷九:"'否'字与'主'字叶,升庵以为闽音,非也。"

3.明顾从敬《类选草堂诗馀正集》卷二:"杨升庵以'否'与'主'同叶,呼'否'为'府'盖闽音也。曹元宠梅词亦以'否'为'府',皆非。及考《中原音韵》,却宜同协,升庵之论,不可尽信。"

4.清沈雄《古今词话·词评》上卷:"'溪边翠霭藏春树。小艇风斜沙觜路'……杨慎《词品》极叹赏之。"

渔家傲

奉陪富公季申①探梅有作

寒日②西郊湖畔路,天低野阔山无数。路转斜冈花满树。丝吹雨,南枝③占得春光住。　　藉草④携壶花底去,花飞酒

122

面香浮处。老手⑤调羹⑥当独步。须记取，坐中都是芳菲侣。

【题解】

词为踏雪寻梅之作，清沈辰垣《历代诗馀》无词题。据《芦川归来集》卷二《与富枢密同集天宫寺诗》："和气从容一笑春，如公今是暂闲身。"词约作于张、富二人同游天宫寺之后，即绍兴十六年(1146)后作于福州。李弥逊亦有《十月桃·同富季申赋梅花》二首。词人与友携酒出游，在梅花下席地而坐，举酒对酌，并嘱予友人莫忘今时之情。

【注释】

①富公季申：即富直柔。

②寒日：明吴讷《唐宋名贤百家词》、明毛晋《宋六十名家词》、清沈辰垣《历代诗馀》作"寒食"。

③南枝：南面山坡上之梅花向阳，北面山坡上之梅花受寒，故南枝先占春光。唐李峤《鹧鸪》："可怜鹧鸪飞，飞向树南枝。南枝日照暖，北枝霜落滋。"

④藉草：以草荐地而坐，即以草为垫席之意。魏晋袁宏《采菊诗》："披榛即涧，藉草依阴。"

⑤老手：清沈辰垣《历代诗馀》作"老子"。老手即熟手，富有经验之人。宋苏轼《至真州再和王胜之》："老手王摩诘，穷交孟浩然。"

⑥调羹：《尚书·说命下》："若作和羹，尔惟盐梅。"后因以"调羹"喻治理国家政事。宋赵善括《醉蓬莱·魏相国生日》："补衮工夫，调羹手段，如今重试。"

谒金门

鸳鸯渚①，春涨一江花雨。别岸数声初过橹，晚风生碧树。　　　艇子相呼相语,载取暮愁归去。②寒食烟村芳草路,愁来无着处。

【题解】

　　明毛晋《宋六十名家词》《芦川归来集》调下标明"或刻秦处度"。《全宋词》案:"此首《类编草堂诗馀》卷一误作秦湛词。"曹济平《芦川词笺注》考证张元幹于绍兴二十七年(1157)暮春在浙江嘉兴作此词。《芦川归来集》卷九《跋苏诏君楚语后》署:"芦川老人于檇李弆棹亭中,丁丑仲夏望日。"此词中有"鸳鸯渚""艇子相呼相语"等语,故此词应是作者晚年滞留嘉兴时所作。词写春愁,欲载愁归去,而愁又无着处,心绪甚为迂回惆怅。词中写愁二句,堪与李清照《武陵春》"载不动、许多愁"并为名句。

【注释】

　　①鸳鸯渚:即鸳鸯湖,也即南湖,在浙江嘉兴西南。宋苏轼《至秀州赠钱端公安道并寄其弟惠山老》:"鸳鸯湖边月如水,孤舟夜榜鸳鸯起。"王文诰辑注:"《南湖纪略》:鸳鸯湖,湖名。南湖在府城县南,其禽多鸳鸯,故名。一曰两湖相接若鸳鸯然。"

　　②"艇子"二句:唐温庭筠《西洲曲》:"艇子摇两桨,催过石头城。"宋李清照《武陵春》:"只恐双溪舴艋舟,载不动、许多愁。"

【汇评】

　　1.明潘游龙《古今诗馀醉》卷四:"欲载愁,愁又无着,意绪迂回,惝怳之极,'初过槛'中,更饶情思。"

　　2.明卓人月《古今词统》卷五:"即'载将离恨过江南'之意。"

　　3.明沈际飞《草堂诗馀正集》卷一:"欲载愁,愁又无着,意绪迂回惝怳。"

　　4.清黄苏《蓼园词选》:"似亦为忧时而作。言浦涨春江,正拟鸳鸯戏暖,谁知数声柔橹,忽又碧树生秋,乃舟子欲载愁归去,而无处非愁,将从何处载将归去乎。托意深微矣。"

　　5.清俞陛云《唐五代两宋词选释》:"'隔岸'二句写水乡风物,有闲远之致。结句虽言'愁无着处',而其上句'寒食'七字,即其愁来之处。盖以寒食之芳时,江村之行客,芳草之感人,凡思乡、怀友、伤春、羁泊之集,一时并集,触景纷来,转觉愁无着处。平子工愁,不是过也。"

6.近人徐培均《唐宋词小令精华》:"词的上阕首二句……意境似与韦庄《菩萨蛮》(洛阳城里)'桃花春水绿,水上鸳鸯浴'相似。'晚风生碧树',着一'生'字,语似无理,却有无穷韵味。过片首句承上阕橹声而来,作者先闻橹声,再闻船工语声,有一种自远而近的感觉。'载取暮愁归去'和后面'愁来无着处',常受前人称赞。……结合词人的身世和当时的形势来看,似有所寄托,但不可拘泥。"

谒金门

道山亭饯张椿老①赴行在②

　　风露底③,石上岸巾④愁起。月到房心⑤天似水,乱峰清影里。　　此去登瀛⑥须记,今日⑦道山⑧同醉。春殿⑨明年人共指,玉皇香案吏⑩。

【题解】

据《全宋词》,此首误入朱翌《灊山集补遗》。词为张元幹在福建道山亭为送别张椿老而作。清沈辰垣《历代诗馀》词题作"道山亭送别"。张椿老受诏为官,词人以酒饯别。临别之际,词人除了抒发内心的离别愁怀,更表露了期望友人能重振江山社稷的愿望。

【注释】

①张椿老:参见《青玉案》(平生百绕垂虹路)注释②。

②行在:即行在所,天子所在的地方。唐元稹《杏花》:"惭愧杏园行在景,同州园里也先开。"

③风露底:原作"风露低",据明吴讷《唐宋名贤百家词》改。

④岸巾:谓掀起头巾,露出前额。形容态度洒脱或衣着简率不拘。唐

125

刘肃《大唐新语・极谏》："中宗愈怒,不及整衣履,岸巾出侧门。"

⑤房心:二十八宿中房宿和心宿的并称。旧时以房心象征明堂。《淮南子・道应训》:"昔吾见句星在房心之间,地其动乎!"高诱注:"句星守房心,则地动也。"唐李白《明堂赋》:"献房心以开凿,瞻少阳而举措。"

⑥登瀛:登上瀛洲,犹成仙;比喻士人得到荣宠,如登仙界。唐李肇《翰林志》:"唐兴,太宗始于秦王府开文学馆,擢房玄龄、杜如晦一十八人,皆以本官兼学士,给五品珍膳,分为三番更直宿于阁下,讨论坟典,时人谓之'登瀛洲'。"

⑦今日:明毛晋《宋六十名家词》、清沈辰垣《历代诗馀》作"今夕"。

⑧道山:道山亭,在福建乌石山山麓。

⑨春殿:即长春殿。宋李攸《宋朝事实》卷十二:"国初因唐与五代之制,文武官每日赴文明殿(按原注,即为文德殿),正卫常参,宰相一人押班,五日起居,即崇德、长春二殿(按原注,崇德即紫宸,长春即垂拱)中书门下为班首,其长春殿常朝。"《芦川归来集》卷六《醉花阴》:"春殿听宣麻,争喜登庸,何似今番喜。"

⑩香案吏:原作"香案史",据明吴讷《唐宋名贤百家词》、明毛晋《宋六十名家词》改。香案吏即指宫廷中随侍帝王的官员。唐元稹《以州宅夸于乐天》:"我是玉皇香案吏,谪居犹得住蓬莱。"

谒金门

送康伯桧①

清光溢,影转画檐②凉入。风露一天星斗湿,无云天更碧。　　满引③送君何惜,记取吾曹④今夕。目断秋江君到日,潮来风正急。

【题解】

曹济平据《芦川归来集》卷十《康伯桧画赞》:"元紫芝眉宇浩然简古,谢幼舆丘壑正尔卓荦。乃若吾子以迈往不群之气，与神锋太隽之姿，方幼舆未免于富贵；慕紫芝，雅有志于文辞。盖浮游物表，殆仿佛其如此。彼轮囷胸次，亦孰得而知耶？"谓此词约作于作者归隐后。词为送别康伯桧之作，据前引画赞，康伯桧应当是一位气质不群之人，"满引送君""目断秋江"之语足见惜别之意甚浓，别离之愁甚深。

【注释】

①康伯桧：生平事迹不详。

②画檐：亦作"画簷"，有画饰的屋檐。唐李渥《秋日登越王楼献于中丞》："画簷先弄朝阳色，朱槛低临众木秋。"

③满引：斟满饮尽。宋王谠《唐语林·补遗三》："蟾知之，挈酒一壶，谓铎曰：'公将登庸矣，吾恐不可及也！愿先事少接左右。'铎妻疑置酖，使婢言之。蟾惊曰：'吾岂酖者！'即命大白，满引而去。"

④吾曹：犹我辈，我们。《韩非子·外储说右上》："吾曹何爱不为公。"

瑞鹧鸪

雏莺初啭斗尖新①，双蕊花娇掌上身②。总解满斟偏劝客，多生俱是绮罗人③。 回波④偷顾轻招拍，方响⑤底敲更合篸⑥。豆蔻梢头⑦春欲透，情知⑧巫峡待为云⑨。

【题解】

词赋歌女。上片在婉转的嗓音与蹁跹的舞姿中，塑造出一位能歌善舞的歌姬形象。下片则写情窦初开的歌女在音乐声中传达着内心情思。女子在合拍的乐舞中，秋波偷转，情意暗生，已然深知席中之人便是自己的巫山之云。

【注释】

①尖新：新颖，新奇。《敦煌曲子词·内家娇》："善别宫商，能调丝竹，

歌令尖新。"宋晏殊《山亭柳·赠歌者》:"家住西秦,赌博艺随身。花柳上,斗尖新。"

②掌上身:指女子轻盈善舞的体态。《南史·羊侃传》:"舞人张净琬,腰围一尺六寸,时人咸推能掌上舞。"唐罗隐《赠妓云英》:"钟陵醉别十馀春,重见云英掌上身。"

③绮罗人:此指身着华服的歌姬。南朝梁萧纲《歌》:"酾醿半夕乐既陈,长歌促节绮罗人。"

④回波:回转秋波,指女子含情回头而视。魏晋谢绎《兰亭诗》:"纵觞任所适,回波萦游鳞。"

⑤方响:古磬类打击乐器。唐牛殳《方响歌》:"乐中何乐偏堪赏,无过夜深听方响。"

⑥篘:明毛晋《宋六十名家词》作"筝"。

⑦豆蔻梢头:豆蔻指少女,此指席中歌女。唐杜牧《赠别二首》(其一):"娉娉袅袅十三馀,豆蔻梢头二月初。"

⑧情知:深知,明知。唐骆宾王《艳情代郭氏答卢照邻》:"情知唾井终无理,情知覆水也难收。"

⑨巫峡待为云:高唐神女之事。见《念奴娇》(蕊香深处)注释⑩。

瑞鹧鸪

彭德器①出示胡邦衡新句次韵

白衣苍狗变浮云②,千古功名一聚尘③。好是悲歌将进酒④,不妨同赋惜馀春⑤。　　风光全似中原日,臭味⑥要须我辈人。雨后飞花知底数⑦,醉来赢取自由身⑧。

【题解】

词之小序交代了作词的缘由:胡铨被贬新州之后,时有寄寓国事沧桑的词作,彭德器不惜冒险为友人胡铨传递新词,张元幹感慨于此,乃作此词。词抒国恨难平的忧愤。上片在世事变迁、功名如尘的感慨中抒发抑郁不得志的幽怨。下片则在国仇未报的遗恨中,以酒聊相宽慰远谪异地的爱国友人胡铨,同情与激愤之情全然倾注词间。

【注释】

①彭德器:生平事迹不详。据胡铨《澹庵先生文集》卷十二《与彭德器书》中称"德器学士",又云"吾友平生磊落",知其为胡铨好友。彭德器又与张元幹交游唱和,张元幹《芦川归来集》中有《病中示彭德器》《彭德器画赞》等。《画赞》称其"气节劲而论议公,心术正而识度远"。可见彭德器是有胆有识之士,能够冒风险为胡铨(字邦衡)传递新句。

②"白衣"句:唐杜甫《可叹》:"天上浮云如白衣,斯须改变如苍狗。"后以"白衣苍狗"比喻世事变化无常。

③聚尘:化为尘土之意。唐寒山《诗三百三首》(其四十六):"谁家长不死,死事旧来均。始忆八尺汉,俄成一聚尘。"

④将进酒:汉乐府《铙歌》十八曲之一。《乐府诗集·鼓吹曲辞一·将进酒》宋郭茂倩解题:"古词曰:'将进酒,乘大白。'大略以饮酒放歌为言。"代表作为唐代李白《将进酒》(君不见黄河之水天上来)。

⑤惜馀春:此指唐李白所作《惜馀春赋》。

⑥臭味:"臭"通"嗅",指气味。此比喻同类。《左传·襄公八年》:"季武子曰:'谁敢哉!今譬于草木,寡君在君,君之臭味也。'"杜预注:"言同类。"

⑦底数:事情的原委。

⑧自由身:唐李珣《定风波》(其一):"一叶舟中吟复醉,云水,此时方认自由身。"

好事近

老去更思归,芳草正薰南陌①。上巳②又逢寒食③,叹三年

为客。　　吹花小雨湿秋千,闲却好春色。天甚不怜人老,
早教人归得。

【题解】

《好事近》又名《钓船笛》,因张辑词有"谁谓百年心事,恰钓船横笛"之
句,故名。词之归意甚浓。起句一个"更"字,透露了深沉的思归情怀。寒
食又至,为客三年,令人愁肠满怀。恨苍天不解怜人,让时迁事变,百姓流
离,让垂老之人迟迟不得归!

【注释】

①南陌:南面的道路。南朝梁沈约《鼓吹曲同诸公赋·临高台》:"所思
竟何在,洛阳南陌头。"

②上巳:参见《念奴娇·丁卯上巳,燕集叶尚书蕊香堂赏海棠,即席赋
之》注释④。

③寒食:节日名,在清明前一日或二日。相传春秋时晋文公负其功臣
介之推,介愤而隐于绵山。文公悔悟,烧山逼令出仕,之推抱树焚死。人民
同情介之推的遭遇,相约于其忌日禁火冷食,以为悼念。以后相沿成俗,谓
之寒食。

好事近

梅润①乍晴天,帘卷画堂风月。珠翠②共迷香雾,是长年③
时节。　　瑶池④清夜宴群仙,鸾笙⑤未吹彻。西母⑥醉中微
笑,看蟠桃⑦初结。

【题解】

此词为友人生辰而作,瑶池宴群仙,西母笑蟠桃,俱是寿宴盛景。雨逝
天晴,画堂之中笙歌悠扬,轻舞翩跹,好似天上瑶池盛宴。在此寿辰良宵,

想必西王母仙园中的蟠桃也已长成,千年结果的仙桃,今夜容与向人间。

【注释】

①梅润:谓梅雨季节的潮湿空气。唐皮日休《吴中苦雨因书一百韵奇鲁望》:"梅润侵束杖,和气生空狱。"

②珠翠:此借指盛装女子。唐陆龟蒙《杂伎》:"六宫争近乘舆望,珠翠三千拥赭袍。"

③长年:长寿。《管子·中匡》:"道血气以求长年、长心、长德。"晋陶渊明《读山海经十三首》(其五):"在世无所须,惟酒与长年。"

④瑶池:古代传说中昆仑山上的池名,西王母所居。《穆天子传》卷一:"吉日甲子,天子宾于西王母。……乙丑,天子觞西王母于瑶池之上。"

⑤鸾笙:笙的美称。唐李白《古风》(其七):"两两白玉童,双吹紫鸾笙。"

⑥西母:西王母,中国古代神话中的女仙人,旧时以为长生不老的象征。

⑦蟠桃:神话中的仙桃。据《论衡·订鬼》引《山海经》:"沧海之中,有度朔之山,上有大桃木,其蟠屈三千里。"又据《太平广记》卷三引《汉武内传》载:"七月七日,西王母降,以仙桃四颗与帝。帝食辄收其核,王母问帝,帝曰:'欲种之。'王母曰:'此桃三千年一生实,中夏地薄,种之不生。'帝乃止。"

好事近

春色到花房①,芳信一枝偏好。勾引万红千翠,为化工②呈巧。　　花姑③玉貌笑东风,今朝④放春早。看取鬓边幡胜⑤,永宜春难老。

【题解】

词写春光之美。群花在梅花的召唤下,灿然争艳,共同展现着大自然化枯寂为绚烂的神功,连花神也笑那东风迫不及待地将春芳唤醒。万花丛中,盛装艳饰的女子与春意绚烂的花朵,共同昭示着人间春色的永恒。

【注释】

①花房:即花冠,花瓣的总称。唐白居易《画木莲花图寄元郎中》:"花房腻似红莲朵,艳色鲜如紫牡丹。"

②化工:指自然的造化者。语本汉贾谊《鵩鸟赋》:"且夫天地为炉兮,造化为工。"唐元稹《春蝉》:"我自东归日,厌苦春鸠声。作诗怜化工,不遣春蝉生。"

③花姑:此指花神。宋曾慥《类说·花木录·花姑》:"魏夫人李弟子善种,谓之花姑。"

④今朝:《芦川归来集》作"今日"。

⑤幡胜(fānshèng):即彩胜。用金银箔罗彩制成,为欢庆春日来临,用作装饰或馈赠之物。宋高承《事物纪原·岁时风俗·春幡》:"《后汉书》曰:'立春皆青幡帻。'今世或剪彩错镂为幡胜,虽朝廷之制,亦镂金银或缯绢为之,戴于首。亦因此相承设之。或于岁旦刻青缯为小幡样,重累凡十馀,相连缀以簪之。此亦汉之遗事也。俗间因又曰'年幡',此亦其误也。"宋苏轼《次韵曾仲锡元日见寄》:"萧索东风两鬓华,年年幡胜翦宫花。"

好事近

斗帐①炷炉熏,花露裛②成芗泽③。萦透雪儿金缕,醉玉壶④春色。　　非烟⑤非雾锁窗中,王孙倦留客⑥。不道粉墙⑦南畔,也有人闻得。

【题解】

词记欢宴之景。芳香馥郁的画堂中,达官贵客们正觥筹交错,沉醉于美酒之中。而王孙的"倦"意,则隐隐透露出内心的忧思,想必画堂南畔的粉墙内,倚门翘首的佳人,正痴然凝望,孤影徘徊。

①斗帐:参见《临江仙·荼蘼有感》注释⑤。

②裛(yì):同"浥",沾湿。

③芳泽:即香泽。《史记·滑稽列传》:"罗襦襟解,微闻芳泽。"

④玉壶:酒壶的美称。唐李白《待酒不至》:"玉壶系青丝,沽酒来何迟。"

⑤非烟:《史记·天官书》:"若烟非烟,若云非云,郁郁纷纷,萧索轮囷,是谓卿云。"

⑥留客:明毛晋《宋六十名家词》作"游客"。

⑦粉墙:涂刷成白色的墙。唐方干《新月》:"隐隐临珠箔,微微上粉墙。"

好事近

华烛炯离觞①,山吐四更寒月②。公子唾花枝玉③,尽一时豪杰。　　三冬④兰若⑤读书灯,想见太清绝。纸帐⑥地炉⑦香暖,傲一窗风月。

【题解】

词作赠别友人,即别之友是当世极富才情的英杰,品性才情极高,勤学苦读,其清雅之气,常人莫及。

【注释】

①离觞:离杯,指钱别之酒。唐王昌龄《送十五舅》:"夕浦离觞意何已,草根寒露悲鸣虫。"

②"山吐"句:唐杜甫《月》:"四更山吐月,残夜水明楼。"

③唾花枝玉:形容谈吐优美。东汉赵壹《刺世疾邪赋》:"执家多所宜,咳唾自成珠。"

④三冬：三个冬季，即三年。《汉书·东方朔传》："年十三学书，三冬文史足用。"王先谦补注："案：三冬谓三年，犹言三春三秋耳。"

⑤兰若：指寺院，梵语"阿兰若"的省称，意为寂净无苦恼烦乱之处。唐杜甫《谒真谛寺禅师》："兰若山高处，烟霞嶂几重。"

⑥纸帐：参见《浣溪沙·夜坐》（曲室明窗烛吐光）注释④。

⑦地炉：火炕，又称地炕。唐岑参《玉门关盖将军歌》："军中无事但欢娱，暖屋绣帘红地炉。"

怨王孙

小院春昼，晴窗霞透。把雨①燕脂②，倚风翠袖。芳意恼乱③人多，暖金荷④。　　多情不分⑤群葩后，伤春瘦。浅黛眉尖秀。红潮⑥醉脸，半掩花底重门，怨黄昏。

【题解】

《芦川归来集》调下有题"海棠"。词为闺情之作，抒发伤春之情。一番雨过，花色撩人。伊人倚栏，无奈芳春无人与共，唯将杯酒自浇愁怀，醉中情怀无人知晓。只得静掩重门，一任人瘦损，一任黄昏去又来，而远人仍不见归踪。

【注释】

①把雨：明毛晋《宋六十名家词》、清沈辰垣《历代诗馀》均作"著雨"。

②燕脂：即胭脂，一种红色的颜料，用作化妆品。南朝梁萧统《美人晨妆》："散黛随眉广，燕脂逐脸生。"

③恼乱：烦忧、打扰。唐白居易《和微之十七与君别及陇月花枝之咏》："别时十七今头白，恼乱君心三十年。"

④金荷：金制莲叶形的杯皿。宋黄庭坚《念奴娇》词序："八月十七日，同诸甥步自永安城楼，过张宽夫园待月。偶有名酒，因以金荷酌众客。"

⑤不分：不料。唐陈陶《水调词》（其二）："容华不分随年去，独有妆楼

明镜知。"

⑥红潮:两颊因醉酒而泛起的红晕。宋李之仪《鹊桥仙》(其一):"绿云低拢,红潮微上,画幕梅寒初透。"

【汇评】

《草堂诗馀别集》卷一眉批:"美人图。是得之温飞卿'鬓云欲度香腮雪'句。"

怨王孙

绍兴乙丑春二月既望,李文中①置酒溪阁,日暮雨过,尽得云烟变态,如对营丘着色山。坐客有歌《怨王孙》者,请予赋其情抱,叶子谦②为作三弄,吹云裂石,旁若无人,永福前此所未见也。老子于此,兴复不浅。③

雾雨④天迥,平林烟暝⑤。灯闪沙汀,水生钓艇。楼外柳暗谁家,乱昏鸦。　　相思怪得⑥今番甚,寒食近。小砑⑦鱼笺信⑧。屏山交掩⑨,微醉独倚栏干,恨春寒。

【题解】

词作于乙丑,即绍兴十五年(1145),此时张元幹在永福(今福建永泰)。溪阁酒宴,应席中歌者所请,因有此作,词赋相思之情。溪阁外柳林昏鸦的凄寒之景,惹人愁思。寒食将至,所思之人却无一书传来。醉后独倚栏,恨春寒寒及人心深处。

【注释】

①李文中:曾任主簿,生平事迹不详。《芦川归来集》卷二有《送李文中主簿受代归庭闱》一诗。

②叶子谦:生平不详,李弥逊《筠溪集》卷二十二有《叶子谦研铭》。

③"老子"二句:《世说新语·容止》:"庾太尉在武昌,秋夜气佳景清,使吏殷浩、王胡之之徒登南楼理咏。音调始遒,闻函道中有屐声甚厉,定是庾

公。俄而率左右十许人步来，诸贤欲起避之。公徐云：'诸君少住，老子于此处兴复不浅！'"

④霁雨：雨止。宋韦骧《锁院深寂夭桃独芳有可怜之色为诗要德夫共赋以赏之》："静院深扃霁雨新，小桃墙侧弄精神。"

⑤"平林"句：唐李白《菩萨蛮》："平林漠漠烟如织，寒山一带伤心碧。"平林，平原上的林木。《诗·小雅·车辖》："依彼平林，有集维鹬。"毛传："平林，林木之在平地者也。"

⑥怪得：难怪。唐曹唐《小游仙诗》："怪得蓬莱山下水，半成沙土半成尘。"

⑦小砑（yà）：明毛晋《宋六十名家词》、清沈辰垣《历代诗馀》均作"小研"，清朱彝尊《词综》作"小砚"，朱居易《毛刻宋六十名家词勘误》作"小砑"。小砑指以石碾物使之光滑，此指加工笺纸。宋晏几道《鹧鸪天》："题破香笺小砑红，诗篇多寄旧相逢。"

⑧鱼笺信：鱼笺即鱼子笺的简称，此指书信。唐王勃《七夕赋》："握犀管，展鱼笺。"

⑨交掩：明毛晋《宋六十名家词》、清沈辰垣《历代诗馀》均作"半掩"。

喜迁莺令

送何晋之①大著兄趋朝，歌以侑酒②。

文倚马③，笔如椽④，桂殿早登仙⑤。旧游册府⑥记当年，衮绣⑦合貂蝉⑧。　　庆天申⑨，瞻玉座⑩，鹓鹭正陪班⑪。看君稳步过花砖⑫，归院引金莲⑬。

【题解】

清万树《词律》、清沈辰垣《历代诗馀》词调均作"喜迁莺"。词于绍兴二十年（1150）作于福州，时值何大圭回朝任直秘阁一职，张元幹为之送别。

136

词作上片在对何晋之非凡文才的赞美中,回顾了晋之曾经荣耀的为官生涯。下片承接上片,展望晋之回朝后更为光明的仕途前景。

【注释】

①何晋之:即何大圭,字晋之,广德(今属安徽)人。政和八年(1118),嘉王榜进士,仕为秘书省著作郎,故称之为"大著"。高宗建炎四年(1130)为滕康、刘珏属官,坐失洪州,除名岭南编官。绍兴五年(1135)放逐自便。宋李心传《建炎以来系年要录》卷八十五载,绍兴五年二月庚寅,"岭南编管人何大圭放逐便,特复左承事郎。"按何大圭自便后,寄居福州。又《建炎以来系年要录》卷一百六十一:"绍兴二十年,左朝郎何大圭直秘阁。"孝宗隆兴元年(1163),晋之由浙西安抚司参议官主管台州崇道观。卒年不详。

②侑(yòu)酒:劝酒,为饮酒者助兴。宋韦骧《和孙叔康九日三首》(其二):"新诗侑酒穷佳兴,不惜当筵耻执垒。"

③文倚马:南朝宋刘义庆《世说新语·文学》:"桓宣武北征,袁虎时从,被责免官。会须露布文,唤袁倚马前令作。手不辍笔,俄得七纸,绝可观。"后人多据此典以"倚马"形容才思敏捷。

④笔如椽:《晋书·王珣传》:"珣梦人以大笔如椽与之,既觉,语人曰:'此当有大手笔事。'俄而帝崩,哀册谥议,皆珣所草。"后因以"笔如椽"喻大手笔或重要的文墨之事。宋苏轼《光禄庵》(其一):"何事庵中着光禄,枉教闲处笔如椽。"

⑤"桂殿"句:桂殿,即月宫、蟾宫,桂殿登仙指蟾宫折桂,即科举应试及第之意。此指何晋之早年及第。

⑥册府:古时帝王藏书的地方。《晋书·葛洪传论》:"绅奇册府,总百代之遗编;纪化仙都,穷九丹之秘术。"唐杨炯《原州百泉县令李君神道碑》:"窥上帝之兵钤,入先王之册府。"

⑦衮绣:即衮衣绣裳,画有卷龙的上衣和绣有花纹的下裳,是古代帝王与上公的礼服。此指显官。《诗·豳风·九罭》:"我觏之子,衮衣绣裳。"

⑧貂蝉:参见《醉花阴》(紫枢泽笏趋龙尾)注释⑨。

⑨天申:南宋以高宗的生辰(农历五月二十一日)为"天申节"。宋叶适《崇国赵公行状》:"州以天申节银绢抑配于民,民甚苦之。公始用库钱抑

其配。"

⑩玉座：帝王的御座。南朝齐谢朓《同谢咨议铜雀台》："玉座犹寂寞，况乃妾身轻。"

⑪"鹓鹭"句：鹓和鹭飞行有序，比喻班行有序的朝官。《隋书·音乐志中》："怀黄绾白，鹓鹭成行。文赞百揆，武镇四方。"

⑫花砖：表面有花纹的砖。唐时内阁北厅前阶有花砖道，冬季日至五砖，为学士入值之候。唐白居易《待漏入阁书事奉赠元九学士阁老》："衙排宣政仗，门启紫宸关。彩笔停书命，花砖趁立班。"

⑬金莲：金饰莲花形灯炬。《新唐书·令狐绹传》："(绹)夜对禁中，烛尽，帝以乘舆、金莲华炬送还，院吏望见，以为天子来。"后用以形容天子对臣子的特殊礼遇。亦作"金莲花炬"。

喜迁莺令

呈富枢①

云叶②乱，月华光，罗幕卷新凉。玉醅③初泛嫩鹅黄，花露滴秋香④。　　地行仙⑤，天上相，风度世间人样。悬知⑥洗盏径开尝⑦，谁醉伴禅床⑧。

【题解】

明毛晋《宋六十名家词》词调作"鹤冲天"，与"喜迁莺令"为同调异名，词题作"呈富枢密"。词作于绍兴十六年(1146)后，张元幹在闽中赠秋香酒与富枢密，词以寄意。李弥逊亦有次韵之作。凉秋之际，词人新酿的美酒方熟，首先想到的便是喜好饮酒的友人富枢密，如此佳酿即可御寒又可解闷，以此赠之，想必友人定会立即开封尝鲜，一醉方休。

【注释】

①富枢：即富枢密，指富直柔，因其绍兴元年八月除同知枢密院事，故

称。此词李弥逊亦有次韵之作,附录于后。

②云叶:犹云片,云朵。南朝陈张正见《初春赋得池应教》:"春光落云叶,花影发晴枝。"

③玉醅:美酒。南朝梁萧统《十二月启·南吕八月》:"倾玉醅于风前,玉琼驹于月下。"

④秋香:秋香酒。李弥逊有词作《鹤冲天·张仲宗以秋香酒见寄并词次其韵》。

⑤地行仙:佛典中所记的一种长寿的神仙。《楞严经》卷八:"人不及处有十种仙:阿难,彼诸众生,坚固服饵,而不休息,食道圆成,名地行仙……"后因以喻高寿或隐逸闲适的人。宋苏轼《乐全先生生日以铁拄杖为寿》(其一):"先生真是地行仙,住世因循五百年。"

⑥悬知:料想,预知。北周庾信《和赵王看伎》:"悬知曲不误,无事畏周郎。"

⑦洗盏径开尝:唐杜甫《谢严中丞送青城山道士乳酒一瓶》:"洗盏开尝对马军。"

⑧禅床:静坐参禅之床。唐贾岛《送天台僧》:"寒蔬修净食,夜浪动禅床。"

【附录】

李弥逊《鹤冲天·张仲宗以秋香酒见寄并词次其韵》:

篘玉液,酿花光。来趁北窗凉,为君小摘蜀葵黄。一似嗅枝香。

饮中仙,山中相,也道十分宫样。一般时候最宜尝,竹院月侵床。

喜迁莺慢

鹿鸣宴①作

雁塔题名②,宝津胖宴③,盛事簪绅④常说。文物⑤昭融⑥,圣代搜罗⑦,千里争趋丹阙⑧。元侯劝驾⑨,乡老献书⑩,发轫⑪

龟前列。山川秀,圜冠^⑫众多,无如闽越豪杰。　姓标红纸,帖报泥金^⑬,喜信归来俱捷。骄马芦鞭^⑭醉垂,蓝绶^⑮吹雪。芳月素娥情厚,桂花一任郎君折。须满引,南台又是,合沙时节^⑯。

【题解】

词作于北宋政和、宣和年间,时张元幹在福建,赴当地州郡为举子所设的鹿鸣宴,因作此词。词人历述自唐以来的科考盛况,指出各地英才辈出,无如闽越之士蔚然秀出。词作旨在祝愿此次进京赶考的闽地举人能够蟾宫折桂,跨马荣归。词人盛情举杯,勉励各位有识之士奋发有为,平步青云。

【注释】

①鹿鸣宴:亦作鹿鸣筵。科举时代,乡举考试后,州县长官宴请得中举子,或发榜次日,宴主考、执事人员及新举人,歌《诗·小雅·鹿鸣》,作魁星舞,故名。据《新唐书·选举志上》载:"每岁仲冬……试已,长吏以乡饮酒礼,会属僚,设宾主,陈俎豆,备管弦,牲用少牢,歌《鹿鸣》之诗,因与耆艾叙长少焉。"

②雁塔题名:雁塔,在今陕西省西安市南慈恩寺中,亦称大雁塔。唐代新进士常于此题名。五代王定保《唐摭言·慈恩寺题名游赏赋咏杂纪》:"神龙以来,杏园宴后,皆于慈恩寺塔下题名,同年中推一善书者纪之。"后因以"雁塔题名"指进士及第。

③盼宴:"盼"通"颁",颁赐。此指赐宴进士。

④簪绅:犹簪带。唐颜师古《奉和正日临朝》:"肃肃皆鹓鹭,济济盛簪绅。"

⑤文物:此指礼乐制度。南朝齐王融《赠族叔卫军俭诗》(其一十二):"前纪文物,后发声明。"

⑥昭融:谓光大发扬。语出《诗·大雅·既醉》:"昭明有融,高朗令终。"毛传:"融,长。朗,明也。"

140

⑦搜罗:访求罗致,搜集。唐范传正《唐左拾遗翰林学士李白新墓碑》:"代宗之初,搜罗俊逸,拜公左拾遗。"

⑧丹阙:借指皇帝所居的宫廷。唐韦庄《喻东军》:"几时鸾凤归丹阙,到处乌鸢从白旗。"

⑨元侯劝驾:指州郡长官送举子赴京赶考。《汉书·高帝纪下》:"御史大夫昌下相国,相国酂侯下诸侯王,御史中执法下郡守,其有意称明德者,必身劝,为之驾,遣诣相国府,署行、义、年。"

⑩献书:此指乡亲将书籍赠送给赶考之人。唐皮日休《洛中寒食二首》(其一):"唯有路傍无意者,献书未纳问淮肥。"

⑪发轫:借指出发,起程。《楚辞·离骚》:"朝发轫于苍梧兮,夕余至乎县圃。"

⑫圜冠:儒者戴的圆形帽子,也叫鹬冠。此代指儒生。《庄子·田子方》:"儒者冠圜冠者,知天时;履句屦者,知地形。"

⑬泥金:用泥金涂饰的笺帖。唐以来用于报新进士登科之喜。五代王仁裕《开元天宝遗事·泥金帖子》:"新进士才及第,以泥金书帖子附家书中,用报登科之喜,至文宗朝,遂寝削此仪也。"

⑭芦鞭:一种马鞭,短而小。宋晏几道《采桑子》:"芦鞭坠遍杨花陌,晚见珍珍。"

⑮蓝绶:系印纽的蓝色丝带。

⑯"南台"二句:南台山位于福建省福州市南闽江中,故名南台山,又名钓台山。宋王明清《挥麈录·前录》卷四引《两朝史章文宪传》:"初闽人谣曰:'南台沙合出宰相'至得象相时,沙涌可涉。"又"政和八年(1116),沙复涌,已而余丞相(深)大拜。十馀年前,外舅方公务德帅福唐,南台沙忽再涌,已而朱汉章、叶子昂相继登庸。"此指福建举人必将在此次科考中脱颖而出,为国所用。

鹧鸪天

不怕微霜点玉肌，恨无流水照冰姿。与君著意从头看，初见东南第一枝。　　人散后，雪晴时，陇头春色寄来迟①。使君本是花前客，莫怪殷勤②为赋诗。

【题解】

据《全宋词》，此首又见叶梦得《石林词》。词赋梅花，并表现折梅寄友之意。词人与友相与踏雪寻梅，蓦地看见独擅春风的南枝已然绽放花蕊。词人心知友人亦是爱花之人，愿此梅花能使其感受到春天的芳信，故赋小词聊寄此情。

【注释】

①"陇头"句：南北朝陆凯《赠范晔》："折梅逢驿使，寄与陇头人。江南无所有，聊赠一枝春。"

②殷勤：参见《石州慢》（寒水依痕）注释⑤。

忆秦娥

桃花萼，雨肥红绽①东风恶。东风恶②，长亭③无寐，短书④难托。　　征衫⑤辜负深闺约，禁烟⑥时候春罗⑦薄。春罗薄，多应消瘦，可忺⑧梳掠⑨。

【题解】

词记思妇春日愁思。风残花萼的春景惹起闺中愁思，欲托书信寄远人，争奈情长书短，难寄梦中情思。寒食又至，春光将逝，征人却依然漂泊

142

在外,辜负闺中深盟。料想春寒之中,翘首盼归的伊人自是瘦来不禁风。

【注释】

①雨肥红绽:参见《虞美人》(西郊追赏寻芳处)注释②。

②东风恶:明吴讷《唐宋名贤百家词》作"恶、恶、恶"。

③长亭:古时于道路每隔十里设长亭,故亦称"十里长亭",常为行旅休息、送别之处。北周庾信《哀江南赋》:"十里五里,长亭短亭。"

④短书:指书牍。南朝梁江淹《李都尉陵从军》:"袖中有短书,愿寄双飞燕。"

⑤征衫:旅人之衣,借指远行之人。

⑥禁烟:寒食节。唐张仁宝《题芭蕉叶上》:"寒食家家尽禁烟,野棠风坠小花钿。"

⑦春罗:丝织品,此指春衫。唐李贺《神仙曲》:"春罗书字邀王母,共宴红楼最深处。"

⑧忺(xiān):欲,想要。宋毛滂《蝶恋花·戊寅秋寒秀亭观梅》:"宫面可忺匀画了。粉瘦酥寒,一段天真好。"

⑨梳掠:梳理,梳妆。唐白居易《嗟发落》:"既不劳洗沐,又不烦梳掠。"

明月逐人来

灯夕赵端礼①席上

花迷珠翠②,香飘罗绮③,帘旌④外、月华如水。暖红影里,谁会王孙意。最乐升平景致。　　长记宫中五夜⑤,春风⑥鼓吹。游仙梦⑦、轻寒半醉。凤帏⑧未暖,归去熏浓被。更问阴晴天气。

【题解】

据南宋陈元靓《岁时广记》卷十引《本事词》载"宣和盛时,京师宫禁五夜上元灯，少监张仲宗上元词云'长记宫中五夜，东风鼓吹'"，此词当作于北宋宣和年间。词记元夕宴会。清沈辰垣《历代诗馀》无词题。欢愉的元夜中，赵端礼心中的至乐是天下升平，而今边事频起，国无宁日，京都上元节的繁华夜景似乎已然如梦。

【注释】

①赵端礼：参见《水调歌头·为赵端礼作》注释①。

②珠翠：珍珠和翡翠，借指盛装女子。唐陆龟蒙《杂伎》："六宫争近乘舆望，珠翠三千拥赭袍。"

③罗绮：罗和绮，多借指丝绸衣裳。汉张衡《西京赋》："始徐进而赢形，似不任乎罗绮。"

④帘旌：帘端所缀之布帛，亦泛指帘幕。唐白居易《旧房》："床帷半故帘旌断，仍是初寒欲夜时。"

⑤宫中五夜：京都上元节放灯五夜。《宣和遗事》前集："且如前代庆赏元宵，只是三夜……从十四至十六夜，放三夜元宵灯烛。至宋朝开宝年间，有两浙钱王献了两夜浙灯，展了十七、八两夜，谓之'五夜元宵'。"

⑥春风：宋陈元靓《岁时广记》卷十所引张元幹词作"东风"。

⑦游仙梦：《开元天宝遗事》卷上《游仙枕》："龟兹国进奉枕一枚，其色如玛瑙，温温如玉，其制作甚朴素。若枕之，则十洲三岛，四海五湖尽在梦中所见，帝因立名为'游仙枕'，后赐与杨国忠。"

⑧凤帏：闺中的帷帐。宋朱淑真《菩萨蛮》（其二）："山亭水榭秋方半，凤帏寂寞无人伴。"

小重山

谁向晴窗伴素馨①，兰芽②初秀发③，紫檀④心。国香⑤幽艳最情深。歌白雪⑥，只少一张琴。　　新月冷光侵。醉时花近眼，莫频斟。薛涛笺⑦上楚妃吟⑧。空凝睇⑨，归去梦中寻。

【题解】
《小重山》又名《小重山令》,唐人多用以写"宫怨",故其调悲。此词为月夜对兰思人之作,词情亦如其调。素有国香美誉的兰花幽然绽放,其幽独正如词人,孑然清绝,无人相伴。词人醉里看花,恍觉佳人在旁,然思念终成空,唯期梦里与之相会。

【注释】
①素馨:参见《青玉案》(月华冷沁花梢露)注释③。
②兰芽:兰的嫩芽。南朝梁刘孝绰《答何记室》:"兰芽隐陈叶,荻苗抽故丛。"
③秀发:指植物生长繁茂,花朵盛开。语出《诗·大雅·生民》:"实发实秀。"
④紫檀:珍木名,木材坚实,紫红色,可做贵重家具、乐器或美术品。晋崔豹《古今注·草木》:"紫㭶木,出扶南,色紫,亦谓之紫檀。"
⑤国香:指兰花。语出《左传·宣公三年》:"兰有国香。"唐宋之问《过史正议宅》:"国香兰已歇,里树橘犹新。"《广群芳谱·花谱二三·兰蕙》引宋黄庭坚《书幽芳亭》:"兰之香盖一国,则曰国香。"
⑥白雪:指高雅曲调。宋玉《对楚王问》:"其为《阳阿》《薤露》,国中属而和者数百人,其为《阳春》《白雪》,国中属而和者不过数十人而已。"
⑦薛涛笺:唐代女诗人薛涛晚年居浣花溪畔,好吟小诗,因自制彩笺,时称"薛涛笺"。
⑧楚妃吟:乐府吟叹曲之一,内容咏叹楚庄王贤妃樊姬进贤之事。汉刘向《列女传·楚庄樊姬》:"楚姬者,楚庄王之夫人也。庄王即位,好狩猎,樊姬谏不止,乃不食禽兽之肉,王改过,勤于政事。"
⑨凝睇(dì):注视,注目斜视。唐白居易《长恨歌》:"含情凝睇谢君王,一别音容两渺茫。"

上西平

卧扁舟,闻寒雨,数佳期。又还是、轻误仙姿①。小楼梦冷,觉来应恨我归迟。鬓云松处,枕檀②斜露泣花枝。　名与利,空萦系,添憔悴③,谩孤恓④。得见了、说与教知。偎香倚暖⑤,夜炉围定酒温时。任他飞雪洒江天,莫下层梯。

【题解】

明毛晋《宋六十名家词》调下注:"一作'金人捧露盘'。"《上西平》又名《铜人捧露盘引》《西平曲》。唐李贺有《金铜仙人辞汉歌》,并序云:"魏明帝青龙元年八月,诏宫官牵车西取汉孝武捧露盘仙人,欲立置前殿,宫官既拆盘,仙人临载,乃潸然泪下。"乐家取此制曲,故多苍凉激楚之音。此词为思归忆人之作,亦不无凄怆之感。想见佳人而不得的孤恓愀怆,以及名利成空、唯剩憔悴的凄凉之情,落墨尤深。

【注释】

①仙姿:仙人的风姿,形容清雅秀逸的姿容。唐郑嵎《津阳门》:"鸣鞭后骑何蹀躞,宫妆襟袖皆仙姿。"

②枕檀:即枕头。檀,香料,古人常将其置于枕内,故称。南朝陈徐陵《中妇织流黄》:"带衫行幛口,觅钏枕檀边。"

③"名与利"三句:"名与利"原无"与"字,据明毛晋《宋六十名家词》、清万树《词律》增补。宋柳永《戚氏》:"念利名、憔悴长萦绊。"

④孤恓(qī):寂寞凄凉,悲伤。

⑤偎香倚暖:形容与女子亲昵。宋柳永《法曲献仙音》:"念倚玉偎香,前事顿轻掷。"

春光好

为杨聪父^①侍儿切鲙^②作

花恨雨，柳嫌风，客愁浓。坐久霜刀飞碎雪^③，一尊同。
劳烦玉指春葱^④。未放箸、金盘已空^⑤。更与个中^⑥寻尺
素^⑦，两情通。

【题解】

词作于绍兴十一年（1141），时张元幹居闽中。词寄闲情，因感席中侍
女精湛的斫鲙之功而作。杨聪父所设宴席上，切鲙之女技法颇为娴熟，一
句"霜刀飞碎雪"即是传神之笔。词末所云欲寻尺素通两情，更是饶有
兴味。

【注释】

①杨聪父：参见《朝中措·次聪父韵》注释①。

②切鲙：亦作"斫鲙"，薄切鱼片。唐段成式《酉阳杂俎·物革》："进士
段硕尝识南孝廉者，善斫鲙，縠薄丝缕，轻可吹起，操刀响捷，若合节奏。"

③霜刀飞碎雪：唐杜甫《观打鱼歌》诗有"饔子左右挥双刀，鲙飞金盘白
雪高"。又有《阌乡姜七少府设鲙戏赠长歌》："无声细卜飞碎雪。"

④玉指春葱：形容女子双手纤长细嫩。汉乐府《孔雀东南飞》："指如削
葱根，口如含朱丹。"唐白居易《筝》："双眸剪秋水，十指剥春葱。"

⑤"未放箸"句：唐杜甫《阌乡姜七少府设鲙戏赠长歌》："放箸未觉金
盘空。"

⑥个中：此中，这当中。唐寒山《诗》（其二五五）："若得个中意，纵横处
处通。"

⑦尺素：《乐府诗集·相和歌辞十三·饮马长城窟行之一》："客从远方

来,遗我双鲤鱼。呼儿烹鲤鱼,中有尺素书。"后因称书信为"鱼书"。

【汇评】

清叶申芗《本事词》卷下:"张元幹仲宗,善词翰。……然小词每寄闲情,如为杨聪父侍儿切鲙赋《春光好》。"

春光好

寒食近,踏青时,画堂西。可是春来偏倦绣,乍生儿。

香绵①轻拂胭脂。加文褓②、初试③斑衣④。诮⑤没工夫存问⑥我,且怜伊。

【题解】

词记春日闲愁。寒食将至,野外花开,正是踏青时节,然画堂西畔的玉人正独倚朱栏,无人相与消遣春光。絮蕊飘飞的春景,无人同赏,无人聊相慰藉,佳人只好独自叹息惆怅。词中未有一句刻意描绘闺人心绪,而女子孤寂惆怅的心理全然展现。

【注释】

①香绵:此指柳絮。宋徐积《杨柳枝》:"清明前后峭寒时,好把香绵闲抖擞。"

②文褓:亦作"文葆",绣花的襁褓。汉刘向《新序·节士》:"二人谋取他婴儿,负以文褓匿山中。"

③初试:初次试用。唐韩偓《梅花》:"龙笛远吹胡地月,燕钗初试汉宫妆。"

④斑衣:原作"班衣",据明吴讷《唐宋名贤百家词》改。斑衣即彩衣,参见《青玉案·筼翁生朝》注释⑥。

⑤诮:张相《诗词曲语辞汇释》卷二:"诮,犹浑也,直也。字亦作悄、俏。"

148

⑥存问:问候之意。西晋傅玄《西长安行》:"何用存问妾,香橙双珠环。"

清平乐

乱山深处,雪拥溪桥路。晓日乍明催客去,惊起玉鸦翻树。　　翠衾香暖檀灰,一枝想见疏梅。凭仗①东风说与,画眉人②共春回。

【题解】

《芦川归来集》调下有题"雪晴送别"。词写别离之意,盼归之情。大雪遮断去路,未忍与佳人分别,无奈时日催人,不得不行。天色将晓之时,闺中檀香犹在,伊人以春回时节约为重逢之期,盼望那时良人亲与画眉。

【注释】

①凭仗:依赖,依靠。北周庾信《周车骑大将军贺娄公神道碑》:"祖庆,少习边将,凭仗智勇。"唐元稹《苍溪县寄扬州兄弟》:"凭仗鲤鱼将远信,雁回时节到扬州。"

②画眉人:《汉书·张敞传》:"敞无威仪……又为妇画眉,长安中传张京兆眉怃。"此指画眉之夫婿。

清平乐

明珠翠羽①,小缩同心缕②。好去吴松江上路,寄与双鱼尺素③。　　兰桡④飞取归来,愁眉待得伊开。相见嫣然一笑⑤,眼波先入郎怀。

【题解】

此词作于南渡前后,乃相思幸得相见的情词,绮丽而未失于轻佻。未见归人,伊人便已巧结同心,拟将赠之。待归之时,终日徘徊江畔,寄书催归。既见归舟,伊人愁眉始得舒展。及至相见,美人笑靥如花,目光含情,直入君怀。久别后的相思之意,相见之欢,在灵动流转的眼波中全然闪现。

【注释】

①明珠翠羽:指珍贵的饰物。三国魏曹植《洛神赋》:"或采明珠,或拾翠羽。"

②同心缕:即同心结,用锦带编成连环样式,比喻男女同心,忠贞不贰。南朝梁武帝《有所思》:"腰中双绮带,梦为同心结。"

③双鱼尺素:参见《春光好·为杨聪父侍儿切鲙作》注释⑦。

④兰桡:小舟的美称。唐太宗《帝京篇》(其六):"飞盖去芳园,兰桡游翠渚。"

⑤嫣然一笑:形容娇媚的微笑。宋玉《登徒子好色赋》:"嫣然一笑,惑阳城,迷下蔡。"

【汇评】

清陈廷焯《词则·闲情集》卷二眉批:"传神之笔,丽而不佻。"

菩萨蛮

天涯客里秋容①晚,妖红聊戏思乡眼。一朵醉深妆,羞渠照鬓霜。　　开时谁断送,不待司花②共。有脚号阳春③,芳菲属主人。

【题解】

《芦川归来集》、明毛晋《宋六十名家词》调下有题"见芙蓉"。明吴讷《唐宋名贤百家词》此词后有注:"道人殷七七,能开顷刻花,润州鹤林寺常有红裳女子相共开之。宋璟所至爱物,人谓之有脚阳春。"词记因花而起的思乡之情。秋日盛放的木芙蓉,不受司花拘管,毅然开出一片独属于自己的盎然"春色",其向荣之态,足令客中之人一解愁思。

【注释】

①秋容:犹秋色,此指秋季木芙蓉盛开之景。

②司花:即司花女。唐颜师古《隋遗录》卷上:"长安贡御车女袁宝儿……帝宠爱之特厚。时洛阳进合蒂迎辇花……帝命宝儿持之,号曰司花女。"后用以指管理百花的女神。

③"有脚"句:对官吏施行德政的颂词。五代王仁裕《开元天宝遗事·有脚阳春》:"宋璟爱民恤物,朝野归美,时人咸谓璟为有脚阳春,言所至之处,如阳春煦物也。"

菩萨蛮

戏呈周介卿①

拍堤绿涨桃花水②,画船稳泛东风里。丝雨湿苔钱③,浅寒生禁烟。　　江山留不住,却载笙歌去。醉倚玉搔头④,几曾知旅愁。

【题解】

词之"江山留不住,却载笙歌去"的叹惋,实是讽刺当朝偏安半壁江山,一味贪图享乐,不思复国强兵之事。纵情游乐的周介卿,终究不懂得无数羁旅之士在山河沦落后的愁苦和遗恨。这正如沉醉声色的当政者,毫不理会万千爱国志士的悲苦愁怀。

【注释】

①周介卿:生平事迹不详。

②桃花水:亦作"桃华水",即春汛。《汉书·沟洫志》:"来春桃华水盛,

必羡溢,有填淤反壤之害。"颜师古注:"《月令》:'仲春之月,始雨水,桃始华。'盖桃方华时,既有雨水……故谓之桃华水耳。"

③苔钱:苔点形圆如钱,故曰"苔钱"。南朝梁刘孝威《怨诗》:"丹庭斜草径,素壁点苔钱。"

④玉搔头:即玉簪。东晋葛洪《西京杂记》卷二:"武帝过李夫人,就取玉簪搔头。自此后宫人搔头皆用玉,玉价倍贵焉。"唐白居易《长恨歌》:"花钿委地无人收,翠翘金雀玉搔头。"

菩萨蛮

三月晦①,送春有集,坐中偶书。

春来春去②催人老,老夫争肯输年少。醉后少年狂,白髭殊未妨。③　　插花还起舞,管领④风光处。把酒共留春,莫教花笑人。

【题解】

词记送春感怀,却不拘于先景后情的格套,而是始终紧扣送春留春的主题,以真情豪气贯注全篇。词人以不肯输年少的豪情举酒酹春,插花起舞,颇有东坡居士"老夫聊发少年狂"(《江城子》)的意趣。其情怀之真挚,风貌之旷达是为性灵的自然流露。

【注释】

①三月晦:农历三月最后一天。

②春来春去:唐方干《春日》:"春去春来似有期,日高添睡是归时。"

③"醉后"二句:宋苏轼《江城子·密州出猎》:"老夫聊发少年狂……鬓微霜,又何妨。"

④管领:管辖,统领。唐李群玉《赠人》:"云雨无情难管领,任他别嫁楚襄王。"

菩萨蛮

雨馀翠袖琼肤^①润，一枝想象伤春困^②。老眼见花时，惜花心未衰。　　酿成谁与醉，应把流苏缀。泪沁枕囊^③香，恼侬归梦长。

【题解】

该词为感时伤春之作。据"老眼""归梦"等词，约作于张元幹晚年之时。词人见花容姣好，自伤年华流逝，青春不再，此为一愁。年老孤苦漂泊，归去无时，又加一愁。愁之无际，只能以酒自醉，醉里梦中，唯一"归"字恼煞人心。

【注释】

①琼肤：白润如玉的肌肤。宋张先《菩萨蛮》："衫轻不碍琼肤白。"

②伤春困：宋欧阳修《蝶恋花》："早是伤春，那更春醪困。"

③枕囊：枕芯。宋黄庭坚《观王主簿家酴醾》："风流彻骨成春酒，梦寐宜人入枕囊。"

菩萨蛮

政和壬辰东都作

黄莺啼破纱窗晓，兰缸^①一点窥人^②小。春浅锦屏寒，麝煤^③金博山^④。　　梦回无处觅，细雨梨花湿。^⑤正是踏青时，眼前偏少伊。

壬辰为徽宗政和二年(1112)。词作于汴京,时张元幹二十二岁,为太学上舍生。词抒春日忆人之情。上片写清晨透过朦胧的纱窗,见兰灯犹燃,光照倩影。下片则是回首往日情境,已成幻梦,断无觅处。末了抒发春来无人同游,想忆伊人的愁情。

【注释】

①兰缸:亦作兰釭,燃兰膏的灯,亦用以指精致的灯具。南朝齐王融《咏幔》:"但愿置尊酒,兰釭当夜明。"

②一点窥人:宋苏轼《洞仙歌》:"绣帘开、一点明月窥人,人未寝,欹枕钗横鬓乱。"

③麝煤:含有麝香的墨,亦泛指名贵的香墨。唐王勃《秋日钱别序》:"研精麝墨,运思龙章。"

④金博山:指博山香炉。《西京杂记》卷一:"长安巧工丁缓者……作九层博山香炉,镂为奇禽怪兽,穷诸灵异,皆自然运动。"

⑤"梦回"二句:南唐李璟《摊破浣溪沙》:"细雨梦回鸡塞远。"

菩萨蛮

甘林①玉蕊②生香雾,游蜂争采清晨露。芳意着人③浓,微烘曲室④中。　　春来瀛海⑤外,沈水⑥迎风碎。好事富馀熏⑦,频分几缕云。

【题解】

词写醉人之春景。林间玉蕊含馨盛放,芬芳飘逸,引诱蜂蝶前来采花饮露。户外春闹枝头,室内也芳意甚浓。春天一来,百花齐香,连沉香的清芬都在春风中飘散。词人唯愿春光常在,馨香常驻。

【注释】

①甘林:《芦川归来集》作"芳林"。

②玉蕊：即玉蕊花。唐白居易《代书一百韵寄微之》："唐昌玉蕊会，崇敬牡丹期。"

③着人：南朝梁《初春携内人行戏诗》："草短犹通履，梅香渐着人。"

④曲室：参见《浣溪沙·夜坐》注释①。

⑤瀛海：大海。《史记·孟子荀卿列传》："赤县神州内自有九州，禹之序九州是也，不得为州数。中国外如赤县神州者九，乃所谓九州也。……如此者九，乃有大瀛海环其外，天地之际焉。"宋贺铸《海月谣》："楼平迭巘。瞰瀛海、波三面。"

⑥沈水：参见《浣溪沙·笃耨香》注释④。

⑦馀熏：参见《浣溪沙·笃耨香》注释⑧。

菩萨蛮

送友人还富沙①

山城何岁无风雨，楼台底事随波去。归棹望谯门②，沙痕炯断云。　　诗成空吊古，想象经行处。陵谷③有馀悲，举觥浇别离。

【题解】

该词为送别之作。词中伤怀之语，处处有之。词人在潇潇风雨之中送别友人，江岸上沙痕似线，断云无迹，犹助凄然。别后诗成，悲从中来，陵谷迁变的感伤和人事离合的悲苦，一齐涌上心头。词人举杯浇愁，聊遣伤怀。

【注释】

①富沙：在今福建崇安。宋胡仔《苕溪渔隐丛话前集》卷四十六："余至富沙，按其地理，武夷在富沙之西，隶崇安县。"案，题中友人当指袁复一，字太初，无锡（今属江苏）人。（《建炎以来系年要录》卷九九）宋钦宗靖康元年（1126）知临海县。（《嘉定赤城志》卷一一）高宗绍兴十二年（1142）提举广

南市舶,(清道光《广东通志》卷一五)绍兴十六年(1146),提举福建常平。(《建炎以来系年要录》卷一五五)据《鼓山志》卷十四:"锡山袁复一太初,自富沙如温陵,道晋安东山,登白云峰,访临沧亭,尽览海山之盛。郡人张元幹仲宗、安国邱铎文时、莆阳余祉中锡、晋陵孙轩子舆同来,太初仲子嘉猷侍。绍兴己巳十月。"

②谯门:参见《望海潮》(苍山烟澹)注释⑧。

③陵谷:比喻世事巨变。北周庾信《周大将军司马裔神道碑》:"是以勒此丰碑,惧从陵谷,植之松柏,不忍凋枯。"唐韩偓《乱后春日途经野塘》:"眼看朝市成陵谷,始信昆明是劫灰。"

菩萨蛮

微云红衬馀霞绮①,明星碧浸银河水。欹枕画檐风,愁生草际虫。　　雁行离塞晚,不道衡阳远。②归恨隔重山,楼高莫凭栏。③

【题解】

词写客居他乡之感,是张元幹漂泊生涯的真情抒写。明星摇曳的夜晚,词人欹枕难眠,窗外虫鸣不绝于耳,如词人心头之怅惘拂之难去。云空外,雁行成阵,却飞不到故乡,楼台纵高,也望不到故园山水。烟迷雾障,归路迢迢,词人未知心中漂泊之恨何时已。

【注释】

①馀霞绮:参见《兰陵王》(绮霞散)注释①。

②"雁行"二句:《方舆胜览》卷二十四《湖南路·衡州》:"回雁峰,在衡阳之南,雁至此不过,遇春而回,故名。"此指音信阻隔之意。

③"归恨"二句:南唐后主李煜《浪淘沙令》:"独自莫凭栏。无限江山,别时容易见时难。"

楼上曲

楼外①夕阳明远水,楼中人倚东风里。何事有情怨别离,低鬟背立君应知。　　东望云山君去路,断肠②迢迢③尽愁处。明朝不忍见云山,从今休傍曲阑干。

【题解】

词抒闺中思妇的离情别恨,是艳词中的雅调。全词寓情于景,楼外夕阳远水,楼中伊人鬓鬟低垂,词人虽未点破"泪"字,却以"背立君应知"委婉地道出伊人心中伤怀。情深而不露,诚乃陈廷焯所云:"艳体中《阳春白雪》也"。

【注释】

①楼外:清万树《词律》作"楼上"。

②断肠:清沈辰垣《历代诗馀》作"羊肠"。

③迢迢:清沈辰垣《历代诗馀》作"迢递"。本是道路遥远貌,水流绵长貌,此指愁苦深长。

【汇评】

清陈廷焯《白雨斋词话》卷七:"'楼外夕阳明远水……'意味深长,音调古雅,艳体中《阳春白雪》也。"

楼上曲

清夜灯前花报喜①,心随社燕②凉风起。云路③修成宝月时,东楼怅望君先归④。　　沉瀣⑤秋香⑥生玉井,画檐深转梧桐影。看君西去侍明光⑦,杯中丹桂一枝芳⑧。

词中"看君西去侍明光"句与《青玉案·生朝》"入辅明光拜元老"词意相合,故此词当为老友李弥逊而作。友人即将还朝,而自己却前路未卜,词人虽心有悲怆,仍与友人痛饮同醉。

【注释】

①灯前花报喜:唐杜甫《独酌成诗》:"灯花何太喜。"

②社燕:燕子春社时来,秋社时去。故有"社燕"之称。宋苏轼《送陈睦知潭州》:"有如社燕与秋鸿,相逢未稳还相送。"

③云路:上天之路,比喻仕途、高位。《晋书·皇甫谧传》:"子其鉴先哲之洪范,副圣朝之虚心,冲灵翼于云路,浴天池以濯鳞。"

④先归:明毛晋《宋六十名家词》、清沈辰垣《历代诗馀》作"先期"。

⑤沆瀣(hàngxiè):夜间的水气,露水。旧谓仙人所饮之露水。《楚辞·远游》:"餐六气而饮沆瀣兮,漱正阳而含朝霞。"王逸注:"《凌阳子明经》言:'春食朝霞……冬饮沆瀣。'沆瀣者,北方夜半气也。"

⑥秋香:指秋香酒。参见《喜迁莺令·呈富枢》注释④。

⑦侍明光:指进入朝廷侍奉君王。唐权德舆《送韦行军员外赴河阳》:"五代武弁侍明光,辍佐中权拜外郎。"

⑧丹桂一枝芳:此借用五代窦禹钧五子俱登科的典故。宋范仲淹《范文正公集(别集)》卷四《窦谏议录》:"窦禹钧,范阳人,为左谏议大夫,致仕。诸子进士登第,义风家法为一时标表。冯道赠禹钧诗云:'燕山窦十郎,教子以义方。灵椿一株老,丹桂五枝芳。'人多传诵。"

豆叶黄

唐腔也,为伯南①赋早梅,复和韵。

冰溪疏影竹边春,翠袖②天寒炯暮云。雪里精神淡伫③人。隔重门,宝篆生香玉半温。

《芦川归来集》中词题无"唐腔也"三字。词赋梅花,和晁伯南之韵。词中虽未着"梅"字,"淡伫人"三字却足以令人想见梅花之清标异俗。隔着重门,犹能闻见梅花的冷香,以此写寒梅之清气。

【注释】

①伯南:即晁伯南,生平未详。《芦川归来集》卷二有《次韵晁伯南饮董彦达官舍心远堂》诗,卷三有《奉送晁伯南归金溪》诗。张元幹《奉送晁伯南归金溪》诗云:"君家诸父多人杰,半是平生亲旧间。莫话故园空矫首,相从逆旅足开颜。文元勋业金瓯字,昭德风流玉笋班。此去腾骧吐虹气,何由来伴老夫闲。"据此可知,晁伯南乃晁迥后裔,世为澶州清丰(今属河南)人,后徙家彭门(今四川彭州)。

②翠袖:明毛晋《宋六十名家词》、明吴讷《唐宋名贤百家词》作"翠岫"。

③淡伫:淡雅,淡静。宋周邦彦《玉团儿》:"铅华淡伫新妆束。好风韵,天然异俗。"

豆叶黄

　　疏枝冷蕊①忽惊春②,一点芳心入鬓云③。风韵情知④似玉人。笑迎门,香暖红炉酒未温。

【题解】

　　此词与《豆叶黄》(冰溪疏影竹边春)同韵,当为一时之作。词记雪天温酒赏梅之乐。寒梅破冰吐蕊,伊人撷花粘鬓,伫立风中,风韵天然。词人与之围炉温酒,赏梅夜话,此情此境诚可乐也。

【注释】

　　①疏枝冷蕊:唐杜甫《舍弟观赴蓝田取妻子到江陵喜寄三首》(其二):"巡檐索共梅花笑,冷蕊疏枝半不禁。"冷蕊,即指寒天里的梅花。

②惊春：参见《醉落魄》(绿枝红萼)注释⑤。

③鬟云：形容女子鬟发浓密黑亮似乌云。唐温庭筠《菩萨蛮》："小山重叠金明灭，鬟云欲度香腮雪。"

④情知：参见《瑞鹧鸪》(雏莺初啭斗尖新)注释⑧。

满庭芳

寿

梁苑①春归，章街②雪霁，柳梢华萼③初萌。非烟④非雾，新岁乐升平。京兆⑤雍容⑥报政⑦，金猊⑧过、九陌⑨尘轻。朝回处，青霄⑩路稳，黄色起天庭⑪。　　东风，吹绿鬓⑫，薄罗剪彩⑬，小绾流莺。比渭滨甲子⑭，尚父⑮难兄⑯。满泛椒觞⑰献寿，斑衣⑱侍、云母分屏。明年会，双衣对引⑲，谈笑秉钧衡。

【题解】

据词中"新岁乐升平"句，及《芦川归来集》卷三《次友人寒食书怀韵二首》(其一)"往昔升平客大梁，新烟燃烛九衢香"可知，此词当作于政和、宣和年间，时张元幹在汴京。词为庆人生辰而作。

【注释】

①梁苑：西汉梁孝王所建的东苑，也称兔园。故址在今河南开封东南。梁孝王在其中广纳宾客，当时名士司马相如、枚乘、邹阳等均为座上客。南北朝王融《奉辞镇西应教诗》："留庭参辩奭，梁苑豫才邹。"

②章街：即章台街，故址在今西安市长安区西南。《汉书·张敞传》："敞为京兆，朝廷每有大议，引古今，处便宜，公卿皆服，天子数从之。然敞无威仪，时罢朝会，过走马章台街，使御吏驱，自以便面拊马。又为妇画眉，长安中传张京兆眉妩。"宋柳永《木兰花·柳枝》："章街隋岸欢游地，高拂楼

台低映水。”

③华萼：即指花萼。宋方千里《解连环》：“早早归休，渐过了芳条华萼。”

④非烟：参见《好事近》(斗帐炔炉熏)注释⑤。

⑤京兆：即京兆尹，汉代官名，管辖京兆地区的行政长官，职权相当于郡太守。后因以称京都地区的行政长官。《汉书·百官公卿表上》：“内史，周官，秦因之，掌治京师。景帝二年分置左(右)内史。右内史武帝太初元年更名京兆尹。”此指北宋京官。

⑥雍容：形容仪态温文大方而又不失威仪。《汉书·薛宣传》：“宣为人好威仪，进止雍容，甚可观也。”

⑦报政：陈报政绩。《史记·鲁周公世家》：“周公卒，子伯禽固已前受封，是为鲁公。鲁公伯禽之初受封之鲁，三年而报政周公。”

⑧金狨：参见《水调歌头·送吕居仁召赴行在所》注释⑱。

⑨九陌：汉长安城中的九条大道，此泛指京城。《三辅黄图·长安八街九陌》：“《三辅旧事》云：‘长安城中八街，九陌。’”

⑩青霄：通往青天的道路，喻通向高位的通途。唐王湾《丽正殿赐宴同勒天前烟年四韵应制》：“院逼青霄路，厨和紫禁烟。”

⑪黄色起天庭：天庭在相术中指人两眉之间，眉间黄色为喜气。宋苏轼《轼以去岁春夏，侍立迩英，而秋冬之交，子由相继入侍，次韵绝句四首，各述所怀》(其一)：“坐阅诸公半廊庙，时看黄色起天庭。”《集注分类东坡诗》注：“人面有大庭，相书以黄色为喜色也。”

⑫绿鬓：乌黑而有光泽的鬓发。南朝梁吴均《和萧洗马子显古意诗》(其三)：“绿鬓愁中改，红颜啼里灭。”

⑬剪彩：剪裁花纸或彩绸，制成饰品。南朝梁宗懔《荆楚岁时记》：“立春之日，悉剪彩为燕，戴之。”宋王安石《次韵次道忆太平州宅早梅》：“今日盘中看剪彩，当时花下就传杯。”

⑭渭滨甲子：《史记·齐太公世家》：“太公望吕尚者……盖尝穷困，年老矣，以渔钓奸周西伯。西伯将出猎，卜之，曰：‘所获非龙非彲，非虎非罴；

161

所获霸王之辅。'于是周西伯猎,果遇太公于渭之阳,与语大说。"

⑮尚父:周武王对吕望的尊称,后世用以尊礼大臣。《诗·大雅·文王》:"维师尚父,时维鹰扬。"毛传:"师,大师也。尚父,可尚可父。"郑玄笺:"尚父,吕望也,尊称焉。"

⑯难兄:《世说新语·德行》:"陈元方子长文,有英才,与季方子孝先,各论其父功德,争之不能决,咨于太丘。太丘曰:'元方难为兄,季方难为弟。'"

⑰椒觞:盛有椒浆酒的杯子。《乐府诗集·燕射歌辞三·晋朝飨乐章》:"椒觞再献,宝历万年。"

⑱斑衣:即彩衣,参见《青玉案·筼翁生朝》注释⑥。

⑲双衣对引:北宋魏泰《东轩笔录》卷二:"旧制,学士以上,并有一人朱衣吏引马,所服带用黄金,而无鱼,至入两府,则朱衣二人引马,谓之双引,金带悬鱼,谓之重金矣。"

满庭芳

寿富枢密

韩国殊勋①,洛都西内②,名园甲第相连。当年③绿鬓④,独占地行仙⑤。文彩风流⑥瑞世,延朱履⑦、丝竹喧阗⑧。人皆仰,一门相业,心许子孙贤。　　中兴,方庆会,再逢甲子⑨,重数天元⑩。问千龄⑪谁比,五福俱全。此去沙堤⑫步稳,调金鼎、七叶貂蝉⑬。香檀缓,杯传鹦鹉,新月正娟娟。

【题解】

据词中"再逢甲子,重数天元"句,甲子乃绍兴十四年(1144),故此词应于是年作于福州,为富直柔祝寿。上片书写富氏作为相门子孙的荣耀,下片对其寄以仕途辉煌的祝愿。

【注释】

①韩国殊勋:富枢密之祖父富弼乃北宋宰相,以韩国公致仕,故云。

②洛都西内:指洛阳耆英会。参见《点绛唇·生朝》(嵩洛云烟)注释③。

③当年:《芦川归来集》作"当筵"。

④绿鬓:参见《满庭芳》(梁苑春归)注释⑫。

⑤地行仙:参见《喜迁莺令·呈富枢》注释⑤。

⑥文彩风流:唐杜甫《丹青引赠曹将军霸》:"英雄割据虽已矣,文彩风流犹尚存。"

⑦朱履:红色的鞋,古代贵显者所穿。南朝梁沈约《登高望春》:"齐童蹑朱履,赵女扬翠翰。"

⑧喧阗:喧哗,热闹。宋苏轼《竹枝歌》:"水滨击鼓何喧阗,相将扣水求屈原。"

⑨再逢甲子:洛阳耆英会在元丰五年(1082),至元丰七年甲子(1084)文彦博归洛。再逢甲子,指绍兴甲子年,即绍兴十四年(1144)。

⑩天元:明毛晋《宋六十名家词》作"天先",误。周历建子,以今农历十一月为正月。后世以周历得天之正道,谓之"天元"。

⑪千龄:极言时间久长。《晋书·礼志上》:"方今天地更始,万物权舆,荡近世之流弊,创千龄之英范。"

⑫沙堤:唐代专为宰相通行车马所铺筑的沙面大路,后指枢臣所行之路。唐李肇《唐国史补》卷下:"凡拜相,礼绝班行,府县载沙填路。自私第至于子城东街,名曰沙堤。"

⑬七叶貂蝉:西晋左思《咏史》:"金张籍旧业,七叶珥汉貂。"李善注:"七叶,自武(汉武帝)至平(汉平帝)也。"

满庭芳

为赵西外①寿

玉叶②联芳③，天潢④分润，寿筵长对熏风。间平襟度⑤，濮邸行尊崇⑥。忠孝家传大雅，无喜愠⑦、一种宽容。芝兰⑧盛，彩衣⑨嬉戏，亲睦冠西宗。　　丝纶⑩，膺重寄，遥防迁美，本镇恩隆。应萱堂⑪齐福，诞月仍同。花蕊香浓气暖，凝瑞露、满酌金钟。龙光⑫近，星飞驿马⑬，宣入嗣王封⑭。

【题解】

　　该词为贺寿之作，作者于建炎元年(1127)为宋宗室赵仲湜而作。上阕赞誉赵西外的盛德至性，赵氏作为皇族血脉，秉承忠孝传统，性情平和。下阕则是寿筵上的祝愿之辞，传达福寿双全之意。

【注释】

　　①赵西外：即赵仲湜，宋宗室。明毛晋《宋六十名家词》作"赵西宗"。《宋史·濮王允让传》："(仪王赵)仲湜，字巨源，楚荣王宗辅之子，濮安懿王赵允让孙也，初名仲泹。熙宁十年，授右内率府副率。累迁密州观察使、知西外宗正事、保大军承宣使。钦宗嗣位，授靖海节度使，更今名。召知大宗正事，未行，汴京失守。康王即帝位于南京，仲湜由汉上率众径谒时嗣濮王赵仲理北迁，乃诏仲湜袭封，加开府仪同三司，历检校少保、少傅。绍兴元年，充明堂亚献。七年，薨，帝为辍朝，赐其家银帛，追封仪王，谥恭孝。"

　　②玉叶：喻皇家子孙。唐萧颖士《为扬州李长史贺立皇太子表》："琼枝挺秀，玉叶资神。"

　　③联芳：比喻兄弟均贵显荣耀。唐王维《谢弟缙新授左散骑常侍状》："不材之木，跗萼联芳。"

　　④天潢：犹言天池，古人认为皇族支流派别，如导源于天池，故称之为

164

天潢。北周庾信《为杞公让宗师骠骑表》："凭天潢之派水,附若木之分枝。"

⑤间平襟度:间,汉河间献王刘德;平,东平宪王刘苍,二人皆有贤名。《汉书·景十三王列传》:"河间献王德以孝景前二年立,修学好古,实事求是。……修礼乐,被服儒术,造次必于儒者。山东诸儒多从而游。"《后汉书·光武十王传》:"东平宪王苍,建武十五年封东平公,十七年进爵为王。……日者问东平王处家何等最乐,王言为善最乐,其言甚大,副是要腹矣。"后因以"间平"指宗室藩王中之贤者。

⑥"濮邸"句:宋李心传《建炎以来朝野杂记·甲集》卷十二:"知大宗正事,仁宗始置,用太祖、太宗之后属近行尊者各一人,于是首命濮安懿王为之。"此处行尊崇者指赵仲湜。

⑦喜愠:明毛晋《宋六十名家词》作"喜恨"。《论语注疏·公冶长》:"子张问曰:'令尹子文三仕为令尹,无喜色;三已之,无愠色。'"

⑧芝兰:喻优秀子弟,此指赵仲湜诸子。《世说新语·言语》:"谢太傅问诸子侄:'弟亦何预人事,而正欲使其佳?'诸人莫有言者,车骑(谢玄)答曰:'譬如芝兰玉树,欲使其生于阶庭耳。'"

⑨彩衣:参见《青玉案·筠翁生朝》注释⑥。

⑩丝纶:《礼记·缁衣》:"王言如丝,其出如纶。"孔颖达疏:"王言初出,微细如丝,及其出行于外,言更渐大,如似纶也。"后因称帝王诏书为"丝纶"。

⑪萱堂:《诗·卫风·伯兮》:"焉得谖草,言树之背。"毛传:"谖草令人忘忧;背,北堂也。"陆德明释文:"谖,本又作萱。"谓北堂树萱,可以令人忘忧。古制,北堂为主妇之居室。后因以"萱堂"指母亲的居室,并借以指母亲。

⑫龙光:皇帝给予的恩宠,荣光。"龙"通"宠"。语本《诗·小雅·蓼萧》:"既见君子,为龙为光。"毛传:"龙,宠也。"郑玄笺:"'为宠为光',言天子恩泽光耀被及己也。"

⑬星飞驿马:快马如流星飞驰,形容疾速。

⑭嗣王封:《宋史·濮王允让传》:"嗣濮王者,英宗本生父后也。治平三年,立濮王园庙。元丰七年,封王子宗晖为嗣濮王,世世不绝封。"宋李心

传《建炎以来系年要录》卷六记赵仲湜为高宗赵构叔祖,袭封嗣濮王在建炎元年六月庚申。是月己未朔,庚申为初二日。并谓安懿王孙百二十六人,至此绍封者五人。

满庭芳

三十年来,云游行化①,草鞋踏破尘沙。遍参②尊宿③,曾记到京华。衲子④如麻似粟,谁会笑、瞿老拈花⑤。经离乱,青山尽处,海角又天涯。　　今宵,闲打睡⑥,明朝粥饭,随分僧家。把木佛烧却,除是丹霞。⑦撞着门徒施主⑧,蓦然个、喜舍⑨由他。庐陵米⑩,还知价例⑪,毫发更无差。

【题解】

据王兆鹏《张元幹年谱》考证,此词作于绍兴三十年(1160),时张元幹在平江。词当为僧人而作。宋室南渡,百姓流离,僧人也难逃其难,为避世乱,远涉海角天涯。一双芒鞋踏遍四方,随缘化斋。对僧人的写照,也透露出词人的晚来心境。

【注释】

①云游行化:僧人漫游四方化缘。《景德传灯录》卷三:"僧璨大师者,不知何许人也。……后往邺都行化,三十年方终。"唐李益《入华山访隐者经仙人石坛》:"凤驾升天行,云游恣霞宿。"

②遍参:禅僧行脚参学天下知识。唐贾岛《送灵应上人》:"遍参尊宿游方久,名岳奇峰问此公。"

③尊宿:指年老而有名望的高僧。《景德传灯录·令遵禅师》:"诸上座尽是久处丛林,遍参尊宿,且作么生会佛意,试出来大家商量。"宋苏轼《书麈公诗后》:"寿逾两甲子,气压诸尊宿。"

④衲子:又云衲僧,禅僧之别称。禅僧多着一衲衣而游方,故名。

166

⑤瞿老拈花：瞿老即瞿昙，释迦牟尼的姓，一译乔达摩，亦作佛的代称。《五灯会元·七佛·释迦牟尼佛》："世尊在灵山会上，拈花示众，是时众皆默然，唯迦叶尊者破颜微笑。世尊云：'吾有正法眼藏，涅槃妙心，实相无相，微妙法门，不立文字，教外别传，付嘱摩诃迦叶。'"

⑥打睡：打瞌睡，睡觉。宋李之仪《次韵见问》："路断不妨频打睡，心清何必更烧香。"

⑦"把木佛"二句：《景德传灯录》卷十四："丹霞禅师尝到洛东慧林寺，遇天寒，取木佛焚之。"丹霞禅师之举力图破除世人执外间土木偶像为佛，不见自性佛之弊。

⑧施主：佛道对布施者的敬称。唐杜荀鹤《题江寺禅和》："懒求施主修真像，翻说经文是妄言。"

⑨喜舍：谓行善施舍。唐寒山《诗三百三首》（其一五九）："慈悲大喜舍，名称满十方。"

⑩庐陵米：《景德传灯录·吉州清原山行思禅师》："僧问：'如何是佛法大意？'师曰：'庐陵米作么价？'"

⑪价例：指依法所定之价。宋李纲《乞本司自备钱本煎盐奏状》："每斤价例日渐增长，厚例悉归商贾，民间日食贵盐。"

瑞鹤仙

寿

倚格天峻阁①，舞庭槐，阴转盆榴红烁。香风泛帘幕，拥霞裾琼珮，真珠璎珞②。华阳庆渥③，诞兰房④、流芳秀萼⑤。有赤绳系足⑥，从来相门⑦，自然媒妁⑧。　　游戏人间荣贵，道要⑨元微，水源清浊。长生大药，彩鸾韵，凤箫鹤。对木公金母⑩，子孙三世，妇姑⑪为寿满酌。看千龄⑫，举家飞升⑬，玉京⑭更乐。

【题解】

张元幹的寿词多带有超凡的仙气,此首即是如此。词当为贵妇秦氏而作。上阕在喜庆祥和氛围中,刻画了一位盛装艳饰的女子,其光彩夺人眼目。下阕则写长寿富贵之愿,祝其子孙后代安乐无穷,胜似神仙。

【注释】

①格天峻阁:《宋史·奸臣列传·秦桧》:"(绍兴)十五年……四月,赐桧甲第,命教坊乐导之入,赐缗钱金绵有差。六月,帝幸桧第,桧妻妇子孙皆加恩。桧先禁私史,七月,又对帝言私史害正道。时司马伋遂言涑水记闻非其曾祖光论著之书,其后李光家亦举光所藏书万卷焚之。十月,帝亲书'一德格天'扁其阁。十六年正月,桧立家庙。三月,赐祭器,将相赐祭器自桧始。"

②璎珞:即缨络,用珠玉穿成的装饰物,多为颈饰。《南史·夷貊传上·林邑国》:"其王者著法服,加璎珞,如佛像之饰。"

③庆渥:犹恩泽。唐李吉甫《忠州刺史谢上表》:"增秩晋阶,沾濡庆渥。"

④兰房:犹香闺,旧时妇女所居之室。潘岳《哀永逝文》:"委兰房兮繁华,袭穷泉兮朽壤。"吕延济注:"兰房,妻尝所居室也。"

⑤秀萼:秀美的花萼。南朝梁江淹《杂体诗·效殷仲文〈兴瞩〉》:"青松挺秀萼,惠色出乔树。"

⑥赤绳系足:相传月下老人主司人间婚姻,其囊中有赤绳,于冥冥之中系住男女之足,双方即注定为夫妇。唐李复言《续玄怪录·定婚店》:"韦固少未娶,旅次宋城,遇老人倚囊而坐,向月检书。因问之。答曰:'此幽明之书。'固曰:'然则君何主?'曰:'主天下之婚姻耳。'因问囊中赤绳子,曰:'此以系夫妇之足,虽仇家异域,此绳一系之,终不可易。'"

⑦相门:宰相之家。唐刘禹锡《送李友路秀才赴举》:"谁怜相门子,不语望秋山。"

⑧媒妁(shuò):说合婚姻的人。媒,谓谋合二姓者;妁,谓斟酌二姓者。一说男方曰媒,女方曰妁。《孟子·滕文公下》:"不待父母之命,媒妁之言,

钻穴隙相窥,踰墙相从,则父母国人皆贱之。"

⑨道要:道教的要义。东晋葛洪《神仙传·张道陵》:"陵谓诸弟子曰:'有人能得此桃实,当告以道要。'"

⑩木公金母:即仙人东王公和西王母。后用于祝寿,比喻庆寿之主人夫妇。

⑪妇姑:婆媳。汉贾谊《新书·时变》:"妇姑不相说,则反唇而睨。"

⑫千龄:犹千年、千岁,用作祝寿之语。东晋王羲之《兰亭诗二首》(其二):"取乐在一朝,寄之齐千龄。"

⑬举家飞升:《论衡校释·道虚》:"儒书言:'淮南王学道,招会天下有道之人。倾一国之尊,下道术之士,是以道术之士,并会淮南,奇方异术,莫不争出。王遂得道,举家升天。畜产皆仙,犬吠于天上,鸡鸣于云中。'此言仙药有馀,犬鸡食之,并随王而升天也。"

⑭玉京:道家称天帝所居之处。《魏书·释老志》:"道家之原,出于老子。其自言也,先天地生,以资万类,上处玉京,为神王之宗。"

【汇评】

清冯煦《蒿庵论词》:"芦川居士以《贺新郎》一词送胡澹庵谪新州,致忤贼桧,坐是除名。与杨补之之屡征不起,黄师宪之一官远徙,同一高节。然其集中寿词实繁,而所寿之人,则或书或不书。其《瑞鹤仙》一阕,首云'倚格天峻阁',疑即寿桧者。盖桧有'一德格天阁'也。意居士始亦与桧周旋,至秽德彰闻,乃存词而削其名邪?"

瑞鹤仙

寿

喜西园放钥,对燕寝①、香润棠阴②寒薄。东风夜来恶,禁烟时天气,莺啼花落。新晴共约,怕韶光、容易过却。把铜壶缓浮,金杯被禊③,嬉游行乐。　　弦索④笙簧⑤声里,还记兰

169

房⑥，正垂罗幕。初眠柳弱，梅如豆⑦，玉如琢⑧。向凤凰池上，鸳鸯影里，他年何啻紫橐。看流芳继踵，韦平⑨盛传巩洛⑩。

【题解】

此为贺寿词，所寿之人应是朝中重臣，故词寄予了仕路亨通之愿。清沈辰垣《历代诗馀》无词题。上片写在旖旎的春光中，曲水流觞，奏弦自娱的雅兴。下片由景及人，忆佳人相伴，事业功名俱得。今之寿星可谓飞向了凤凰池上，想必日后定当功盖前贤，名垂后世。

【注释】

①燕寝：古代帝王居息的宫室。《周礼·天官·女御》："女御掌御叙于王之燕寝。"

②棠阴：比喻惠政。《史记·燕召公世家》："召公巡行乡邑，有棠树，决狱政事其下，自侯伯至庶人各得其所，无失职者。召公卒，而民人思召公之政，怀棠树不敢伐，歌咏之，作《甘棠》之诗。"后因以棠阴喻良吏的惠政。南朝梁萧纲《罢丹阳郡往与吏民别》："柳栽今尚在，棠阴君讵怜。"

③祓禊(fúxì)：犹祓除，源于古代"除恶之祭"，或濯于水滨，或秉火求福。三国魏以前多在三月上巳，魏以后定在三月三日。

④弦索：弹奏弦乐。宋苏轼《虢国夫人夜游图》："宫中羯鼓催花柳，玉奴弦索花奴手。"

⑤笙簧：指笙。簧，笙中之簧片。《礼记·明堂位》："垂之和钟，叔之离磬，女娲之笙簧。"郑玄注："笙簧，笙中之簧也……女娲作笙簧。"

⑥兰房：犹香闺。西晋潘岳《哀永逝文》："委兰房兮繁华，袭穷泉兮朽壤。"

⑦梅如豆：宋欧阳修《阮郎归》："青梅如豆柳如眉。"

⑧玉如琢：琢玉郎之典，出自卢仝《与马异结交》："白玉璞里斫出相思心。"

⑨韦平：西汉韦贤、韦玄成与平当、平晏父子的并称。韦平父子相继为相，世所推重。《汉书·平当传》："汉兴，唯韦平父子至宰相。"颜师古注："韦谓韦贤也。"

⑩巩洛：巩、洛二古地名的并称，地在今河南巩义、洛阳一带。《宋史·乐志》十五："巩洛灵光，郁郁起嘉祥。"

瑶台第一层

宝历①祥开飞练②上，青冥万里光。石城形胜，秦淮风景，威凤来翔。腊馀春色早，兆钓璜③、贤佐④兴王。对熙旦⑤，正格天同德，全魏分疆。 荧煌⑥。五云⑦深处，化钧⑧独运斗魁⑨旁。绣裳龙尾，千官师表，万事平章。景钟文瑞世，醉尚方、难老金浆。庆垂芳⑩。看云屏间坐，象笏⑪堆床。

【题解】

此词作于绍兴十五年(1145)末，为贺寿之作。明毛晋《宋六十名家词》调下有题"寿"。与其它祝寿之词一样，此作亦是在宇内承平之际，对寿星寄以庄椿鹤龄、身登青云之愿。

【注释】

①宝历：指国祚，皇位。《乐府诗集·燕射歌辞三·晋朝飨乐章》："椒觞再献，宝历万年。"

②飞练：北魏郦道元《水经注·庐江水》："上望之连天，若曳飞练于霄中矣。"

③钓璜：垂钓而得玉璜。喻臣遇明主，君得贤相。典出《尚书大传》卷一："周文王至磻溪，见吕望，文王拜之。尚父云：'望钓得玉璜，刻曰：周受命，吕佐检德合，于今昌来提。'"

④贤佐：贤明的辅臣。《管子·宙合》："夫绳扶拨以为正，准坏险以为平，钩入枉而出直，此言圣君贤佐之制举也。"

⑤熙旦：兴盛的日子。宋苏颂《慈圣光献皇后挽辞七首》(其四)："复辟先朝尊启母，助勤熙旦广尧聪。"

⑥荧煌:辉煌。唐李白《明堂赋》:"崇牙树羽,荧煌葳蕤。"

⑦五云:五色瑞云,多作吉祥的征兆。《南齐书·乐志》:"圣祖降,五云集。"

⑧化钧:造化之力,教化之权。语本《史记·邹阳列传》:"是以圣王制世御俗,独化于陶钧之上。"裴骃《集解》引崔浩曰:"以钧制器万殊,故如造化也。"宋陆游《谢梁右相启》:"此盖伏遇某官身扶昌运,手斡化钧。"

⑨斗魁:喻指德高望重或才学冠世而为众人景仰的人。唐杜甫《秋日荆南述怀三十韵》:"数见铭钟鼎,真宜法斗魁。"

⑩垂芳:明毛晋《宋六十名家词》、明吴讷《唐宋名贤百家词》作"垂裳",误。

⑪象笏:象牙制的手板。古代品位较高的官员朝见君主时所执,供指画和记事。《礼记·玉藻》:"史进象笏,书思对命。"郑玄注:"书之于笏,为失忘也。"

瑶台第一层

江左①风流钟间气②,洲分二水长③。凤凰台④畔,投怀玉燕⑤,照社神光⑥。豆花初秀雨⑦,散暑空、洗出秋凉。庆生旦,正圆蟾⑧呈瑞,仙桂飘香。　　肝肠。掞文摘锦⑨,驾云乘鹤下鹓行⑩。紫枢将命,紫微如綍,常近君王。旧山同梓里,荷月旦⑪、久已平章。九霞觞⑫。荐刀圭⑬丹饵⑭,衮绣朝裳⑮。

【题解】

据词之首句,词所寿者,当是江左人士。上片写寿星出生于钟灵毓秀之地,出生之时吉兆频现。过片"肝肠"二字即转到所寿之人,其文采绚如锦绣,英名远摘四方,故能出入朝堂,辅佐君王。词人在下片对寿星祝以仕宦显荣之愿。

【注释】

①江左：即江东，指长江下游以东地区。五代丘光庭《兼明书·杂说·江左》："晋、宋、齐、梁之书，皆谓江东为江左。"

②间气：旧谓英雄伟人，上应星象，禀天地特殊之气，间世而出，故称。《太平御览》卷三六〇引《春秋演孔图》："正气为帝，间气为臣，宫商为姓，秀气为人。"宋均注："间气则不苞一行，各受一星以生。"

③"洲分"句：唐李白《登金陵凤凰台》："三山半落青天外，二水中分白鹭洲。"

④凤凰台：古台名。在今江苏南京凤凰山上。唐李白《登金陵凤凰台》："凤凰台上凤凰游，凤去台空江自流。"

⑤投怀玉燕：五代王仁裕《开元天宝遗事》卷上《梦玉燕投怀》："张说母梦有一玉燕自东南飞来，投入怀中，而有孕生说，果为宰相，其至贵之祥也。"后成为诞生贵子的颂词。

⑥照社神光：《后汉书·应劭传》："应奉之子劭，字仲远，少笃学，博览多闻。……中兴初，有应妪者，生四子而寡，见神光照社，试探之，乃得黄金。自是诸子宦学并有才名。"

⑦"豆花"句：豆花雨。《荆楚岁时记》第一部《宝颜堂秘笈本》："八月雨，谓之豆花雨。"

⑧圆蟾：月的别称。神话传说月中有蟾蜍，故称。唐张碧《美人梳头》："玉容惊觉浓睡醒，圆蟾挂出妆台表。"

⑨挦文摘锦：铺张辞藻。西晋左思《蜀都赋》："幽思绚道德，摘藻挦天庭。"东汉班固《西都赋》："若摘锦布绣，烛耀乎其陂。"

⑩鹓行：指朝官的行列。《梁书·张缅传》："殿中郎缺。高祖谓徐勉曰：'此曹旧用文学，且居鹓行之首，宜详择其人。'"

⑪月旦：指月旦评。《晋书·祖纳传》："（王隐）曰：《尚书》称'三载考绩，三考黜陟幽明'，何得一月便行褒贬？陶曰：'此官法也。月旦，私法也。'"

⑫九霞觞：亦称"九霞卮"，酒杯名，常借指美酒。宋杨万里《宿庐山栖贤寺示如清长老》："方丈祝融抹轻黛，群仙遥劝九霞觞。"

⑬刀圭:中药的量器名。东晋葛洪《抱朴子·金丹》:"服之三刀圭,三尸九虫皆即消坏,百病皆愈也。"王明校释:"刀圭,量药具。武威汉墓出土医药木简中有刀圭之称。"

⑭丹饵:即丹药。

⑮衮绣朝裳:画有卷龙的上衣和绣有花纹的下裳。古代帝王与上公的礼服。《诗·豳风·九罭》:"我觏之子,衮衣绣裳。"朱熹《集传》:"之子,指周公也。"相传周公东征胜利,成王以上公冕服相迎,后遂用为典故。

望海潮

癸卯冬,为建守赵季西①赋碧云楼②。

苍山烟澹,寒溪风定,玉簪罗带③绸缪④。轻霭暮飞,青冥远净,珠星璧月光浮。城际踊层楼。正翠帘高卷,绿琐⑤低钩。影落尊罍⑥,气和歌管共清游。 使君冠世风流。拥香鬟凭槛,雾鬓凝眸。银烛暖宵,花光⑦照席,谯门⑧莫报更筹⑨。逸兴醉无休。赋探梅芳信,翻曲新讴。想见疏枝冷蕊,春意到沙洲。

【题解】

癸卯,即徽宗宣和五年(1123),时张元幹在福建建宁作此词。清沈辰垣《历代诗馀》词题作"赋碧云楼"。词作上片描写由远及近之景,过片转写使君赵季西歌酒沉酣之态,席中佳人助兴,新词艳曲,令人沉醉。词之结句宕开,余韵犹然。

【注释】

①赵季西:即赵岍,字季西,衢州西安(今浙江衢州)人。哲宗绍圣四年(1097)初官项城尉。徽宗大观二年(1108),权潭州通判,兼知军州事。(《南岳总胜集》卷中)宣和中知建宁府。(明嘉靖《建宁府志》卷五)高宗建

炎元年(1127),为福建路转运副使,徙知平江。(《姑苏志》卷三)

②碧云楼:宋王象之《舆地纪胜》卷一百二十九《建宁府》:"碧云楼,在府治。"

③玉簪罗带:唐韩愈《送桂州严大夫》:"江作青罗带,山如碧玉簪。"

④绸缪:本指紧密缠缚,情意殷切等,此指绿水环绕青山之意。

⑤绿琐:古时窗户上雕绘环形花纹并涂上青绿色,因称之为绿琐。南朝梁刘孝威《拟古应教》:"青铺绿琐琉璃扉,琼筵玉笥金缕衣。"

⑥尊罍(léi):泛指酒器。尊,同樽。宋周邦彦《红罗袄·秋悲》:"念取东垆,尊罍虽近;采花南浦,蜂蝶须知。"

⑦花光:花的色彩。南朝陈后主《梅花落》:"映日花光动,迎风香气来。"

⑧谯门:建有瞭望楼的城门。《汉书·陈胜传》:"攻陈,陈守令皆不在,独守丞与战谯门中。"颜师古注:"谯门,谓门上为高楼以望者耳。"

⑨更筹:古代夜间报更用的计时竹签,此借指时间。南朝梁庾肩吾《奉和春夜应令》:"烧香知夜漏,刻烛验更筹。"

望海潮

为富枢密生朝寿

麒麟图画①,貂蝉②冠冕,青毡③自属元勋④。绿野⑤旧游,平泉雅咏,霞舒烟卷朝昏。风月小阳春⑥。照玳筵珠履,公子王孙。雪度⑦崧高⑧,影横伊水庆生申⑨。　　早梅长醉芳尊。况中兴盛际,宥密⑩宗臣。琳馆⑪奉祠,金瓯覆字⑫,和羹⑬妙手还新。光射紫微垣⑭。看五云朝斗,千载逢辰。开取八荒寿域,一气转洪钧⑮。

175

【题解】

词题原无"密"字,据明毛晋《宋六十名家词》补。此为富枢密生朝所作之词,在张元幹寿词中不啻一两首。因富氏出身显贵,为其所作之寿词,大抵都是追述其世家功勋、尊荣地位和富贵生活,并寄以才必用于世的期待。此词即以麒麟图画、貂蝉冠冕等概括富氏一族的功勋荣耀。并以此夜高悬的紫薇星,昭示着富枢密定当再创功业,为富氏一门再添光彩。

【注释】

①麒麟图画:参见《水调歌头》(雨断翻惊浪)注释⑩。

②貂蝉:参见《醉花阴》(紫枢泽笏趋龙尾)注释⑨。

③青毡:《太平御览》卷七〇八引晋裴启《语林》:"王子敬在斋中卧,偷人取物,一室之内略尽。子敬卧而不动,偷遂登榻,欲有所觅。子敬因呼曰:'石染青毡是我家旧物,可特置否?'于是群偷置物惊走。"按,《晋书·王献之传》也载此事。后遂以"青毡故物"泛指仕宦人家的传世之物或旧业。

④元勋:有功绩的人。《三国志·魏书·高柔传》:"逮至汉初,萧曹之俦并以元勋代作心膂。"

⑤绿野:指唐裴度的别墅绿野堂。宋叶梦得《避暑录话》卷上:"此公(裴度)胸中亦未得全为无事人。绿野之游,岂易得哉!"

⑥小阳春:指夏历十月。宋陈元靓《岁时广记》卷三七引《初学记》:"冬月之阳,万物归之。以其温暖如春,故谓之小春,亦云小阳春。"宋欧阳修《渔家傲》:"十月小春梅蕊绽,红炉画阁新装遍。"

⑦雪度:《芦川归来集》作"云度"。

⑧崧高:即嵩山。《汉书·翼奉传》:"臣愿陛下徙都于成周,左据成皋,右阻黾池,前乡崧高,后介大河。"

⑨生申:申伯诞生之日,后为生日之祝词。语本《诗·大雅·崧高》:"崧高维岳,骏极于天。维崧降神,生甫及申。"

⑩宥密:谓存心仁厚宁静。《诗·周颂·昊天有成命》:"昊天有成命,二后受之。成王不敢康,夙夜基命宥密。"毛传:"宥,宽;密,宁也。"

⑪琳馆:宫殿、道院的美称。此指富直柔以中大夫提举临安洞霄宫。

⑫金瓯覆字:《新唐书》卷一百九《崔义玄列传·(孙)崔琳》:"初,玄宗

每命相,皆先书其名,一日书琳等名,覆以金瓯,会太子入,帝谓曰:'此宰相名,若自意之,谁乎? 即中,且赐酒。'太子曰:'非崔琳、卢从愿乎?'帝曰:'然。'"

⑬和羹:参见《渔家傲·奉陪富公季申探梅有作》注释⑥。

⑭紫微垣:星官名,三垣(紫微垣、太微垣、天市垣)之一。《宋史·天文志二》:"紫微垣东蕃八星,西蕃七星,在北斗北,左右环列,翊卫之象也。一曰大帝之坐,天子之常居也,主命、主度也。"

⑮"开取"二句:唐杜甫《上韦左相二十韵》:"八荒开寿域,一气转洪钧。"洪钧,比喻国家政权。

十月桃

年华催晚,听尊前偏唱,冲暖欺寒。乐府①谁知,分付点化金丹②。中原旧游何在,频入梦、老眼空潸。撩人冷蕊,浑似③当时,无语低鬟。 有多情多病文园④。向雪后寻春,醉里凭阑。独步群芳,此花风度天然。罗浮淡妆素质,呼翠凤、飞舞斓斑。参横月落,留恨醒来,满地香残。⑤

【题解】

此词与李弥逊《十月桃·同富李申赋梅花》(其二)同调同韵,应是一时之和作。清沈辰垣《历代诗馀》调下有题"梅花"。词赋梅花,亦抒伤怀。撩人冷蕊令人想忆伊人倚梅而立、无语怨别之景。辗转漂泊之中,唯有梅花聊相慰藉。醉酒醒来,满地香残,空余遗恨。

【注释】

①乐府:汉武帝时所设置的主管音乐的官署,负责采集诗歌,配以乐曲,称"乐府歌辞"。此指词,宋代词集多称乐府,如苏轼词集名为《东坡乐府》。

②金丹:古代方士炼金石为丹药,认为服之可以长生不老。东晋葛洪《抱朴子·金丹》:"夫金丹之为物,烧之愈久,变化愈妙;黄金入火,百炼不消,埋之,毕天不朽。服此二物,炼人身体,故能令人不老不死。"

③浑似:完全像。唐韦庄《白牡丹》:"昨夜月明浑似水,入门唯觉一庭香。"

④文园:汉文帝的陵园。《史记·司马相如传》:"相如拜为孝文园令。"后以文园指称司马相如。唐杜牧《为人题赠二首》(其一):"文园终病渴,休咏白头吟。"

⑤"罗浮"五句:《龙城录·赵师雄醉憩梅花下》:"隋开皇中,赵师雄迁罗浮。一日,天寒日暮,在醉醒间,因憩仆车于松林间酒肆傍舍,见一女子,淡妆素服,出迓师雄。时已昏黑,残雪对月色微明。师雄喜之,与之语,但觉芳香袭人,语言极清丽。因与之扣酒家门,得数杯,相与饮。少顷,有一绿衣童来,笑歌戏舞,亦自可观。顷醉寝,师雄亦懵然,但觉风寒相袭。久之,时东方已白。师雄起视,乃在大梅花树下,上有翠羽啾嘈相顾,月落参横。但惆怅而尔。"

【附录】

宋李弥逊《十月桃·同富季申赋梅花二首》(其二):

一枝三四,弄疏英秀色,特地生寒。刻楮三年,谩夸煮石成丹。梨花带雨难并,似玉妃、寂寞微湔。瑶台空阔,露下星坠,零乱风鬟。　　记前回、拥盖西园。花信被山烟,著意邀阑。盏面横斜,大家月底颓然。如今万点难缀,共苍苔、打合成班。诗翁何似,劝春莫交,粉淡香残。

十月桃

为富枢密

蟠桃三熟,正清霜吹冷,爱日①烘香。小试芳菲②,时候无限风光。洛滨老人星③见,□少室④、云物⑤开祥。丹青万江⑥,熊兆昆台,凤举朝阳⑦。　　向元枢⑧曾辅岩廊⑨。记名着金瓯,位入中堂⑩。梦熟钧天⑪,屡惊颠倒衣裳⑫。黄发⑬更宜补衮⑭,归去定、军国平章⑮。管弦珠翠,兰玉⑯簪缨,岁岁称觞。

【题解】

词为洛滨老人富直柔祝寿。词作在寿辰吉兆与功勋美誉中,对友人祝以寿长功高之愿。词人以千年蟠桃,彩云鸣凤的祥瑞之景,为寿辰增添吉庆,进而祝愿寿星直上青云,身仕庙堂,愿其功勋业绩,福泽子孙。

【注释】

①爱日:宋璟《梅花赋》:"爱日烘晴,明蟾冻夜。"

②小试芳菲:即"十月小阳春"之意,因富枢密生日在十月,天气尚温暖,芳菲未尽,故云。

③洛滨老人星:洛滨,富直柔退隐后自号洛滨老人。老人星,即南极星,长寿的象征。唐李白《与诸公送陈郎将归衡阳》:"衡山苍苍入紫冥,下看南极老人星。"

④□少室:原无空格,此据明毛晋《宋六十名家词》补。少室,据《元和郡县图志》:"登封县嵩高山,在县北八里,东曰太室,西曰少室。嵩高总名,即中岳也。"嵩山、洛水为洛阳的地理特征。富直柔正为洛阳人。

⑤云物:云气,云彩。东晋葛洪《抱朴子·知止》:"若夫善卷、巢、许、管、胡之徒,咸蹈云物以高骛,依龙凤以竦迹。"

⑥万江:明毛晋《宋六十名家词》作"万汇"。

⑦凤举朝阳:即凤鸣朝阳。《诗·大雅·卷阿》:"凤皇鸣矣,于彼高冈;梧桐生矣,于彼朝阳。"后因以"凤鸣朝阳"比喻贤才遇时而起。

⑧元枢:宋代枢密使的别称。宋周密《齐东野语·熊子复》:"(子复)及改秩作邑满,造朝谒光范。季海时为元枢。"

⑨岩廊:借指朝廷。汉桓宽《盐铁论·忧边》:"今九州同域,天下一统,陛下优游岩廊,览群臣极言。"

⑩中堂：唐于中书省设政事堂，以宰相领其事，后因称宰相为中堂。

⑪钧天：天的中央，古代神话传说中天帝住的地方。《吕氏春秋·有始》："中央曰钧天。"

⑫颠倒衣裳：谓急促惶遽中不暇整衣。《诗·齐风·东方未明》："东方未明，颠倒衣裳。颠之倒之，自公召之。"毛传："上曰衣，下曰裳。"郑玄笺："絜壶氏失漏刻之节，东方未明而以为明，故群臣促遽颠倒衣裳。"

⑬黄发：《毛诗正义》卷二十之二《鲁颂·閟宫》："黄发台背，寿胥与试。汉毛亨传：'黄发台背，皆寿徵也。'"

⑭补衮：补救规谏帝王的过失。语本《诗·大雅·烝民》："衮职有阙，维仲山甫补之。"

⑮军国平章：即平章军国事，宋职官。《宋史·职官志》："平章军国重事，元祐中置，以文彦博太师、吕公著守司空相继为之，序宰臣上。所以处老臣硕德，特命以宠之也。故或称'平章军国重事'，或称'同平章军国事'。五日或两日一朝，非朝日不止都堂。"

⑯兰玉：芝兰玉树，比喻佳子弟。唐颜真卿《祭侄季明文》："惟尔挺生，夙标劭德，宗庙瑚琏，阶庭兰玉。"

感皇恩

寿

绿发①照魁星②，平康③争看。锦绣肝肠④五千卷。出逢熙运，早侍玉皇香案⑤。禁涂⑥扬历遍，纡宸眷⑦。　　安养⑧老成，十年萧散。天要中兴相公健。生朝开宴，长是通宵弦管。藕花香不断，南风远。

【题解】
此为祝寿之作。词未脱寿词之窠臼，夸美之辞，祝福之意，溢于词间。

①绿发:乌黑而有光泽的头发。唐李白《游泰山》:"偶然值青童,绿发双云鬟。"

②魁星:此指奎星,中国古代神话中主文运、文章的星宿。东汉纬书《孝经援神契》中有"奎主文章"之说,后世附会为神,建奎星阁并塑神像以崇祀之,视为主文章兴衰之神,科举考试则奉为主中式之神,并改"奎星"为"魁星"。

③平康:即平康里,唐长安丹凤街有平康坊,为妓女聚居之地。唐孙棨《北里志·海论三曲中事》:"平康入北门,东迴三曲,即诸妓所居。"

④锦绣肝肠:谓满腹诗文,善出佳句。语本唐李白《冬日于龙门送从弟京兆参军令问之淮南觐省序》:"(紫云仙季)常醉目吾曰:'兄心肝五藏,皆锦绣耶? 不然,何开口成文,挥翰雾散?'"

⑤玉皇香案:参见《谒金门·道山亭饯张椿老赴行在》注释⑩。

⑥禁涂:宫中道路。《资治通鉴·唐昭宗天复三年》:"(司马光)论曰:欲以一朝谲诈之谋,翦累世胶固之党,遂至涉血禁涂,积尸省户。"

⑦宸眷:帝王的恩宠、关怀。南朝梁任昉《九日侍宴乐游苑诗》:"物色动宸眷,民豫降皇情。"

⑧安养:佛教语,谓众生生此世界,可以安心养身,闻法修道,故名。南朝宋谢灵运《庐山慧远法师诔》:"安养有寄,阎浮无希。"

感皇恩

寿

年少太平时,名园甲第。谈笑雍容万钟①贵。姚黄②重绽,长对小春天气。绮罗丛里惯,今朝醉。　　台衮③象贤④,元枢虚位⑤。壮岁青云自曾致。流霞⑥麟脯⑦,难老洛滨⑧风味。谢公须再为,苍生起。⑨

【题解】

词为富直柔祝寿。上片叙写富直柔之家世荣勋,下片则写其虽则年老,然壮志犹存。他虽为奸臣所抑,闲居在家,然终能东山再起。

【注释】

①万钟:指优厚的俸禄。钟,古量名。《孟子·告子上》:"万钟则不辩礼义而受之,万钟于我何加焉。"

②姚黄:牡丹花的名贵品种之一。五代王周《和杜运使巴峡地暖节物与中土异黯然有感》(其三):"花品姚黄冠洛阳,巴中春早羡孤芳。"

③台衮:犹台辅。衮,古代帝王及上公的礼服。汉应劭《风俗通·十反·太尉沛国刘矩叔方》:"叔方尔乃翻然改志,以礼进退,三登台衮,号为名宰。"

④象贤:谓能效法先人的贤德。《尚书·微子之命》:"殷王元子,惟稽古崇德象贤。"

⑤虚位:特意空出职位,表示期待贤能。南朝梁任昉《为萧扬州荐士表》:"养素丘园,台阶虚位;庠序公朝,万夫倾望。"

⑥流霞:指美酒。北周庾信《卫王赠桑落酒奉答》:"愁人坐狭邪,喜得送流霞。"

⑦麟脯:干麒麟肉。东晋葛洪《神仙传·麻姑》:"坐定,召进行厨,皆金盘玉杯,肴膳多是诸花果,而香气达于内外。擘脯行之如柏灵,云是麟脯也。"

⑧洛滨:富直柔别号。

⑨"谢公"二句:谢安东山再起之典,参见《点绛唇·生朝》(嵩洛云烟)注释⑩。此指富直柔当再度出仕。

感皇恩

寿

荔子①着花繁,清微庭院。贺厦②双飞画梁燕。绮罗丛里,百和③炉烟祝愿。愿从今日去,身长健。　　檀板④竞催,榕阴初转。舞袖风前翠翘⑤颤。明年开府⑥,锡宴金钟宣劝。寿星⑦朝北斗,君王眷。

【题解】
此首寿词旨在表达"身长健""君王眷"的祝愿。

【注释】
①荔子:荔枝树的果实。唐韩愈《柳州罗池庙碑》:"荔子丹兮蕉黄,杂肴蔬兮进侯堂。"

②贺厦:庆贺大厦落成。唐刘兼《秋夕书怀二首》(其一):"守方半会蛮夷语,贺厦全忘燕雀心。"

③百和:由各种香料和成的香。《太平御览》卷八一六引《汉武帝内传》:"燔百和香,燃九微灯,以待西王母。"

④檀板:参见《兰陵王》(绮霞散)注释⑩。

⑤翠翘:古代女子首饰的一种,状似翠鸟尾上的长羽,故名。唐韦应物《长安道》:"丽人绮阁情飘飘,头上鸳钗双翠翘。"

⑥开府:古代指高级官员(如三公、大将军、将军等)成立府署,选置僚属。《后汉书·董卓传》:"催(李催)又迁车骑将军,开府,领司隶校尉,假节。"

⑦寿星:即老人星。《史记·封禅书》:"于杜亳有三社主之祠、寿星祠。"司马贞索隐:"寿星,盖南极老人星也,见则天下理安,故祠之以祈福寿。"

感皇恩

寿

豹尾①引黄幡②,宣麻③金殿。雨露恩浓自天遣。搢绅④
交誉⑤,最乐至诚为善。信知宗姓⑥喜,君王眷。 宝炬密
香,玉卮⑦波滟。醉拥笙歌夜深院。西清⑧班近,雅称元戎同
燕。要看茅土⑨相,貂蝉⑩面。

【题解】
此词为张浚贺寿。据《宋史》卷三六一《张浚传》:"(绍兴)九年,以赦复
官,提举临安府洞霄宫。未几,除资政殿大学士、知福州兼福建安抚大使。"
又《芦川归来集》卷一《紫岩九章八句上寿张丞相》序云:"紫岩,大丞相张公
生朝善颂也,公帅闽之二年,岁在作噩秋九月中浣,有客作是诗以献焉。"可
知此词作于张浚任职福州期间,即绍兴九年(1139)至绍兴十一年(1141),
与《醉蓬莱》(对小春桃艳)作于同时,均为张浚寿辰而作。张浚是宋之名
相,亦是当时英勇抗金的将帅之一。他以卓著功勋震撼华夷,是江山社稷
之忠臣,是张元幹等忧国之士平生慕望之人。词人于此祈愿今之寿星能够
长得君王重用。

【注释】
①豹尾:古代将帅旌旗上的饰物。或悬以豹尾,或在旗上画豹文。《三
国志·魏书·陈思王植传》:"又闻豹尾已建,戎轩鸾驾,陛下将复劳玉躬,
扰挂神思。"
②黄幡:长幅下垂的黄色旗子。
③宣麻:参见《醉花阴》(紫枢泽笏趋龙尾)注释⑤。
④搢绅:插笏于绅。绅,古代仕宦者和儒者围于腰际的大带。《周礼·
春官·典瑞》"王晋大圭"郑玄注引汉郑司农曰:"晋读为搢绅之搢,谓插于

绅带之间,若带剑也。"

⑤交誉:交相称赞。宋苏辙《亡兄子瞻端明墓志铭》:"杭僧有净源者,旧居海滨,与舶客交通牟利。舶至高丽,交誉之。"

⑥宗姓:同姓。此指张浚与自己为同族。

⑦玉卮:玉制的酒杯。《韩非子·外储说右上》:"堂溪公谓昭侯曰:'今有千金之玉卮,通而无当,可以盛水乎?'"

⑧西清:西厢清净之处。司马相如《上林赋》:"青龙蚴蟉于东箱,象舆婉僤于西清。"郭璞注引张揖曰:"西清者,箱中清净处也。"后指帝王宫内游宴之处。

⑨茅土:指王、侯的封爵。古天子分封王、侯时,用代表方位的五色土筑坛,按封地所在方向取一色土,包以白茅而授之,作为受封者得以立国建社的表征。汉李陵《答苏武书》:"陵谓足下当享茅土之荐,受千乘之赏。"李善注:"《尚书纬》曰:'天子社,东方青,南方赤,西方白,北方黑,上冒以黄土,将封诸侯,各取方土,苴以白茅,以为社。'"

⑩貂蝉:参见《醉花阴》(紫枢泽笏趋龙尾)注释⑨。

夏云峰

丙寅六月为筠翁寿

涌冰轮①,飞沆瀣②,霄汉③万里云开。南极④瑞占象纬⑤,寿应三台⑥。锦肠珠唾⑦,钟间气、卓荦⑧天才。正暑,有祥光照社⑨,玉燕投怀⑩。　　新堂深处捧杯,乍香泛水芝,空翠风回。凉送艳歌缓舞,醉胃瑶钗。长生难老,都道是、柏叶⑪仙阶。笑傲⑫,且山中宰相⑬,平地蓬莱。

【题解】

绍兴十六年丙寅(1146)六月,张元幹在闽中为李弥逊祝寿作此词。词

185

作上片以吉瑞之兆,渲染出一片祥和的生朝图景。下片在欢歌曼舞的夜宴场景中,祈愿友人闲如仙裔。

【注释】

①冰轮:明月。宋苏轼《宿九仙山》:"夜半老僧呼客起,云峰缺处涌冰轮。"

②沆瀣:参见《楼上曲》(清夜灯前花报喜)注释⑤。

③霄汉:指天空。《后汉书·仲长统传》:"不受当时之责,永保性命之期。如是,则可以陵霄汉,出宇宙之外矣。"

④南极:即南极老人星。参见《感皇恩·寿》(荔子着花繁)注释⑦。

⑤象纬:象数谶纬。亦指星象经纬,谓日月五星。晋王嘉《拾遗记·殷汤》:"师延者⋯⋯精述阴阳,晓明象纬,莫测其为人。"齐治平注:"象纬,象数谶纬。象数谓龟筮之类;谶纬谓谶录图纬、占验术数之书。"唐杜甫《游龙门奉先寺》:"天阙象纬逼,云卧衣裳冷。"

⑥三台:星名。《晋书·天文志上》:"三台六星,两两而居⋯⋯在人曰三公,在天曰三台,主开德宣符也。"

⑦锦肠珠唾:比喻文思高妙。参见《感皇恩·寿》(绿发照魁星)注释④。

⑧卓荦:超绝出众。《后汉书·班固传》:"卓荦乎方州,羡溢乎要荒。"李贤注:"卓荦,殊绝也。"

⑨祥光照社:参见《瑶台第一层》(江左风流钟间气)注释⑥。

⑩玉燕投怀:参见《瑶台第一层》(江左风流钟间气)注释⑤。

⑪柏叶:指柏叶酒。南朝梁萧统《锦带书十二月启·太簇正月》:"梅花舒两岁之装,柏叶泛三光之酒。"

⑫笑傲:宋苏辙《次韵孙户曹朴柳湖》:"犹有曲湖容笑傲,谁言与物苦参差。"

⑬山中宰相:《南史·陶弘景传》:"陶弘景,字通明⋯⋯武帝既早与之游,及即位后,恩礼愈笃,书问不绝,冠盖相望。⋯⋯国家每有吉凶征讨大事,无不前以咨询。月中常有数信,时人谓为山中宰相。"后亦用以称有宰相之才而不用于世之士。此指归隐福建的李弥逊。

千秋岁

寿

相门出相①，和气浓春酿。传家冠珮②云台③上。庞眉④扶寿杖。绿发披仙氅⑤。星两两，泰阶⑥已应升平象。　　玉砌兰芽⑦长，定向东风赏。添彩袖，褰罗幌。丝簧俱妙手，珠翠争宫样⑧。江海量，年年醉里翻新唱。

【题解】

此词所云"相门出相"，当指北宋宰相富弼之孙富直柔。富氏一族贤才辈出，芝兰玉树，传承不绝。直柔即是其中才华秀出者，虽则年老，庞眉广额、精神焕发的富贵之象始终如一。寿辰华堂之上，妙手丝竹，清歌欢舞，词人以词相贺。

【注释】

①相门出相：富直柔是北宋宰相富弼之后，故云。

②冠珮：指古代官吏的冠和佩饰。南朝梁江淹《杂体诗三十首》其四《魏文帝曹丕游宴》："月出照园中，冠珮相追随。"

③云台：汉宫中高台名，汉光武帝时，用作召集群臣议事之所，后用以借指朝廷。南朝梁沈约《为武帝与谢朏敕》："今方复引领云台，虚己宣室。"

④庞眉：眉毛黑白杂色，高寿的象征。"庞"同"厖"，丰而厚之意。唐钱起《赠柏岩老人》："庞眉忽相见，避世一何久。"

⑤仙氅（chǎng）：指鹤氅，披在肩上的斗篷。唐郑谷《所知从事近藩偶有怀寄》："水墨画松清睡眼，云霞仙氅挂吟身。"

⑥泰阶：古星座名，即三台，上台、中台、下台共六星，两两并排而斜上，如阶梯，故名。后借指朝廷。唐贾至《闲居秋怀寄阳翟陆赞府封丘高少府》："信矣草创时，泰阶速贤良。"

⑦兰芽:参见《小重山》(谁向晴窗伴素馨)注释②。

⑧宫样:皇宫中流行的装束、服具等式样。唐玄宗《好时光》:"宝髻偏宜宫样,莲脸嫩,体红香。"

水龙吟

周总领①生朝

水晶宫②映长城,藕花万顷开浮蕊。红妆翠盖③,生朝时候,湖山摇曳。珠露争圆,香风不断,普熏沈水④。似瑶池侍女,霞裾缓步,寿烟光里。　　霖雨⑤已沾千里,兆丰年、十分和气。星郎⑥绿鬓⑦,锦波春酿,碧筒⑧宜醉。荷橐⑨还朝,青毡⑩奕世⑪,除书⑫将至。看巢龟戏叶⑬,蟠桃著子,祝三千岁。

【题解】

此为贺寿之词。寿翁周总领的生朝适逢夏季,寿筵所设的水晶宫外,是一片碧荷接天的壮景。词人借此盛景,表达寿比灵龟、功传百世之祝愿。

【注释】

①周总领:应是周介卿,参见《菩萨蛮·戏呈周介卿》注释①。

②水晶宫:参见《浣溪沙》(山绕平湖波撼城)注释②。

③红妆翠盖:参见《如梦令》(卧看西湖烟渚)注释①。

④沈水:参见《浣溪沙·笃耨香》注释④。

⑤霖雨:甘雨,时雨。《尚书·说命上》:"若岁大旱,用汝作霖雨。"唐李白《赠从弟冽》:"傅说降霖雨,公输造云梯。"

⑥星郎:《后汉书·明帝纪》:"馆陶公主为子求郎,不许,而赐钱千万。谓群臣曰:'郎官上应列宿,出宰百里,苟非其人,则民受殃,是以难之。'"后因称郎官为"星郎"。唐张籍《早朝寄白舍人严郎中》:"凤阙星郎离去远,阁门开日入还齐。"

⑦绿鬓:参见《满庭芳》(梁苑春归)注释⑫。

⑧碧筒:碧筒杯,一种用荷叶制成的饮酒器。唐段成式《西阳杂俎·酒食》:"历城北有使君林,魏正始中,郑公悫三伏之际,每率宾僚避暑于此。取大莲叶置砚格上,盛酒三升,以簪刺叶,令与柄通,屈茎上轮菌如象鼻,传噏之,名为碧筒杯。"

⑨荷橐(tuó):官员外出带的装文具的小袋。《梁书·文学传·刘杳》:"周舍又问杳:'尚书官著紫荷橐,相传云契囊,竟何所出?'杳答曰:'《张安世传》曰:持橐簪笔,事孝武皇帝数十年。'"

⑩青毡:参见《望海潮·为富枢密生朝寿》注释③。

⑪奕世:累世,代代。《国语·周语上》:"奕世载德,不忝前人。"

⑫除书:拜官授职的文书。唐韦应物《始治尚书郎别善福精舍》:"除书忽到门,冠带便拘束。"

⑬巢龟戏叶:《史记·龟策列传》:"余至江南,观其行事,问其长老,云龟千岁乃游莲叶之上,著百茎共一根。又其所生,兽无虎狼,草无毒螫。江傍家人常畜龟饮食之,以为能导引致气,有益于助衰养老,岂不信哉!"南朝宋裴骃《集解》引徐广曰:"刘向云龟千岁而灵,著百年而一本生百茎。"

南乡子

寿

山寺辋川图①,霜叶云林锦绣居。寿斝②浮春珠翠拥,欢娱。满院流泉绕绮疏③。　　道气自肤腴④,几席⑤轻尘一点无。天要耆英修相业⑥,清都⑦。已有泥书⑧降玉除⑨。

【题解】

据"天要耆英修相业,清都。已有泥书降玉除"等句,此词当为富直柔祝寿所作,且作于富氏未起之时。据《宋史》本传,富直柔于建炎四年十月除端明殿学士签枢密院事。绍兴六年,丁母忧。后起复资政殿学士、知镇江府,辞不起。直柔闲居生活,风雅欢愉,不受尘埃半点侵。但词人更希望他的济世之才能为当世所用,故在寿辰之日祝其东山再起。

【注释】

①辋川图:参见《水调歌头·罢秩后漫兴》注释⑫。

②寿斝(jiǎ):即寿觞。宋苏辙《宣徽使张安道生日》:"从公淮阳今几年,忆持寿斝当公前。"

③绮疏:指雕刻成空心花纹的窗户。《后汉书·梁冀传》:"窗牖皆有绮疏青琐,图以云气仙灵。"李贤注:"绮疏谓镂为绮文。"

④肤腴:肌肤丰满。宋陆游《夜读兵书》:"叹息镜中面,安得长肤腴。"

⑤几席:几和席,为古人凭依、坐卧的器具。《史记·礼书》:"疏房床笫几席,所以养体也。"宋欧阳修《和徐生假山》:"岂如几席间,百态生浓纤。暮云点新翠,孤烟起朝岚。"

⑥着英修相业:参见《点绛唇·生朝》(嵩洛云烟)注释③。

⑦清都:此指帝王居住的都城。《列子·周穆王》:"清都、紫微、钧天、广乐,帝之所居。"西晋左思《魏都赋》:"盖比物以错辞,述清都之闲丽。"

⑧泥书:古人封缄书函多用封泥封住绳端打结处,盖上印章称"泥封"。《东观汉记·邓训传》:"又知训好以青泥封书,从黎阳步推鹿车于洛阳市药……并载青泥一襆,至上谷遗训。"

⑨玉除:玉阶,用玉石砌成或装饰的台阶,此借指朝廷。唐白居易《答马侍御见赠》:"谬入金门侍玉除,烦君问我意何如?"

卷珠帘

寿

祥景①飞光盈②衮绣③。流庆④昆台,自是神仙胄。谁遣阳和⑤放春透,化工重入丹青手。　　云璈⑥锦瑟争为寿。玉带金鱼[7]，共愿人长久[8]。偷取蟠桃荐芳酒，更看南极星朝斗。

【题解】

词之所寿者不甚明确，大抵是庆祝朝臣之生辰，传达官爵长在，福寿延年之意。

【注释】

①祥景：吉祥的日光。南朝宋鲍照《中兴歌》："中兴太平运，化清四海乐。祥景照玉台，紫烟游凤阁。"

②盈：原本缺，据明毛晋《宋六十名家词》补。

③衮绣：参见《喜迁莺令·送何晋之大著兄趋朝，歌以侑酒》注释⑦。

④流庆：指发祥流庆。《宋史·乐志》："国初，始改崇德之舞曰文德……其发祥流庆、降真观德则祥府所制。"或可释为祖父积庆流传于子孙。

⑤阳和：春天的暖气。《史记·秦始皇本纪》："时在中春，阳和方起。"

⑥云璈(áo)：即云锣，打击乐器。《太平广记》卷七十引前蜀杜光庭《墉城集仙录·薛玄同》："虽真仙降眄，光景烛空，灵风异香，云璈钧乐，奏于其室，冯徽亦不知也。"

⑦玉带金鱼：高官所佩玉制腰带和金饰鱼符，此指高官显爵。唐韩愈《示儿》："不知官高卑，玉带悬金鱼。"

⑧共愿人长久：宋苏轼《水调歌头》："但愿人长久，千里共婵娟。"

醉蓬莱

寿

对小春桃艳，曲室[1]炉红，乍寒天气。七叶蓂[2]开，应金章[3]通贵。梦草银钩[4]，灿花珠唾[5]，是素来风味。满腹经纶[6]，回天[7]议论，昆台仙裔。　　秘殿[8]升华[9]，紫枢[10]勋旧，退步真祠[11]，简心[12]端扆。迎日[13]天元[14]，听正衙[15]宣制[16]。尽洗中原,遍为霖雨,宴后堂歌吹。柏子⑰千秋,丹砂九转⑱,今宵长醉。

【题解】

此词与《感皇恩》(豹尾引黄幡)作于同时,即绍兴九年(1139)至绍兴十一年(1141)之间,为张浚寿辰而作。幼有济世之志的张浚,在国危时艰之际,慨然以抗敌灭虏为己任,其补天之功垂裕百世。词作对张浚曾洗中原屈辱的功勋予以热情赞扬,是此词有别于其他寿词之所在。因为张浚有着一副忠肝义胆,在朝堂之上敢于直谏,颇有回天之力,故而词人愿其为国再创功勋。

【注释】

①曲室:参见《浣溪沙·夜坐》注释①。

②蓂(mì):传说中尧时的一种瑞草,亦称"历荚"。南朝齐王融《三月三日曲水诗序》:"紫脱华,朱英秀。佞枝植,历草滋。"李周翰注:"尧时有蓂荚草生于阶,有十五叶,从月一日日生一叶,至十五日日落一叶。若月小,则馀一叶,见此以知日历,故云历草也。"

③金章:《芦川归来集》作"金张"。金章,金质的官印,一说,铜印。因以指代官宦仕途。南朝宋鲍照《建除》:"开壤袭朱绂,左右佩金章。"

④银钩:比喻遒媚刚劲的书法。唐杜甫《陈拾遗故宅》:"到今素壁滑,洒翰银钩连。"

⑤灿花珠唾:比喻文辞优美,文章绝佳。

⑥经纶:指治理国家的抱负和才能。南朝宋谢灵运《述祖德诗二首》(其一):"清尘竟谁嗣,明哲垂经纶。"

⑦回天:旧以皇帝为天,凡能谏止皇帝改变意志者称回天。唐贞观四年给事中张玄素谏止太宗修洛阳乾元殿,魏徵叹曰:"张公遂有回天之力。"事见唐吴兢《贞观政要·纳谏》《新唐书·张玄素传》。

⑧秘殿:奥深的宫殿。唐李华《含元殿赋》:"其后则深闱秘殿,曼宇疏楹。"

⑨升华:晋升官位,臻于荣华之境。北周庾信《周安昌公夫人郑氏墓志

铭》："保定二年，册拜荥阳郡君。序戚升荣，从夫有秩。"唐武平一《加命杜审言表》："升荣粉署，擢秀兰台。"

⑩紫枢：朝廷中枢部门。《宋书·孔觊传》："荡秽紫枢，不俟鸣条之誓。"

⑪真祠：道观。宋苏辙《西掖告词·范镇可侍读太一宫使》："谓白首穷经之乐，尚可推以与人，而真祠访道之游，足使退而养志。"

⑫简心：关怀、留意。东汉班固《奏记东平王苍》："（将军）服膺六艺，白黑简心，求善无厌。"

⑬迎日：指古代帝王于正月朔日或春分日出东郊迎祭太阳。《大戴礼记·公符》："正月朔日迎日于东郊。"

⑭天元：周历建子，以今农历十一月为正月。后世以周历得天之正道，谓之"天元"。《后汉书·陈宠传》："夫冬至之节，阳气始萌，故十一月有兰、射干、芸、荔之应。《时令》曰：'诸生荡，安形体。'天以为正，周以为春……周以天元，殷以地元，夏以人元。"

⑮正衙：唐宋时正式朝会听政的处所。唐白居易《紫毫笔》："臣有奸邪正衙奏，君有动言直笔书。"

⑯宣制：宣布帝王的诏命。宋蔡绦《铁围山丛谈》卷一："延和之赐坐而茶汤者，遇拜相、正衙、会百官，宣制才罢，则其人亲抱白麻见天子于延和，告免礼毕。"

⑰柏子：即柏子香，香名。唐皮日休《奉和鲁望同游北禅院》："吟多几转莲花漏，坐久重焚柏子香。"

⑱丹砂九转：东晋葛洪《抱朴子·内篇·金丹》："一转之丹，服之三年得仙。二转之丹，服之二年得仙。……九转之丹，服之三日得仙……其转数多，药力盛，故服之用日少，而得仙速也。"

陇头泉

少年时，壮怀谁与重论。视文章、真成小技①，要知吾道称尊。奏公车^②、治安^③秘计,乐油幕^④、谈笑从军。百镒^⑤黄金,一双白璧,坐看同辈上青云。事大谬^⑥,转头流落,徒走出修门^⑦。三十载,黄粱未熟^⑧,沧海扬尘^⑨。　念向来、浩歌^⑩独往,故园松菊犹存^⑪。送飞鸿、五弦寓目^⑫,望爽气、西山忘言^⑬。整顿乾坤^⑭,廓清宇宙^⑮,男儿此志会须伸。更有几、渭川垂钓^⑯,投老策奇勋^⑰。天难问,何妨袖手,且作闲人。

【题解】

据王兆鹏《张元幹年谱》考证,此词作于绍兴三十年(1160),时张元幹在平江。词云"三十载,黄粱未熟,沧海扬尘",自绍兴元年致仕至绍兴三十年,中间恰好三十载。词抒历经陵迁谷变后的沧桑感,以及闲散超然之想。

【注释】

①"视文章"句:汉扬雄《法言·吾子》:"或问:'吾子少而好赋?'曰:'然,童子雕虫篆刻。'俄而曰:'壮夫不为也。'"唐杜甫《贻华阳柳少府》:"文章一小技,于道未为尊。"

②公车:汉代官署名,为卫尉的下属机构,设公车令,掌管宫殿司马门的警卫。天下上事及征召等事宜,经由此处受理。后指此类官署。《史记·滑稽列传》:"朔初入长安,至公车上书,凡用三千奏牍。"

③治安:谓治理(百姓)使之安定。《管子·形势解》:"生养万物,地之则也;治安百姓,主之则也。"

④油幕:涂油的帐幕。《宋书·刘瑀传》:"朱修之三世叛兵,一旦居荆州,青油幕下,作谢宣明面见向,使斋师以长刀引吾下席。"

⑤百镒(yì):极言货币之多。镒,古代黄金计量单位,二十两或二十四两。《韩非子·五蠹》:"铄金百溢,盗跖不掇。"

⑥大谬:大错。此指北宋末年金兵进犯汴京,宋廷割三镇(太原、中山、河间)以议和,后北宋被金所灭,故谓议和一事实乃大谬。

⑦修门:原指楚都郢之城门,后常用以指代国都之门。《楚辞·招魂》:"魂兮归来,入修门些。"

⑧黄粱未熟：参见《永遇乐·宿鸥盟轩》注释⑧。

⑨沧海扬尘：《神仙传》卷七《麻姑》："麻姑自说云：'接待以来，已见东海三为桑田。向到蓬莱，水又浅于往者会时略半也。岂将复还为陵陆乎？'方平笑曰：'圣人皆言，海中复扬尘也。'"

⑩浩歌：放声高歌，大声歌唱。《楚辞·九歌·少司命》："望美人兮未来，临风怳兮浩歌。"

⑪"故园"句：晋陶渊明《归去来兮辞》："三径就荒，松菊犹存。"

⑫"送飞鸿"句：三国魏嵇康《赠秀才入军诗》："目送归鸿，手挥五弦。"五弦，五弦琴。《礼记·乐记》："昔者舜作五弦之琴，以歌《南风》。"孔颖达疏："谓无文武二弦，惟宫商等五弦也。"

⑬"望爽气"句：《世说新语·简傲》："王子猷作桓车骑参军。桓谓王曰：'卿在府久，比当相料理。'初不答，直高视，以手版拄颊云：'西山朝来，致有爽气。'"

⑭整顿乾坤：唐杜甫《洗兵马》："二三豪俊为时出，整顿乾坤济时了。"

⑮廓清宇宙：《宋书·王僧达传》："幸属圣武，克复大业，宇宙廓清，四表靖晏。"

⑯渭川垂钓：《水经注疏》卷十七《渭水上》："渭水之右，磻溪水注之。水出南山兹谷，乘高激流，注于溪中。溪中有泉，谓之兹泉，泉水潭积，自成渊渚，即《吕氏春秋》所谓太公钓兹泉也。……水次平石钓处，即太公垂钓之所也。"

⑰"投老"句：《史记·齐太公世家》曰："吕尚盖尝穷困，年老矣，以渔钓奸周西伯。……后佐武王灭殷，封于齐。"

天仙子

三月十二日，奉同苏子①陪富丈访筠翁于旧居，遂为杏花留饮，欢甚。命赋长短句，乃得天仙子，写呈两公，末章并发一笑。

楼外轻阴春澹伫②，数点杏梢寒食雨。少年油壁③记寻

195

芳，梁苑④路，今何处，千树红云⑤空梦去。　　惊见此花须折取，明日满城传侍女。情知醉里惜花深，留春住。听莺语，一段风流天赋与。

【题解】

清沈辰垣《历代诗馀》词题作"杏花留饮"。词约于绍兴十六年(1146)至绍兴十八年(1148)间作于闽中。李弥逊有《天仙子·次富季申韵》与此词同调同韵，当作于同时。词人与富直柔、苏粹中二人寻访李弥逊旧宅，见杏花繁盛，就地欢饮。在细雨朦胧的春景中回忆起旧游之事，并抒发醉里留春的情怀。

【注释】

①苏子：指苏粹中。苏粹中与张元幹相交，生平事迹不详。《芦川归来集》卷三有《兰溪舟中寄苏粹中》一诗，卷九《跋江天暮雨图》云："颇忆丙午之冬，吾三人者，苏粹中在焉。情文投合，皆亲友好兄弟。"

②澹伫：清沈辰垣《历代诗馀》作"澹泞"。澹伫即和舒，荡漾之意，多形容春天的景色。

③油壁：参见《兰陵王·春恨》注释⑦。

④梁苑：参见《满庭芳·寿》(梁苑春归)注释①。

⑤红云：红花。唐韩愈《酬卢给事曲江荷花行》："曲江千顷秋波净，平铺红云盖明镜。"

【附录】

李弥逊《天仙子·次富季申韵》：

飞盖追春春约伫，繁杏枝头红未雨。小楼翠幕不禁风，芳草路，无尘处。明月满庭人欲去。　　一醉邻翁须记取，见说新妆桃叶女。明年却对此花时，留不住。花前语，总向似花人付与。

鹊桥仙

靓妆①艳态，娇波流盼②，双靥③横涡半笑。尊前烛畔粉生光，更低唱、新翻转调④。　　花房⑤结子，冰枝清瘦。醉倚香浓寒峭。雏莺新啭上林⑥声，惊梦断、池塘春草⑦。

【题解】

词应于政和、宣和年间作于汴京。据词意当是宴会之上，为歌伎而作。上片细致描摹女子的艳态、神情及其动听的嗓音。下片则写众人在花色撩人，酒香醉人的夜景中，沉湎至天色将晓之际。词当为张元幹早年生活的写照。

【注释】

①靓妆：《史记·司马相如列传》："若夫青琴、宓妃之徒，绝殊离俗，妖冶娴都，靓妆刻饰，便媚绰约，柔桡嫚嫚，妩媚纤弱。"注引郭璞曰："靓装，粉白黛黑也。"

②流盼：犹流眄，流转目光观看。战国宋玉《登徒子好色赋》："含喜微笑，窃视流眄。"

③双靥(yè)：两颊的酒窝。唐温庭筠《牡丹》："欲绽似含双靥笑，正繁疑有一声歌。"

④转调：即增损旧腔，转入新调。《词谱》卷十三："转调者，摊破句法，添入衬字，转换宫调，自成新声耳。"此指演唱词曲的时候转入他调，以丰富乐曲的表现力。

⑤花房：参见《好事近》(春色到花房)注释①。

⑥上林：参见《兰陵王·春恨》注释⑧。

⑦池塘春草：南朝宋谢灵运《登池上楼》："池塘生春草，园柳变鸣禽。"

渔父家风

八年不见荔枝红,肠断故园东。风枝露叶新采①,怅望冷香浓。　　冰透骨,玉开容,想筠笼②。今宵归去,满颊天浆③,更御冷风④。

【题解】

清沈辰垣《历代诗馀》谓:"(此调)即《诉衷情》之又一体也。"清万树《词律》案,张元幹"八年不见荔枝红"一首,本名《渔父家风》,万氏以句法与《诉衷情》相近,谓是一调,并以"风枝露叶谁新采"为羡。秦氏玉生校本则谓确是另调,不应强合。两说皆无所据。词忆故园荔枝,且与《诉衷情》(儿时初未识方红)同调同韵,当是一时之作。词抒因忆家乡风物而产生的无限思归之情。

【注释】

①新采:明毛晋《宋六十名家词》、清沈辰垣《历代诗馀》、清万树《词律》均作"谁新采"。

②筠笼:竹篮之类盛器。唐杜甫《野人送朱樱》:"西蜀樱桃也自红,野人相赠满筠笼。"

③天浆:喻指甘美的浆汁,此指荔枝鲜嫩的汁水。唐窦牟《李舍人少尹惠家酝一小榼立书绝句》:"禁琐天浆嫩,虞行夜月寒。"

④御冷风:庄子《逍遥游》:"夫列子御风而行,泠然善也。"

生查子

天生几种香,风味因花见。旖旎①透香肌,仿佛飞花片②。

雨润惜馀熏，烟断犹相恋。不似薄情人，浓淡分深浅。

【题解】

词写香，推及人。晴日里的花气馥郁袭人，雨后的花香芳馨虽减，但那沾露的香味儿恰似缥缈萦回的轻烟，似断非断，似有若无。似落红犹恋花枝，香气亦是恋着花片的。花气不似薄情人，情深则来，情浅则去。结句含蓄透露出薄情人未归的怅怨。

【注释】

①旖旎(yǐnǐ)：旌旗从风飘扬貌，引申为宛转柔顺貌。西汉扬雄《甘泉赋》："夫何旗旎郅偈之旖旎也。"李善注引服虔曰："旖旎，从风柔弱貌。"唐李白《愁阳春赋》："荡漾惚恍，何垂杨旖旎之愁人。"

②花片：飘落的花瓣。唐元稹《古艳》诗之二："等闲弄水浮花片，流出门前赚阮郎。"

减字木兰花

客亭①小会，可惜无欢容易醉。归去更阑，细雨鸣窗一夜寒。　　昏然独坐，举世疏狂②谁似我。强拨炉烟，也道今宵是上元③。

【题解】

此为元夕之夜送别之作，月圆人去的孤寂伤感是词之基调。客亭别友，酒后微醺，寒夜独归，词未言愁而愁自生。结拍孤冷凄清之感倏然而生。

【注释】

①客亭：犹驿亭，古代迎来送往之所。南朝梁刘潜《北使还与永丰侯书》："足践寒地，身犯朔风，暮宿客亭，晨炊谒舍。"

②疏狂:豪放,不受拘束。唐白居易《代书诗寄微之》:"疏狂属年少,闲散为官卑。"

③上元:俗以农历正月十五日为上元节,也叫元宵节。《旧唐书·中宗纪》:"(景龙四年)丙寅上元夜,帝与皇后微行观灯。"

眼儿媚

萧萧疏雨滴梧桐①,人在绮窗②中。离愁遍绕,天涯不尽,却在眉峰。 娇波暗落相思泪,流破脸边红。可怜瘦似,一枝春柳,不奈③东风。

【题解】

此为闺情词,抒写相思离愁。起笔以萧飒的雨滴透露闺中人的愁情,一段伤怀蹙在眉峰。泪破红妆,细腻传神。相思之憔悴,只一句"不奈东风"便可知晓。

【注释】

①疏雨滴梧桐:清沈德潜《唐诗别裁集》卷一载孟浩然诗句:"微云淡河汉,疏雨滴梧桐。"

②绮窗:雕刻或绘饰得很精美的窗户。西晋左思《蜀都赋》:"开高轩以临山,列绮窗而瞰江。"吕向注:"绮窗,彫画若绮也。"

③不奈:明毛晋《宋六十名家词》作"不禁"。南朝庾信《夜听捣衣诗》:"裙裾不奈长,衫袖偏宜短。"

昭君怨

春院深深莺语。花怨一帘烟雨。禁火①已销魂,更黄昏。

衾暖麝灯②落炧③。雨过重门深夜。枕上百般猜,未归来。

【题解】

此为闺怨之作,抒相思盼归之情。寒食烟雨纷纷,花开人未还,伊人本已心寒,岂奈黄昏又至。闭门独卧,耿耿长夜最难将息。欹枕百般揣测,归人脚步终未响起,伊人思念成空的怅惘在含而不露的笔致中犹显深婉含蓄。

【注释】

①禁火:旧俗寒食停炊称"禁火"。南朝梁宗懔《荆楚岁时记》:"去冬节一百五日即有疾风甚雨,谓之寒食,禁火三日。"

②麝灯:用麝香配制的膏烛。

③落炧(xiè):灯芯燃烧后的灰烬。唐元稹《通州丁溪馆夜别李景信》(其二):"离床别脸睡还开,灯炧暗飘珠簌簌。"

夜游宫

半吐寒梅未拆①,双鱼洗②、冰澌③初结。户外明帘风任揭。拥红炉④,洒窗间⑤,闻霰雪⑥。　　比去年时节。这心事、有人忻说⑦。斗帐重熏鸳被叠。酒微醺,管灯花,今夜别。

【题解】

该词为雪夜对梅怀人之作。词作由户外寒梅未放,霜寒凛冽之景过渡到室内,窗内唯闻霰雪敲窗之声,不禁忆起去年冬寒时节,与佳人深情夜话之景。而今寒夜把酒自酌,灯花曳影,醉不知别。景犹然,人不在的凄怆似淡实浓。

【注释】

①未拆:明代杨慎《词品》作"未折"。拆,绽开之意。

②双鱼洗：镌刻有双鱼形象的洗手器。明杨慎《词品》云："双鱼洗，盥手之器。"

③冰澌：即冰凌。南朝梁吴均《梅花落》："流连逐霜彩，散漫下冰澌。"

④红炉：烧得很旺的火炉。唐杜甫《湖城东遇孟云卿复归刘颢宅宿宴饮散因为醉歌》："照室红炉促曙光，萦窗素月垂文练。"

⑤洒窗间：原无"间"字，据明毛晋《宋六十名家词》补。

⑥闻霰雪：明毛晋《宋六十名家词》作"惟稷雪"，注曰："稷，一作霰。"稷即霰，下雪前或下雪时所下的小冰粒，因圆如稷粒，故称。

⑦忻(xīn)说："说"同"悦"。忻悦，即欣喜之意。晋袁宏《后汉纪·顺帝纪上》："陛下龙兴，海内莫不忻悦。"

【汇评】

1.明杨慎《词品》卷三："张仲宗《夜游宫》词云(略)。双鱼洗，盥手之器，见《博古图》。稷雪，霰也，形如米粒，能穿瓦透牖，见《毛诗疏》。"

2.明毛晋《汲古阁词话》："人称其长于悲愤，及读《花庵》《草堂》所选，又极妩秀之致，真堪与片玉、白石并垂不朽。凡用字多有出处，如'洒窗间惟稷雪'云云，见《毛诗疏》：'稷雪，霰也，形如米粒，能穿窗透瓦。'今本改作霰雪。"

3.《四库全书总目提要·词话》卷一《芦川词》："其词慷慨悲凉，数百年后，尚想其抑塞磊落之气。然其他作，则多清丽婉转，与秦观、周邦彦可以肩随。毛晋跋曰：'人称其长于悲愤，及读《花庵》《草堂》所选，又极妩秀之致。'可谓知言。至称其'洒窗间惟稷雪'句，引《毛诗疏》为证，谓用字多有出处。则其说似是而实非。词曲以本色为最难，不尚新僻之字，亦不尚典重之字。'稷雪'二字，拈以入词，究为别格，未可以之立制也。"

杨柳枝

席上次韵曾颖士①

深院今宵枕簟②凉，烛花光。更筹③何事促行觞，恼刚肠④。　　　老去一蓑烟雨⑤里,钓沧浪⑥。看君鸣凤⑦向朝阳,且腰黄⑧。

【题解】

词为作者晚年归隐后所作,在酒宴之上赠别曾颖士。席上酒酣之际,更漏声声催人归去,座中英豪,兴犹未已。词人以东坡居士"一蓑烟雨任平生"的旷放豪情祝愿曾颖士,愿其青云直上,衣紫腰金,显荣于朝。

【注释】

①曾颖士:生平事迹不详。

②枕簟:枕席,泛指卧具。《礼记·内则》:"敛枕簟,洒扫室堂及庭,布席,各从其事。"唐韩愈《新亭》:"水文浮枕簟,瓦影荫龟鱼。"

③更筹:参见《望海潮·癸卯冬,为建守赵季西赋碧云楼》注释⑨。

④刚肠:指刚直的气质。三国魏嵇康《与山巨源绝交书》:"刚肠嫉恶,轻肆直言,遇事便发。"张铣注:"刚肠,谓彊志也。"

⑤一蓑烟雨:宋苏轼《定风波》:"一蓑烟雨任平生。"

⑥沧浪:青苍色,多指水色。陆机《塘上行》:"发藻玉台下,垂影沧浪泉。"李善注:"孟子曰:'沧浪之水清。'沧浪,水色也。"

⑦鸣凤:《诗·大雅·卷阿》:"凤凰鸣矣,于彼高冈。梧桐生矣,于彼朝阳。"郑玄笺:"凤凰鸣于山脊之上者,居高视下,观可集止,喻贤者待礼乃行,翔而后集。"后即以"鸣凤"比喻贤者。

⑧腰黄:即腰金,指腰系金带,比喻身居显要。金,亦指金印或金鱼袋。唐岑文本《三元颂》:"腰金鸣玉,执贽奉璋。"

彩鸾归令

为张子安①舞姬作

珠履②争围,小立春风趁拍低。态闲不管乐催伊,整铢衣③。　　粉融香润④随人劝，玉困花娇越样宜。凤城⑤灯夜旧家时，数他谁。

【题解】

清沈辰垣《历代诗馀》无词题。词赠舞女，为闲情寄意之词。词以珠履点地、彩袖拂风之语展现了舞姬之轻灵，座中之人无不感叹。

【注释】

①张子安：生平不详。李弥逊有《春日奉陪子安诸公游石门》，王以宁有《临江仙·和子安》，可知王子安与李弥逊、王以宁相交。

②珠履：珠饰之履。《史记·春申君列传》："春申君客三千馀人，其上客皆蹑珠履。"

③铢衣：明毛晋《宋六十名家词》、清沈辰垣《历代诗馀》作"朱衣"。朱居易《毛刻宋六十名家词勘误》改作"铢衣"。铢衣，形容分量极轻的舞衫。唐贾至《赠薛瑶英》："舞怯铢衣重，笑疑桃脸开。"

④香润：清沈辰垣《历代诗馀》作"香汗"。

⑤凤城：京都的美称。唐杜甫《夜》："步檐倚杖看牛斗，银汉遥应接凤城。"仇兆鳌注引赵次公曰："秦穆公女吹箫，凤降其城，因号丹凤城。其后言京城曰凤城。"

【汇评】

清叶申芗《本事词》卷下："张元幹仲宗，善词翰。以送胡邦衡、赠李伯纪两词除名。其刚风劲节，人所共仰。然小词每寄闲情，如为张子安舞姬制彩鸾归云。"

江神子

梦中北去又南来。饱风埃①，鬓华②衰。浮木③飞蓬④，踪迹为谁催。自笑自悲还自语，一杯酒，鼻如雷⑤。　　晓舆行处觉春回。屑琼瑰⑥,糁⑦莓苔。病眼冲寒,欲闭又还开⑧。水近人家篱落畔,遥认得,一枝梅。⑨

【题解】

据《全宋词》,此首又见李弥逊《筠翁乐府》。词写久经羁旅后的伤怀。上片自伤南渡后身如浮木、行若飞蓬,在浮沉里,自笑自悲无人语。下片以春回之景抑制住内心悲情,病中老眼欲开又闭,浮华看尽,唯认得水边篱落之梅。以景作结,耐人回味。

【注释】

①风埃:风吹起的尘土,比喻世俗、纷乱的现实社会。《晋书·列女传论》:"驰骛风埃,脱落名教,颓纵忘反,于兹为极。"唐王勃《益州绵竹县武都山净惠寺碑》:"释惠远之高居,风埃遂隔。"

②鬓华:花白的鬓发。宋欧阳修《采桑子》:"鬓华虽改心无改,试把金觥,旧曲重听,犹是当年醉里声。"

③浮木:明毛晋《宋六十名家词》、清沈辰垣《历代诗馀》作"浮水",朱居易《毛刻宋六十名家词勘误》作"浮木"。

④飞蓬:指枯后根断遇风飞旋的蓬草。《诗·卫风·伯兮》:"自伯之东,首如飞蓬。"此指身之漂泊。

⑤鼻如雷:宋苏轼《临江仙·夜归临皋》:"家童鼻息已雷鸣。"

⑥琼瑰:泛指珠玉。《左传·成公十七年》:"初,声伯梦涉洹,或与己琼瑰食之。"杜预注:"琼,玉;瑰,珠也。"

⑦糁(sǎn):洒,散落。唐李白《春感》:"榆荚钱生树,杨花玉糁街。"

⑧"欲闭"句:宋苏轼《水龙吟·次韵章质夫杨花词》:"萦损柔肠,困酣娇眼,欲开还闭。"

⑨"水近"三句:宋林逋《梅花》:"雪后园林才半树,水边篱落忽横枝。"

西江月

和苏庭藻①

小阁劣容②老子,北窗仍递南风。维摩丈室③久空空,不与散花④同梦。　　且作太真⑤游戏,未甘金粟⑥龙钟。怜君病后颊颧隆,识取⑦小儿⑧戏弄。

【题解】

此词作于绍兴二十七年(1157),时张元幹在嘉兴。词中佛之超然静寂之意,亦是心境的一种影射。词旨重在表达对庭藻痊愈后的关切之情,词人愿其静心修养,不要被命运之神的嘲弄击垮。

【注释】

①苏庭藻:苏著,字庭藻,丹阳人,苏坚(伯固)曾孙。庭藻之父字从周,为苏庠侄,早年曾与陈与义、吕本中及张元幹等交游唱和,故庭藻为张元幹后辈。据《芦川归来集》卷九《跋苏诏君赠王道士诗后》《跋苏诏君楚语后》,张元幹曾于绍兴二十七年(1157)应苏庭藻之请为其堂祖父苏庠(字养直)的诗文遗稿作题跋。

②劣容:张相《诗词曲语辞汇释》卷二:"劣,指示限度之辞,其义须随文而定。有可作仅字解。"劣容,此即作仅容之意。南朝梁朱超《夜泊巴陵》:"淤泥不通挽,寒浦劣容舟。"

③维摩丈室:维摩即维摩诘。《维摩诘经》中说他和释迦牟尼同时,是毘耶离城的一位大乘居士,是佛典中现身说法、辩才无碍的代表人物。后常用以泛指修大乘佛法的居士。维摩诘居士的方丈室,虽只一丈见方,其所包容极广。《维摩经·文殊师利问疾品》载:"长者维摩诘现神通力,即时彼佛遣三万二千师子坐,高广严净,来入维摩诘室,其室广博,包容无所妨碍。"

④散花:指天女散花。《维摩经·观众生品》:"时维摩诘室有一天女,见诸大人闻所说法,便现其身,即以天华散诸菩萨、大弟子上,华至诸菩萨即皆堕落,至大弟子便著不堕。一切弟子神力去华,不能令去。""华"同"花"。本以花是否着身验证诸菩萨、声闻的向道之心,声闻结习未尽,花即着身。

⑤太真:原始混沌之气。东汉傅毅《舞赋》:"启太真之否隔兮,超遗物而度俗。"李善注:"太真,太极真气也。"

⑥金粟:金粟如来的省称。南朝齐王巾《头陀寺碑文》:"金粟来仪,文殊戾止。"前蜀贯休《和韦相公见示闲卧》:"堂悬金粟像,门枕御沟泉。"

⑦识取:辨别。唐寒山《诗三百三首》(其一六二):"不要求佛果,识取心王主。"

⑧小儿:即造化小儿。戏称司命之神。《新唐书·文艺传上·杜审言》:"审言病甚,宋之问、武平一等省候何如,答曰:'其为造化小儿相苦,尚何言?'"

诉衷情

予儿时不见有荔子,自呼为红蕊。父母赏其名新,昔所未闻,殊尽形似之美。久欲记之而因循。比与诸公和长短句,故及之以诉衷情。盖里中推星球红、鹤顶红,皆佳品。海舶便风,数日可到。

儿时初未识方红①,学语问西东。对客呼为红蕊,此兴已偏浓。　　嗟白首,抗尘容②,费牢笼③。星球④何在,鹤顶⑤长丹,谁寄南风。

【题解】

本词与《渔父家风》同韵,俱言故乡特产,当为同时所作。词人家乡盛产荔枝,风味绝佳,词以调达情,倾诉了内心对故园风物的怀念之情。儿时不识荔枝,手指方红呼作红蕊,其纯真不禁令人开怀一笑。然而不知世事的年纪早已流逝,词人在沧桑之变中鬓生华发,面带尘土,故其家园之忆带有人世辛酸的凄楚。

【注释】

①方红:宋蔡襄《荔枝谱》:"方家红,可径二寸,色味俱美,言荔枝之大者皆莫敢拟。岁生一二百颗,人罕得之。方氏子名棐,今为大理寺丞。"宋洪迈《容斋随笔·容斋四笔》卷八《莆田荔枝》:"初,方氏有树,结实数千颗,欲重其名,以二百颗送蔡忠惠公(襄),给以常岁所产止此。公为目之曰'方家红',着之于谱,印证其妄。"

②抗尘容:指在名利场中奔走。南齐孔稚珪《北山移文》:"焚芰制而裂荷衣,抗尘容而走俗状。"宋陆游《小雨舟过梅市》:"老矣自应埋病骨,归哉莫念抗尘容。"

③牢笼:包揽,容纳。此比喻束缚人的事物。《淮南子·本经训》:"牢笼天地,弹压山川,含吐阴阳,伸曳四时,纪网八极,经纬六合。"

④星球:即星毬,荔枝品种之一。

⑤鹤顶:即鹤顶红,亦是荔枝的品种之一。

采桑子

奉和秦楚材①史君荔枝词

华堂清暑榕阴重,梦里江寒。火齐②星繁,兴在冰壶玉井栏③。　　风枝露叶谁新采,欲饱防悭。遗恨空槃④,留取香红满地看。

【题解】

此词中"风枝露叶谁新采",与《渔父家风》词句相同,应作于北宋宣和末。家乡荔枝已多次出现在张元幹词中，在词人笔下，荔枝已成为美好过往的象征。每逢夏季，家乡荔枝结果繁硕，颗颗红润鲜艳，如珠似玉。每忆及此，归情愈浓。

【注释】

①秦楚材：秦梓(？—1146)，字楚材，秦桧兄，江宁(今江苏南京)人。少有才名。徽宗宣和六年(1124)登进士第。历知台、秀、袁、太平、常、湖六州，入朝除翰林院学士。出知宣州，移湖州，进资政殿学士。致仕归，恶桧之所为，徙居溧阳。时有柳下惠之誉。所作荔枝词，今不存。明毛晋《宋六十名家词》作"楚村"，朱居易《毛刻宋六十名家词勘误》改作"楚材"。

②火齐：即火齐珠。东汉张衡《西京赋》："翡翠火齐，络以美玉。"李善注："火齐，玫瑰珠也。"

③玉井栏：《三国志·魏书·明帝纪》："青龙三年大治洛阳宫注引《魏略》曰：'引穀水过九龙殿前，为玉井绮栏，蟾蜍含受，神龙吐出。'"此指玉制井栏。

④空槃："槃"通"盘"。《太平御览》卷九百六十九《果部六·樱桃》："汉明帝于月夜宴赐群臣樱桃，盛以赤瑛盘，群臣视之月下，以为空盘，帝笑之。"

南歌子

玉斧修圆了，冰轮分外清。①共看②星向绣衣明，元是生朝为寿对难兄③。　　鸿雁翻秋影，埙篪④和笑声。他年中令⑤彩衣荣，记取今宵丹荔⑥醉瑶觥⑦。

【题解】

此为祝寿小词。寿辰之夜，鸿雁翔集，丝竹和鸣，一片喜乐景象。词人于此景中，嘱托友人功名日进之后，莫忘今宵之欢。

①"玉斧"二句：唐杜甫《一百五日夜对月》："斫却月中桂，清光应更多。"玉斧之典，参见《念奴娇》（吴淞初冷）注释⑦。

②共看：犹细看。张相《诗词曲语辞汇释》卷二："共看，犹云细看也。"宋陈师道《九月十三日出善利门》："共看双白鬓，似得半生闲。"

③难兄：参见《满庭芳》（梁苑春归）注释⑯。

④埙篪（xūnchí）：埙、篪皆古代乐器，二者合奏时声音相应和。因常以"埙篪"比喻兄弟亲密和睦。《诗·小雅·何人斯》："伯氏吹埙，仲氏吹篪。"毛传："土曰埙，竹曰篪。"郑玄笺："伯仲，喻兄弟也。"

⑤中令：中书令的省称。南朝宋檀道鸾《续晋阳秋》："王献之为中令。献之少而标迈，不寻常贯，为一时风流之冠。献之卒，以王珉为中书令。世谓之大王令、小王令也。"

⑥丹荔：参见《水调歌头》（罢秩后漫兴）注释⑦。

⑦瑶觥：玉杯。唐薛用弱《集异记·蒋琛》："酌瑶觥，飞玉觞，陆海珍味，靡不臻极。"

花心动

七夕

水馆风亭①，晚香浓、一番芰荷新雨。簟枕乍闲，襟裾初试，散尽满天祥暑②。断云却送轻雷③去。疏林外、玉钩④微吐。夜渐永，秋惊败叶，凉生亭户⑤。　　天上佳期⑥久阻。银河畔、仙车缥缈云路。旧怨未平，幽欢难驻⑦，恨入半天风露。绮罗人散金猊⑧冷，醉魂到、华胥⑨深处。洞户悄、南楼画角⑩自语。

此词与李弥逊《花心动·七夕》相同,仅个别字句略有差异,疑是张元幹词混入到李弥逊词中。词抒七夕之夜的伤怀。上片勾勒了一幅人间七夕夜景图,下片过渡到天上银河之会。词人借牛郎织女的久别之怨抒发内心的孤苦愁怀。

【注释】

①水馆风亭:临水的馆舍和亭子,风亭即亭子。南朝梁江淹《池上酬刘记室》:“水馆次文羽,山叶下瞑露。”唐朱庆馀《秋宵宴别卢侍御》:“风亭弦管绝,玉漏一声新。”

②袢(pàn)暑:犹溽暑,炎暑。宋苏辙《皇太妃阁》(其二):“人间正袢暑,天上绝清凉。”

③轻雷:响声不大的雷,隐隐的雷声。唐高适《陪窦侍御灵云南亭宴诗得雷字》:“新秋归远树,残雨拥轻雷。”

④玉钩:喻新月。南朝宋鲍照《玩月城西门廨中》:“蛾眉蔽珠栊,玉钩隔琐窗。”

⑤亭户:明毛晋《宋六十名家词》《芦川归来集》作“庭户”。

⑥天上佳期:牛郎织女相会之期。《太平御览》卷六《天部六·星中》:“昔传牵牛织女七月七日相见者,则此是也。”

⑦幽欢难驻:原本无“难”字,据李弥逊《花心动·七夕》补。

⑧金猊(ní):香炉的一种,炉盖作狻猊形,空腹。焚香时,烟从口出。前蜀花蕊夫人《宫词》:“夜色楼台月数层,金猊烟穗绕觚稜。”

⑨华胥:《列子·黄帝》:“(黄帝)昼寝,而梦游于华胥氏之国。……其国无帅长,自然而已;其民无嗜欲,自然而已……黄帝既寤,怡然自得。”后作梦境的代称。

⑩画角:古管乐器,传自西羌,形如竹筒,因表面有彩绘,故称。发声哀厉高亢,古时军中多用以警昏晓,振士气,肃军容。帝王出巡,亦用以报警戒严。南朝梁简文帝《折杨柳》:“城高短箫发,林空画角悲。”

【附录】

宋李弥逊《花心动·七夕》:

水馆风亭，晚香浓、一番荷芰经雨。簟枕乍闲，襟裾初试，散尽满轩烦暑。断云却送轻雷去，疏林外、玉钩微吐。夜未阑，秋生败叶，暗摧庭树。

天上佳期久阻。星河畔、仙车缥缈云路。旧恨未平，幽欢难驻，洒落半天风露。绮罗人散金猊冷，醉魂到、华胥深处。洞户悄、南楼画角自语。

蓦山溪

一番小雨，陡觉添秋色。桐叶下银床①，又送个、凄凉消息。故乡何处，搔首对西风，衣线断，带围宽②，衰鬓添新白。

钱塘江上，冠盖如云积③。骑马傍朱门，谁肯念、尘埃墨客④。佳人信杳，日暮碧云深⑤，楼独倚，镜频看，此意无人识。

【题解】

此为秋日感怀之作。上片以秋雨落叶写尽心中凄凉。词人回望故园，羁旅之感郁积于心，以致人瘦鬓白。下片写羁旅无依之苦。念豪门之人不知浮沉之辛酸，叹此身漂泊，形单影只。

【注释】

①银床：井栏，一说辘轳架。南朝梁庾肩吾《九日侍宴乐游苑应令》："玉醴吹岩菊，银床落井桐。"

②带围宽：《梁书》卷十三《沈约传》："沈约字休文……约久处端揆，有志台司，论者咸谓为宜，而帝终不用，乃求外出，又不见许。与徐勉素善，遂以书陈情于勉曰：'……百日数旬，革带常应移孔；以手握臂，率计月小半分。以此推算，岂能支久？'"形容人因失意忧虑而消瘦。

③"冠盖"句：冠，礼帽；盖，车盖。代指仕宦、贵官。东汉班固《西都赋》："冠盖如云，七相五公。"

④墨客：文人的代称。汉扬雄《长杨赋》："言未卒，墨客降席，再拜稽首。"按《长杨赋序》谓："聊因笔墨之成文章，故籍翰林以为主人，子墨为客

卿以风。"赋中称客为"墨客",后遂为文人之别称。唐杜甫《宴胡侍御书堂》:"翰林名有素,墨客兴无违。"

⑤"佳人"二句:南朝梁江淹《休上人怨别》:"日暮碧云和,佳人殊未来。"

西楼月

瑶轩①倚槛春风度②。柳垂烟,花带露。半闲鸳被③怯馀寒,燕子时来窥绣户。

【题解】

清沈辰垣《历代诗馀》词题作"春晓曲",误为张元幹词。词记春日闺情,以燕子窥户,抒发燕归人不归的愁情,婉曲别致。

【注释】

①瑶轩:饰玉的栏杆。南朝宋刘义隆《登景阳楼诗》:"瑶轩笼翠幌,组幕翳云屏。"

②倚槛春风度:唐李白《清平调》:"春风拂槛露华浓。"

③鸳被:绣有鸳鸯的锦被。《西京杂记》卷一:"鸳鸯被,鸳鸯褥,鸳鸯褥。"唐刘希夷《晚春》:"寒尽鸳鸯被,春生玳瑁床。"

附二首

豆叶黄

吕渭老

轻罗①团扇掩微羞。酒满玻璃花满头。小板②齐声唱石州③。月如钩。一寸横波④入鬓流。

词赋歌女。明毛晋误作张元幹词，实为吕渭老之词，唐圭璋先生在《〈全宋词〉跋尾》中考证明毛晋《宋六十名家词》将此词羼入张元幹《芦川词》中。

【注释】

①轻罗：一种质地较薄的丝织品。东晋葛洪《抱朴子·博喻》："故轻罗雾縠，冶服之丽也，而不可以御流镝。"宋曾巩《南湖行》（其一）："著红少年里中出，百金市上裁轻罗。"

②小板：演唱歌曲时击节用的乐器。宋李元膺《十忆诗·忆罍》："漫注横波无语处，轻拢小板欲歌时。"

③石州：乐府商调曲名。唐李商隐《代赠》（其二）："东南日出照高楼，楼上离人唱《石州》。"

④横波：参见《醉落魄》（一枝冰萼）注释②。

踏莎行
别意

张翥

芳草平沙，斜阳远树，无情桃叶江头渡①。醉来扶上木兰舟，将愁不去将人去。　　薄劣②东风，夭斜③落絮。明朝重觅吹笙路。碧云香雨小楼空，春光已到销魂处。

【题解】

该词为伤别之作，写凄婉之思。上片写渡头送别，下片以景衬情，以杨花纷飞抒写人去楼空的怅惘。明毛晋《宋六十名家词》、杨慎《词品》均将此词误作张元幹词，唐圭璋先生在《〈全宋词〉跋尾》中，考证此词实乃元人张翥词。

【注释】

①桃叶江头渡：即桃叶渡，渡口名，在今江苏省南京市秦淮河畔。相传

因晋王献之在此送其爱妾桃叶而得名。唐唐彦谦《游清凉寺》:"南望水连桃叶渡,北来山枕石头城。"

②薄劣:犹薄情。南朝宋谢灵运《九日从宋公戏马台集送孔令》:"彼美丘园道,喟焉伤薄劣。"

③夭斜:袅娜多姿貌。唐白居易《和春深》:"扬州苏小小,人道最夭斜。"

【汇评】

1.薛砺若《宋词通论》:"此词以明畅之笔,写凄婉之思,其风神又宛似永叔、少游矣。"

2.明杨慎《词品》卷三:"张仲宗,号芦川,填词最工。其《踏莎行》云:'芳草平沙,斜阳远树,无情桃叶江头渡。醉来扶上木兰舟,将愁不去将人去。薄劣东风,夭斜落絮。明朝重觅吹笙路。碧云香雨小楼空,春光已到销魂处。'唐李端诗:'江上晴楼翠霭间。满阑春水满窗山。青枫绿草将愁去,远入吴云暝不还。'此词'将愁不去将人去'一句,反用之。'夭斜'音'歪斜',白乐天诗:'钱塘苏小小,人道最夭斜。'自注:'夭'音'歪'。若不知其出处,不见其工。词虽一小技,然非胸中有万卷,下笔无一尘,亦不能臻其妙也。"案,此词乃张耒作,见《柯庵词》。

附录

一、张元幹文集序跋及小传

(一)宋蔡戡《定庵集》卷十三《芦川居士词序》

少监张公,早岁问道于了斋先生,学诗于东湖居士,凡所游从,皆名公胜流。年未强仕,挂神武冠,徜徉泉石,浮湛诗酒。又喜作长短句,其忧国忧君之心,愤世嫉邪之气,间寓于歌咏。绍兴议和,今端明胡公铨上书请剑,欲斩议者,得罪权臣,窜谪岭海,平生亲党,避嫌畏祸,唯恐去之不速。公作长短句送之,微而显,哀而不伤,深得三百篇讽刺之义。非若后世靡丽之词,狎邪之语,适足劝淫,不可以训。公博览群书,尤好韩集、杜诗,手之不释,故文词雄健,气格豪迈,有唐人风。公之子靖,哀公长短句篇,属予为序。余某晚出,恨不及见前辈。然诵公诗文久矣,窃喜载名于右,因请以送别之词,冠诸篇首,庶几后之人尝鼎一脔,知公此词不为无补于世,又岂与柳、晏辈争衡哉?公讳元幹,字仲宗,自号芦川居士云。

(二)宋张广《芦川归来集》序

叔祖芦川老人张公仲宗,讳元幹,以文章学问驰誉宣、政间,官将作大匠,志尚林壑。方少壮时,挂冠谢事。靖康之元,上却敌书,见了翁谈世事于庐山之上。了翁曰:"犹有李伯纪在,子择而交之。"公敬受教,从之游,激昂奋发,作为歌词,有"人间鼻息鸣鼍鼓,遗恨琵琶旧语"之句。此志耿耿,殊非苟窃禄养、阿附时好者之比。逮绍兴末,忤时相意,语及讥刺者悉搜去,掇拾其馀,得二百馀首。先叔提举锓木于家。广追念先志之不可不述,因得私识其略。尚有文集数百篇,姑俟作者,并为之序云。绍熙甲寅侄孙朝议大夫端溪张广谨序。

(三)宋曾噩《芦川归来集》原序

士君子处世,不以富贵贫贱累其心者,其所养可知也。所养既厚,则所言者必劲正清峭,而无轻懦衰惫之气,前哲之士以文词鸣者,此也。孟子曰:"我知言,我善养吾浩然之气。"孟子之知言,自其所养者充之也。韩子曰:"气,水也;言,浮物也。水大,而物之浮者大小毕浮。"韩子所学,独以孟子之传得其宗者,盖谓是也。故直而不倨,曲而不屈。孟子之书,可与《风》《雅》并传。而"汗澜、卓灼、瀹泚、澄深",李氏之以大振颓风序韩文,后之作者蔑以加于此矣。

芦川老隐之为文也,盖得江西师友之传,其气之所养,实与孟、韩同一本也。自其为太学生也,尝哀其亡友唐恚生诗帖,轴而藏之,则公之气概,固已薰扬于学校中矣。及其仕于朝也,又以《幽岩尊祖》一节,直述其忠厚悃愊之诚,公之孝友性成,皆气之所形见也。宣和诸公,或言其所作殊有老成之风,无复少年书生之气;或言其平昔绝俗之文,今又见高世之行,是犹未睹其全集也。

公以强仕之年,遂挂冠之请,兹盖不以富贵贫贱累其心者。所养者大,所言者真,表里相符,声实相应,夫岂以嘲风咏月者所可同日语?宜乎近世名公,勉其孙以文集行于世,欲以见公之大节也。即公之文,验公之行,其作也古,其传也宜。

噩,里人也。敬慕三张之声价久矣。馆寓家塾,复得敛衽以受教于公之文集,凡哀集书启、古诗、律诗、赞、序等作,共十五卷。《幽岩尊祖录》一卷,附于其后。乐府二卷,见于别集,于是乎有考焉。公讳元幹,字仲宗,任将作少监,年方四十一已致仕,后赠正议大夫。邑人曾噩序。

(四)宋周必大《益公题跋》卷二《跋张元幹送胡邦衡词》

长乐张元幹,字仲宗,在政和、宣和间已有能乐府声,今传于世号《芦川集》,凡百六十篇,以《贺新郎》二篇为首,其前遗李伯纪丞相,其后即此词。送客贬新州而以《贺新郎》为题,意其若曰失位不足吊,得名为可贺也。庆元丙辰五月十三日题。

(五)宋张钦臣《芦川归来集》跋

钦臣幼侍先君提举宦游,每见好古书画,心窃喜之。时或展玩,钦臣必走膝下痴问，先君以其不好弄，亦深爱之。一日，发箧得数纸墨刻，意若不怿，谓钦臣曰："此吾家判监幽岩尊祖事，芦川刻本于闽，余欲归未能也。"钦臣虽获记其言，未悟其意。父殁数年，弟兄三人皆仕，钦臣不知何从得此旧藏。念咏哀而为一，食贫未暇。今南安倅清臣家兄，曩丞吴江，得黄文昌书《三高词》，刻石垂虹。钦臣假令武攸，得胡忠简子提刑公示及《贺新郎》二词真迹，诸贤见之，叙述称嘉，谨已模本成帙。钦臣承泛潜川，并以家集锓梓，信臣弟待次京局实司之。因诵《甲戌自赞》，而知芦川初度之年在辛未；诵《上陈侍郎诗序》而知挂冠之年，甫四十一。《挥麈录》所载，亦复叙收，凡词翰可无遗逸矣。独幽岩孝慕一节，人未知之者。钦臣固欲成先君之志，以所藏闽中石刻并刊，岁月因循，复恐志大心劳，遽然难就。敬玩题跋，皆宣、政间伟人，盖以其尊祖誉于盅称，不特美其词翰也。今芦川归葬闽之螺山，先君昆仲三人，二居华亭，叔父知县归闽，其后未有显者。都运、寺正叔父之后。巽臣、师臣未脱选而殂。涣臣兄自太学登科，止于一尉。益臣弟今已升舍奏平请举该免，且丁家棘。钦臣兄弟将欲拜扫松楸，如芦川祀祖母刘夫人之坟，收伯叔兄弟之葬，筑亭葺屋，俱未效其仿佛，谨以幽岩巅末及名贤跋语，附于文集，目曰：《幽岩尊祖录》。此亦芦川所书以传子孙，使有尊祖之谊云。嘉定乙卯孟冬，孙通直郎知于潜县钦臣敬书于县斋衮秀堂。

(六)宋陈振孙《直斋书录解题》卷二十一《芦川词》一卷

三山张元幹仲宗撰，坐送胡邦衡词，得罪秦相者也。

(七)明吴讷《唐宋名贤百家词·芦川词》

张元幹，长乐人，或云永福人，字仲宗，号真隐山人，又号芦川老隐，又号芦川居士。绍兴中坐胡铨及寄李纲词除名。著有《芦川归来集》。

(八)明毛晋《宋六十名家词·芦川词跋》

仲宗，别号芦川居士，三山人。平生忠义自矢，不屑与奸佞同朝，飘然挂冠。绍兴辛酉(误，应作戊午)，胡澹庵上书乞斩秦桧被谪，作《贺新郎》一阕送之,坐是与作诗王明赡同除名。兹集以此压卷,其旨微矣。人称其长于悲愤,及读《花庵》《草堂》所选,又极妍秀之致,真堪与片玉、白石并垂不朽。凡用字多有出处,如"洒窗间,惟稷雪"云云,见《毛诗疏》"稷雪,霰也,形如米粒,能穿窗透瓦",今本改作"霰雪"。又如"薄劣东风、夭斜飞絮"云云,见白香山诗"钱塘苏小小,人道最夭斜"。自注:"夭,音歪。"时刻改作"颠斜",便无韵味。姑记之,以为妄改古人字句之戒云。古虞毛晋识。

(九)《芦川词》一卷(安徽巡抚采进本)

宋张元幹撰。元幹有《芦川归来集》,已著录。《宋史·艺文志》载其词二卷,陈振孙《书录解题》则作一卷,与此本合。案绍兴八年十一月,待制胡铨谪新州,元幹作《贺新郎》词以送,坐是除名。(考《宋史·胡铨传》,其上书乞斩秦桧在戊午十一月,则元幹除名自属此时,毛晋跋以为辛酉,殊为未审,谨附订于此。)又李纲《疏谏和议》,亦在是年十一月,纲斯时已提举洞霄宫,元幹又有寄词一阕。今观此集,即以此二阕压卷,盖有深意。其词慷慨悲凉,数百年后,尚想其抑塞磊落之气。然其他作,则多清丽婉转,与秦观、周邦彦可以肩随。毛晋跋曰:"人称其长于悲愤,及读《花庵》《草堂》所选,又极妍秀之致。"可谓知言。至称其"洒窗间,惟稷雪"句,引《毛诗疏》为证,谓用字多有出处。则其说似是而实非。词曲以本色为最难,不尚新僻之字,亦不尚典重之字。"稷雪"二字,拈以入词,究为别格,未可以之立制也。又卷内《鹤冲天》调本当作《喜迁莺》,晋乃注云:"向作《喜迁莺》,误,今改作《鹤冲天》。"不知《喜迁莺》之亦称《鹤冲天》,乃后人因韦庄《喜迁莺》词有"争看鹤冲天"句而名,调止四十七字。元幹正用其体,晋乃执后起之新名,反以原名为误,尤疏于考证矣。

——清永瑢等《四库全书总目提要》

(十)《芦川归来集》十卷、《附录》一卷(永乐大典本)

《芦川归来集》十卷、《附录》一卷,宋张元幹撰。元幹字仲宗,自号真隐山人,又曰芦川老隐。周必大跋其送胡铨词,称长乐张元幹。睢阳王浚明跋其《幽岩尊祖录》，则称永福张仲宗。皆宋人之词，莫详孰是也。王明清《挥麈录》纪其以作词送胡铨得罪除名。考卷末其孙钦臣跋语，称得《贺新郎》词二首真迹于铨之子，其说当信。然铨贬于绍兴戊午，而集中《上张丞相诗，称"罪放丙午末，归来辛亥初"，又自跋《祭祖母刘氏》文后称"宣和元年八月，获缘职事，道过墓下"。则徽宗时已仕宦，钦宗时已贬谪，但不知尝为何官耳。

元幹及识苏轼（误，应作苏辙），见所作《苏黄门帖跋》。又从陈瓘游颇久，见所作《了翁文集序》。其结诗社同唱和者，则洪刍、洪炎、苏坚、苏庠、潘淳、吕本中、汪藻、向子諲，见所作《苏养直诗帖跋》。而江端友、王铚诸人，皆有赠答之作。刘安世、游酢、杨时、李纲、朱松诸人，皆为题《幽岩尊祖录》。故其学尊元祐而诋熙宁，诗文亦皆有渊源。其集今有抄本，称嘉定己卯，其孙钦臣所锓。然跋称诵《上陈侍郎诗序》，知挂冠之年甫四十一，抄本无此篇。又曾季貍《艇斋诗话》载元幹《题潇湘图》诗，抄本亦无此篇。考胡仔《苕溪渔隐丛话》，称尝录元幹之诗一卷，而元幹不自忆。则当时已不自收拾，疑钦臣所录本有佚失。然近本但有五言律诗一卷、七言律诗一卷，而无古体及绝句，知非完本。又《跋米元晖瀑布轴》《跋苏养直绝句后》《跋江天暮雨图》《跋江贯道古松绝句》，乃收之题跋类中，亦似后人所窜乱，非其原本。及考《永乐大典》所载，则所佚诸篇，厘然具在。今裒集成帙，与抄本互相勘校，删其重复，补其残缺，定为十卷。元幹诗格颇遒，杂文多禅家疏文，道家青词，今从芟削，然其题跋诸篇，则具有苏、黄遗意，盖耳目渐染之故也。抄本末有《幽岩尊祖录》一卷，乃记其为祖母外家置祭田事，附以同时诸人题跋，中多元祐名臣之笔，亦仍其旧第，并附录焉。乾隆五十年四月，恭校上。

——清永瑢等《四库全书总目提要》

(十一)《别本芦川归来集》六卷（编修汪如藻家藏本）

宋张元幹撰。是集已于《永乐大典》中裒辑成编，别著于录。此本凡诗二卷、杂文三卷，末附《幽岩尊祖事实》一卷。诗仅有近体，又编次无绪，至以《题米元晖瀑布横轴》一诗、《题苏养直绝句后》一诗、《题江天暮雨图》一诗、《题江贯道绝壁古松》一诗入之《杂文跋类》中,盖残缺掇拾之本也。

——清永瑢等《四库全书总目提要》

(十二)清永瑢等《四库全书简明目录·芦川词》

《芦川词》一卷,宋张元幹撰。元幹以作词送胡铨除名,此集即冠以是篇,而次以寄李纲一篇,并慷慨悲歌,声动简外。然其他作则清新婉丽,与秦观、周邦彦可以肩随。

(十三)余嘉锡《四库提要辩证》卷二十四《芦川词》一卷

宋张元幹撰。元幹有《芦川归来集》,已著录。《宋史·艺文志》载其词二卷,陈振孙《书录解题》则作一卷,与此本合。案绍兴八年十一月待制胡铨谪新州,元幹作《贺新郎》词以送,坐是除名。(原注云:"考《宋史·胡铨传》,其上书乞斩秦桧在戊午十一月,则元幹除名自属此时。毛晋跋以为辛酉,殊为未审,谨附订于此。")又李纲疏谏和议,亦是在是年十一月,纲斯时已提举洞霄宫,元幹又有寄词一阕。今观此集,即以此二阕压卷,盖有深意。

嘉锡案:《挥麈后录》卷十云:"绍兴戊午,秦会之(桧)再入相,遣王正道为计议使,以修和盟。十一月,枢密院编修官胡邦衡上书云云。疏入,责为昭州盐仓,而改送吏部,与合入差遣,注福州签判,盖上初无深怒之意也。至壬午岁,慈宁归养,秦讽台臣论其前言弗效(铨前疏曾言梓官决不可还,太后决不可复,渊圣决不可归,中原决不可得云云,故因梓官、太后之复还,论其言弗效),诏除名,勒停送新州编管。张仲宗元幹寓居三山(谓福州也),以长短句送其行。邦衡在新兴(州),尝赋词云:'欲驾巾车归去,有豺狼当辙。'郡守张棣缴上之,以谓讥讪。秦愈怒,移送吉阳军编管。又数年,秦始闻仲宗之词,仲宗挂冠已久,追赴大理,削籍焉。"明清自注云:"此一段皆邦衡之子澥手为删定。"夫以人子叙其父事,并及其同时知己之共患难者,则其年月出处,必无舛误,然则胡铨之谪新州,乃其上书后之第四年;及铨再移吉阳军,又经数年,元幹始被除名,皆非绍兴戊午一年间之事也。今考《宋史·高宗纪》云:"绍兴八年(是年为戊午)十一月辛亥,以枢密院编修官胡铨上书直谏,斥和议除名,昭州编管,壬子改差监广州都盐仓。十二年壬戌秋七月壬辰,朔,福州签判胡铨除名,新州编管。十八年戊辰十一月己亥,胡铨移吉阳军编管。"铨本传卷三百七十四与纪并同,但有年而无月日耳。至其事之曲折,则《建炎以来系年要录》叙之为详(上书事见卷一百二十三,谪新州事见卷一百四十六,移吉阳军事见卷一百五十八)。以《挥麈录》所记推之,则元幹之被除名,似当在绍兴二十年以后。毛晋以为绍兴辛酉者,既不知其所据,《提要》引《胡铨传》谓在戊午十一月者,尤无稽之言也。《芦川归来集》条下,《提要》谓铨贬于绍兴戊午,误与此同。

(十四)胡玉缙撰,王欣夫辑《四库全书总目提要补正·芦川词》一卷

《宋史·艺文志》载其词二卷,陈振孙《书录解题》则作一卷,与此本合。至称其"洒窗间,惟稷雪"句,引《毛诗疏》为证,谓用字多有出处。

瞿氏《目录》有宋刊本二卷,云:"旧不题名,亦无序跋。案《直斋书录》谓三山张元幹仲宗撰,作一卷,此分上下二卷,每叶板心有'功甫'二大字,疑是仲宗别字,何义门但见影抄本,认为钱功甫录本,谬矣。朱氏《词综》所选,据毛氏所刻六十家本,故多讹字,如《贺新郎》'况人情老易悲如许','如许'讹作'难诉'。'凉生岸柳催残暑','催'讹作'摧'。《石州慢》'到得却相逢','却'讹'再'。《怨王孙》'楼外柳暗谁家'? '柳暗'二字讹倒,遂不成句。'小砑鱼笺','砑'讹'砚'。毛刻次序亦异,'并羡'几首,不知出何本也?"丁氏《藏书志》有明抄本一卷,云:"此本仍作《喜迁莺》,至'洒窗间,惟稷雪',此本仍作'霰雪'。"

玉缙案:近吴氏双照楼景宋本二卷,与瞿本悉合,至"洒窗闻霰雪",只五字,非六字,与丁本微异。后有壬子缪荃孙跋云:"《读书敏求记》旧抄足本词曲类末条云:张元幹《芦川词》二卷,匏庵先生手书,词中多呼'不'字为'府'字,与'府'字同押,盖闽音也。"然则此书为吴文定公手书,拈出愈为是书增重。宋本仍在瞿氏,此书亦从瞿氏流出,书后有恬裕斋印。首阕《贺新郎》:"过苕溪尚许垂纶否? 风浩荡,欲飞举。"上阕末三字"醉中舞",即《敏求记》所谓闽音也。宋人汇刻,如江西诗派之《节操集》署"倚松",《三公类稿》之署"南塘、梅亭",皆口上特标两字,又何疑乎功甫。

郑翼谨案:《书录解题》作《倚松集》,饶节德操撰。今本沈氏仿宋刻江西诗派,作《倚松老人集》。

(十五)瞿良士辑《芦川词》二卷宋刊本

宋版书纸背多字迹,盖宋时废纸,亦贵也。此册宋刊固不待言,而纸背皆宋时册籍,朱墨之字,古拙可爱,并间有残印记文,惜已装成,莫可辨认,附着之以待藏是书者留意焉。复翁又记。

此书出玄妙观前骨董铺中,余闻之,欲往观,而主人已许归竹厂陈君,仅一寓目焉而已。顷从他处买得影抄旧本,识是刻本行款,雠校之私,卒未能忘情于前所见者,遂托蒋丈砚香假之,而竟获焉,许以十日之期,校补影写失真处,何幸如之。庚午七月丕烈记。

——《铁琴铜剑楼藏书题跋集录》,上海古籍出版社1985年版

(十六)吴昌绶《景刊宋金元明本词》第一函第六册《景宋本芦川词》二卷

《芦川词》二卷,民国陶湘据士礼居影宋抄本景刊,半页七行,行十三字,书后有佞宋主人黄丕烈八跋,详述得书经过及版本源流,其珍爱可见一斑。此书字大如钱,赏心悦目,于宋版书中亦堪称翘楚。铁琴铜剑楼旧藏宋刊《曹子建文集》八行十五字本,世人已诧为铭心绝品,而此书更胜《曹子建文集》一筹,宜其为佞宋主人一题再题,题而后咏。

(十七)陶湘叙录

《铁琴铜剑楼书目》录《芦川词》二卷,宋刊本,旧不题名,亦无序跋。案《直斋书录》谓三山张元幹仲宗撰,作一卷,此分上下二卷,每半叶七行,行十三字,殷、贞字有阙笔,每叶版心有"功甫"二大字,疑是仲宗别字,何义门但见影抄本,认为钱功甫录本,谬矣。朱氏《词综》所选,据毛氏所刻六十家本,故多讹字,如《贺新郎》"况人情老易悲如许","如许"讹作"难诉","凉生岸柳催残暑","催"讹"摧",《石州慢》"到得却相逢","却"讹"再",《怨王孙》"楼外柳暗谁家","柳暗"二字讹倒,遂不成句,"小砑鱼笺","砑"讹"砚",毛刻次序亦异,"并羡"几首,不知出何本也。卷末有黄荛圃跋。

223

(十八)何焯跋一则

周益公云:"长乐张元幹,字仲宗,在政和、宣和间已有能乐府声,今行于世,号《芦川集》,凡百六十篇,以《贺新郎》二篇为首,其前□(遗)李伯纪丞相,此其□□□(后即送)胡邦衡贬新州,以《贺新郎》□(为)题,□□□(其意若)曰:'失位不足吊,得名为不负(可贺)也。'康熙乙酉心友得此册于钱曾(遵)王家,乃钱功甫旧传本而不著作者姓氏。"

录益公语于卷末。戊子十月焯记。此跋在词前。

(案:括号内所补缺字,据周必大《跋张元幹送胡邦衡词》补)

(十九)黄丕烈跋八则

前年玄妙观西有骨董铺某,收得宋版《芦川词》及残宋本《礼记》,欲归余,而为他姓豪夺以去。既物主因曾许余,故假《芦川词》一阅,谓毕余读未见书之愿。然余见之而欲得之愿益深,屡托亲友之与他姓熟识者往商之,卒不果,遂置之矣。今夏,从友人易得旧抄本《芦川词》,行款与宋版同。因重忆宋版,思得一校,余愿粗了。复托蒋丈砚香请假之,竟以书来,喜甚,取对两书而喜愈甚。盖旧抄本系影宋,每叶板心有"功甫"二字,其字形之欹斜,笔画之残缺,纤悉不讹,可谓神似。而中有补抄一十八番,不特无"功甫"字样,且行款间有移易,无论字形笔画也。因倩善书者影宋补全,撤旧抄非影宋者附于后,以存其旧。再旧抄本有何义门先生跋,谓此是钱功甫旧传本。义门但见功甫字样,故以钱功甫当之。岂知功甫亦宋版原有,岂系传录人所记耶?惟是宋版款式,向无记人名字于卷第下方者,即有书写刊刻人姓氏,皆刻于版心最下处,此仅见,故义门不计及此。此"功甫"二字,或当时刊诸家词,以此作记耶?《芦川词》作者姓张,名元幹,字仲宗。"功甫"或其别一字耶?俟博考之。此书宋版,余虽未得,得此影抄本,又得宋版影抄旧所缺叶,并一一手补其蠹蚀痕。宋版而外,此为近真之本。昔人买王得羊,庶几似之。他姓虽豪夺于前,而仍慨借于后,余始甚之,终德之,不敢没其惠。藏此书宋版者,为北街九如堂陈竹厂云。

嘉庆庚午七月,立秋后一日,黄氏仲子丕烈识于求古居。

陈氏于去冬负逋数万,毁家以偿,凡而器用财贿偿之,不足,一切书画骨董亦举而偿人,未识此宋本犹在否也。复翁记。丙子闰夏。

昨岁陈竹厂介友人以此书宋刻示余,索直百番,且诡言余曾许过朱提五十金,余以一笑谢之。己卯秋复翁又记。

宋刻本《芦川词》卷上首叶有藏书人家旧印,原截去其半,钉入线缝中。兹摹诸影抄首叶上,故印文不全,其联珠小方印未损,或当日一人所钤,惜无从考其人。宋本每叶纸背大半有字迹,盖宋时废纸多直钱也。此词用废纸刷印,审是册籍,偶阅之,知是宋时收粮档案,故有更几石,需几石,下注秀才、进士、官户等字,又有县丞、提举、乡司等字,户籍、官衔略可考见,粳糯省文,皆从便易,虽无关典实,聊记于此,以见宋刻宋印,古书源流,多有如是者。纸角截残,印文模糊,不可辨识矣。古色古香,不徒在本书楮墨间也。复翁记。

《芦川词》一卷,载诸《书录解题》。余向藏毛抄却作一卷,与此多不同,即《六十家词》本。虽作一卷,然不合于抄本,而差近于宋刻本,惟序次先后,词句歧异,并羡出几首为不同耳。余佞宋者也,目验宋刻,卷分上下,且毛抄及《六十家词》本皆不言所据何本,则宋刻为可信矣。余藏词本甚富,宋刻差少,此影抄宋本,悉从宋刻目验,而或抄或校,几无厘毫之失,信称善本,书此志幸,后之读是书者勿轻视之。荛圃。

壬申春二日,因坊友携示王莲泾家抄本《藏春集》,遂检阅《孝慈堂书目》,适于目上见有《芦川归来集》六卷,宋版四册衬订,原本不全,知张仲宗所著全集宋版尚留天壤间也。莲泾藏书在国朝康熙间,所居在郡之乡僻,故身后往往有流传者。未识此词本在全集中否?抑别刊行?余留心古籍,既遇《芦川词》,安知日后不复遇《芦川归来集》耶?书此为券。春社戊申日,阴晦殊甚,雷雨交作,坐百宋一廛中,无聊之至,出此录所见古书源流如是。半恕道人笔。《社日独坐听雨作》:"阴晴刚间日,风雨迭相催。未断清明雪,频惊启蛰雷。麦苗低欲没,梅蕊冷难开,我亦无聊甚,看书检乱堆。""今朝说春社,雨为社公来。试问有新燕,相期探早梅(向有词云:燕子生平多少恨,不见梅花。真妙语也。近年梅信故迟,社日犹未盛)。停针忘俗忌(余家妇女以针线为事,无日或缀),扶醉忆邻醅(余断酒已五年,虽赴席有酒战者,从壁上观之)。日觉愁城坐,频看两鬓摧(余处境不顺已历有年矣,唯书可以解忧,今有忧而书不能解,若反足以甚吾忧者,知心境益不堪矣)。"佞宋主人漫笔。

余于姜白石词中,知同时有张功甫其人,喜甚,谓即是仲宗别一字。既又于《阳春白雪》中得张功甫词二调,一系《鹧鸪天》,一系《八声甘州》,然检其词句,与此词中所载无合者,是又不得以仲宗、功甫比而同之矣。且《阳春白雪》亦选张仲宗词,似不应一称功甫,一称仲宗,事之无可发明者,有如此种是已。壬申春三月望日,小病初愈,今才下楼,晨起书此,以消闷怀。半恕道人笔。(以上题跋均在词后)

此旧抄非影宋之《芦川词》残本,乃余以影宋补其缺而撤之者也。是书不知何时缺失,以此补之。在当日未见宋刻,无从影写,亦事之无可如何者。兹幸有宋可影,遂以彼易此,非特余之幸,即当日抄补之人,何独不幸耶?留此以见购书之苦,如是如是。(此跋在另册)

(二十)缪荃孙跋三则

明抄《芦川词》二卷,黄荛圃旧藏。每半叶七行,行十三字,字大如钱。前有何义门跋。荛圃先得抄本,后得宋本,撤去补写之叶,而影宋本以补加跋至八段,并识两诗,亦可云爱之至矣。宋《艺文志》作二卷,《书录解题》作一卷,宋时本自两行,此与宋本由黄归菰里瞿氏,由瞿氏归丰顺丁氏,今归吾友张菊生,假我录副,校讫读何跋,言心友得此册于钱遵王家,因检《读书敏求记》旧抄足本词曲类,末条云:"张元幹《芦川词》二卷,鲍庵先生手书,词中多呼'不'字为'府'字,与'府'字同押,盖闽音也。"(小字双行:赵本脱此条,阮本题只存长半字□□□□词二卷,解存□□□□,手书词中多"味"

字"否"字,为"府"与"舞"下缺)然则此书为吴文定公手书,其板心无"功甫"字者,为后人所补,字迹迥不合。荛圃未检《敏求记》,一经拈出,愈为是书增重。宋本仍在瞿氏,此书亦从瞿氏流出,书后有"恬裕斋"印,朱文方印,铁琴铜剑楼旧名也。壬子九秋,江阴缪荃孙跋。

首阕《贺新郎》:"过苕溪尚许垂纶否?风浩荡,欲飞举。"上阕末三字"醉中舞",即《敏求记》所谓闽音也。

宋人汇刻如江西诗派之《节操集》署"倚松"、《三公类稿》之署"南塘、梅亭",皆口上特标两字,又何疑乎功甫?艺风。

——仁和吴氏双照楼《景刊宋金元明本词》,上海古籍出版社 1989 年版

(二十一)郦承铨跋《芦川词》

六月望后二日校,甲寅五月十八日读讫。

戊午闰三月初八日,从旧录本校一过。汲古后人宬。

铨案:此本校引钱本、顾本多处,钱本者即指何义门所谓钱功甫本。盖宋刊本中缝原有"功甫"二字,义门所见乃景写本,以为出钱功甫家,故有此误。想斧季所见亦景宋写本,故沿义门之误也。吴氏双照楼已仿宋本刊行,曾用比勘异文,已备载矣。顾本未详何人,俟更考。

——《国立北平图书馆馆刊》第八卷第一号

(二十二)傅增湘《藏园群书经眼录·芦川词》

《芦川词》二卷,宋刊本,半叶七行,行十三字,白口,左右双阑,版心上鱼尾下记"功甫"二字,下鱼尾下记页数。白皮纸印,纸背为宋时册籍。版匡高五寸六分,阔四寸。有黄丕烈跋二则。(常熟瞿氏藏书,癸丑南游访书,见于罟里瞿宅)

又《芦川词》二卷

明吴匏庵(宽)手抄,见《读书敏求记》。上卷四十五番,下卷四十七番。

影写宋刊本,七行十三字。黄荛圃假陈竹厂藏宋本补抄十八番。有何义门焯跋。又黄荛圃丕烈跋八段。

钤印录左:"絜园主人"(朱方)、"求古居"(朱方)、"瞿氏鉴藏金石记"(白长文)、"恬裕斋藏"(朱方)、"求古居"(朱长)、"荛圃过眼"(白方)、"黄丕烈"(白方)、"荛言"、"老荛"(白方)。

(二十三)唐圭璋《张元幹〈芦川词〉》

双照楼景宋本《芦川词》二卷,共一百八十五首。其间《沁园春》(欹枕深轩)一首,《醉花阴》(翠箔阴阴)一首,并李弥逊词。《江神子》(银涛无迹)一首,《鹧鸪天》(不怕微霜)一首,并叶石林。实得一百八十一首。黄荛圃谓向藏毛抄本《芦川词》作一卷,与此本多不同。但汲古阁所刊《芦川词》一卷,差近于此本,仅毛氏羼入张翥《踏莎行》(芳草平沙)一首,吕渭老《豆叶黄》(轻罗团扇)一首。兹取景宋本一百八十一首。又《花草粹编》卷四载芦川《阮郎归》(长杨风软)一首,乃王之道作。《词林万选》卷一载芦川《惜分钗》一首,《鼓笛慢》一首,并吕渭老词,兹删去不录。

——《全宋词》跋尾,原载《江苏省立国学图书馆年刊》第八期,1983年略作修改,1986年收入《词学论丛》

(二十四)饶宗颐《芦川词》考

《直斋书录》载长沙本一卷,汲古阁卷数相同。《唐宋百家词》本、《宋元名家词》本,则不分卷。又《宋史·艺文志》载二卷,今传景宋本、明抄本,卷数相同。然两本并百八十馀首,与周益公跋称百六十篇异。

双照楼景宋本《芦川词》二卷,词一百八十五卷。卷末有何焯跋一则,黄荛圃跋七则,又诗二首,缪荃孙跋三则。缪跋云:"明抄《芦川词》二卷,黄荛圃藏,半叶七行,行十三字。何跋谓得于钱遵王家,检《读书敏求记》,乃吴文定公手书。宋本仍在瞿氏,此书亦从瞿氏流出。"

汲古阁刻六十一家本《芦川词》一卷,一百八十六首。篇次与吴氏景本相同;但毛氏删去石林词一首,又从《草堂别集》混收数首耳。其以送胡铨词为第一首,及跋中所云"樱雪"等字,或底本仍出有宋也。四库本据之,多所辨证。有汪氏复刊、《四部备要》排印。

——《词籍考》，香港大学出版社 1963 年版

(二十五)宋黄昇《中兴以来绝妙词选序》

张仲宗，三山人。绍兴戊午之和，胡澹庵上书乞斩时相，坐谪新州。仲宗以词送行，后并得罪。

(二十六)宋胡穉《陈与义简斋诗集笺注小传》

仲宗，名元幹，闽人。以将作监丞致仕，年四十馀，自号芦川老隐。

(二十七)清朱彝尊等《词综·小传》

张元幹，字仲宗。绍兴中，坐送胡铨及寄李纲词除名。有《归来集》《芦川词》一卷。

(二十八)清沈辰垣等《历代诗馀·词人姓氏》

张元幹，字仲宗，三山人。太学上舍。绍兴中，坐送胡铨及寄李纲词除名。自号芦川居士，有《归来集》《芦川词》一卷。

(二十九)清厉鹗等《宋诗纪事小传》

元幹，字仲宗，长乐人，向伯恭之甥。绍兴中，坐送胡邦衡词，得罪除名。有《芦川归来集》。

(三十)清吴之振等《宋诗抄·〈芦川归来集抄〉小传》

张元幹，字仲宗，永福人。太学上舍，历官至大监，所与游皆伟人贤士，尝哀其亡友唐恝生诗帖，褾轴璀粲，如诹达人贵公得气时，人嘉其朋友之义。又于乱纸中得其祖文靖手泽，知祖未第时，婚于刘氏，刘无出，葬于福清。元幹求之榛莽中，割牲酾酒，为文刻石，以传子孙，作《幽岩尊祖录》。宣、政间，游定夫、杨龟山、陈了翁、朱乔年、李伯纪、洪驹父、徐师川、吕居仁，名贤三十馀家，咸题跋叹美之。有《芦川归来集》十卷，得之书肆，废帙

逸其大半,诗止近体六、七二卷,清新而有法度,蔚然出尘。观其序王承可
诗云"初从徐东湖指授句法",知渊源有自也。

(三十一)清张宗橚等《词林纪事·张元幹小传》

元幹,字仲宗,长乐人,向伯恭之甥。绍兴中,坐送胡邦衡词,得罪除
名。有《芦川归来集》。(与《宋诗纪事小传》同)

(三十二)杜文澜《词律·词人姓氏录小传》

张元幹,字仲宗,三山人。太学上舍。绍兴中,坐送胡铨及寄李纲词除
名,自号芦川居士,有《归来集》及《芦川词》一卷。

(三十三)陆心源《宋史翼》

张元幹,字仲宗,长乐人,自号芦川居士。在政、宣间以乐府擅名。胡
铨贬新州,元幹作《贺新郎》一阕送之,词极悲愤,坐是除名。

(三十四)唐圭璋《全宋词小传》

元幹字仲宗,长乐人。自号芦川居士,向子諲之甥,生于元祐六年
(1091)。曾为李纲行营属官,官至将作少监,四十一岁致仕。绍兴中,坐以
词送胡铨,得罪除名。绍兴末尚在,约寿七十馀。有《芦川归来集》。

(三十五)宣政间名贤题跋

扫除先远之邱墓,掇拾祖德之手泽,真子孙职也。而又能以文字翰墨
发明之,仲宗之于是举也,于是为得矣。退之称欧阳詹慈孝最隆,其为文章
善自称道,吾于仲宗亦云。宣和二年二月二十七日,豫章洪刍驹父书。

张侯仲宗近作,殊有老成之风,无复少年书生气。适闽、越数千里,及
见大父时客,非独手泽存焉,扫刘夫人冢,不忘其本也。东湖居士书。

为士而能尊其祖,为子而能干父之蛊,此可久之习也。辞采灿然,足以

有誉于世矣。宣和庚子,陈瓘书于庐山之南。

知士无难,得其用心,斯知之矣。今仲宗得大父手泽数言于乱纸中,遂严饰而藏之,以诏子孙。此其用心,必且淬砺其质,追琢其章,以发扬幽光,讵肯失其本心,以贻前人羞乎?君子以是贤之。宣和庚子,建安游酢书。

文章可以感人,非有本者不能也。仲宗去亲庭,适数千里外,见于行事,皆忠厚悃愊,与世之游子异矣。故其自叙,使人读之慨然增邱垄之念。宣和壬寅,刘路书。

余崇宁间,与安道少卿同仕于邺,公馀把酒以诗相属,时仲宗年未及冠,往来屏间,亦与座客赓唱,初若不经意,而辞藻可观,莫不骇其敏悟。安道既入朝,其后数年,余亦归自河朔,再会于京师,仲宗事业日进。又数年,复见之,则已卓然为成材矣。盖其天资夙成,素有以过人也。至于竭力松楸,克勤祀享,笃于礼义孝爱之道,所谓文质彬彬者欤!此又可嘉也,于是乎书。庐陵欧阳懋。

仲宗,昔予太学同舍郎。尝哀其亡友唐悫生诗帖,轴而藏之。标饰灿然,如以达人贵公得气,予时尝书之,嘉其朋友之义。今又书此,以见其为子孙之孝。宣和五年五月晦,仙井何栗文缜题,棨文度同观。

昔马少游愿为郡掾吏,意在坟墓,笑伏波有大志,人志固不同也。至伏波在壶头,乃始念其语,少游几近本哉!仲宗诸父,皆显用于时,武部以久次求本郡,将行复留,士大夫一出而难返如此。赖仲宗及为小官时,周旋荒远,补取遗缺,了堂先生推言干蛊之义,善矣。举斯而言,吾家季父得奉使乡部十年,岁时辄至山林,岂非私室之幸邪?宣和甲辰中秋,五峰翁挺谨题。

世之人处父子兄弟间,有厚有薄者。其有厚者,非真能孝友,施报不一,意虑为变,出于有激云尔。然则如之何而可?曰惟无所薄者,为能有厚也。观仲宗之所立,则古人之意得矣。宣和五年六月二日,吕本中书。

仲宗隆于慈孝,盖天性然也。苟其本立矣,则积而为事业,发而为词章,岂复有二道哉?有德者必有言,其仲宗之谓乎!宣和六年四月十九日,赵郡苏庠书。

仲宗诸父,皆特进公继室林夫人之子,俱非刘氏出也。其子孙声容,盖未尝相接,观公付委陈氏之意,所以望其子孙,其责亦轻矣。仲宗得其手泽,乃访寻于邱荒蓁莽之间,割牲洒酒以致其诚意,又为文刻石以表识之。其于尊祖追远之意尽矣。吾将见其流风所被,使乡邦民德归厚,必自兹始也。宣和甲辰四月辛亥,龟山杨时书。

仲宗尊祖追远之志,叙事记久之文,余不复赞。其赠言皆百世之士,后之观仲宗者,可以知其为人矣。宣和甲辰四月六日,鄱阳汪藻书。

予昔与安道少卿游,闻仲宗有声庠序间籍甚,恨未之识。今年春,仲宗还自闽中,访予梁溪之滨,听其言鲠亮而可喜,诵其文清新而不群,予洒然异之,然未敢以是知仲宗者。士之难知久矣,富于文而实未必称,敏于言而行未必副,曷敢轻许人哉?别未几,仲宗复贻书勤勤以其大父手泽诸公所跋示予,且求一言。夫学士大夫则知尊祖矣,君子笃于亲,则民兴于仁,推是心以往,所以称其文而副其言者,率如是,古人不难到也,在仲宗勉之而已。宣和甲辰孟夏晦,李纲伯纪书。
后四年,岁在戊申仲冬既望,李维仲辅、李经叔易同观于梁溪拙轩。时季言如义兴未还。

买田饭僧,眷眷于冢间之馁魂,特进公加人一等矣。仲宗之文,忠厚恻怛,叙事条鬯,盖其孝友渊源,所从来远也。宣和甲辰九月一日,王以宁书。
宣和六年十月二十八日,刘安世尝观。

铚与仲宗游,且十五六年,得其治性修身,求师尚友之道,有轶于群公所称者。若夫怀念祖德,俾发闻于人,特其盛德之一尔。宣和七年二月丙午,汝阴王铚书。

仲宗以行义之美,成于事亲,溢于先祖。访之故老,得其祖布衣时前夫人刘氏之墓,表而出之,以示后昆。向非仲宗之孝爱格于幽明,倘故老之不存,文字之泯没,无所考据,则刘夫人之冢,长翳草棘间矣,岂不悲哉!古今文人撰著甚众,使人读之或至太息流涕者,以忠孝之实存焉尔。仲宗于其祖夫人之文也,岂不然哉?眉山苏迨书。

余顷未交仲宗,先伯氏景方趋使交焉。然此时但见仲宗诗文蔚然可爱,固已恨得交之晚,乃今复以懿行见信于当世贤士大夫,则余曩日之所以爱仲宗者,殆误矣。孰谓先伯氏平生取友止于文词间哉?因是又使人追念贤兄而流涕也。谯郡张械书。

仲宗平昔负绝俗之文,今又具高世之行,群公赠言,足以不朽矣。顾予何足以进之,强为题跋云。宣和乙巳中秋后二日,山阴李光。

近世士大夫,有舍其父祖而惟外氏之尊,凭借其名声权势而致位贵显者,视张子此事,真可嘉矣。靖康改元七月十四日,眉山任申先。

仲宗之用心与见于行事者,每有过人,非独此事也。所与游皆一时名人胜士,可谓行不负于幽显矣。而云云者犹不止,呜呼,斯其所以为贤欤!建炎二年十一月十七日,江端友。

永福张仲宗,国士也。忠厚足以劝薄俗,义风可以厉浮浅。至于纯孝锡类,追远奉先,出于天性生质,又何疑焉?逝者果有知乎?盖不可考。然"车过三步,腹痛勿怪",岂独为一时戏笑之言耶?睢阳王浚明书。

陈晋之梦得其六世外祖郑氏故茔于荒榛野蔓间,岁既逾百,烝尝弗坠。殿撰张公深道作诗以纪异,有云:"莫言伯道无儿嗣,看取千秋祀事存。"两公皆闽之君子也。今殿撰公之犹子元幹仲宗所立复如此。诸老先生又从而嘉叹之,诚可以风薄俗云。李易谨题。绍兴二年八月。

说者每叹近世无忠臣,非无也,求之于孝子之门,则必有足观者。仲宗干蛊之誉,书于庐山之南,而梁溪之滨且勉之,使推是心以往,异时移以事上,将见忧君之忧,无适而非忠也。绍兴壬子正月二十八日,里人辛炳。

扫祖母之松楸,宝大父之手泽,省母党,谒乡先生,通有无于伯仲,而葬其亡者,此士人所当为,况仲宗之贤乎?盖仲宗宦游四方,时适归焉。不以能为之为难,而以得为之为幸,此记事之文所以作也。若以仲宗为非刘氏所出之孙,乃能切切如此,便加赞美,一何待仲宗之薄耶?一种天地,岂有先后之间乎?仲宗上冢时,诸父各列于朝,不能即归,仲宗乃干父之蛊尔。了翁之言,可谓句中具眼。夫了翁,百世师也。下视时辈,如黄茅白苇耳!干蛊之语,岂轻以予人?仲宗于是为贤。绍兴二年人日,栟榈邓肃志宏。

士而尊祖,所当为也。今之学者类喜近名,而不知为所当为,于吾仲宗不得无愧。刘殿少孝于祖母,神赐之粟七年。吾仲宗行老矣,而方讳穷迫,造物其终报之耶?筠溪李弥逊书。

仲宗孝爱忠厚之意,见于笔墨之间,盖不独文字妙当世也。表章仲宗尊祖之义者,其人往往余所羡慕,亦足以见仲宗所与游,多天下长者也。新安朱松,绍兴壬戌十月七日观于连江玉泉寺上方。

观仲宗此文,感念洛阳松楸,未知拜扫之日,不觉涕泗横集。乃知此文之传,足以劝夫为人之孙者,三复叹仰。绍兴癸亥二月二十二日,洛阳富直柔题。

绍兴癸亥仲春晦，仲宗出此轴相示，并得熟读诸公跋语。所以赞美仲宗追祖笃亲之意，既详且尽，不可以有加矣，复何言哉？叹仰之馀，因书其后。延平叶份。

仲宗用心如此，而所推许者皆一时名人，可以厚风俗矣。绍兴癸亥六月旦，观于福唐东野亭。石林叶梦得。

——《芦川归来集·附录》，上海古籍出版社 1978 年版

二、与张元幹酬唱的诸家诗词

沁园春
寄张仲宗

（宋）李弥逊

欹枕深轩，散帙虚堂，畏景屡移。渐披襟临水，支床就月，莲香拂面，竹色侵衣。压玉为醪，折荷当盏，卧看银潢星四垂。人归后，伴饥蝉自语，宿鸟相依。　　痴儿。莫蹈危机。悟四十九年都尽非。任纡朱拖紫，围金佩玉，青钱流地，白璧如坻。富贵浮云，身名零露，事事无心归便归。秋风动，正吴淞月冷，莼长鲈肥。

（此词又见张元幹《芦川词》，无词题。）

永遇乐
用前韵呈张仲宗、苏粹中

（宋）李弥逊

五十劳生，紫髯霜换，白日驹过。闭户推愁，缘崖避俗，壁角闭蒲坐。提壶人至，竹根同卧，醉帽尽从欹堕。梦惊回，满身疏影，露滴月斜云破。

无人自酌，有邀皆去，我笑两翁多可。忍冻吟诗，典衣沽酒，二子应嗤我。两忘一笑，调同今古，谁道郢歌无和。后之人，犹今视昔，有能继么。

235

鹤冲天

张仲宗以秋香酒见寄并词,次其韵。

（宋）李弥逊

篘玉液,酿花光。来趁北窗凉。为君小摘蜀葵黄。一似嗅枝香。饮中仙,山中相。也道十分宫样。一般时候最宜尝。竹院月侵床。

贺新郎

（宋）杨冠卿

秋日乘风过垂虹时,与一羽士俱,因泛言弱水、蓬莱之胜。旁有溪童,具能歌张仲宗"目尽青天"等句,音韵洪畅,听之慨然。戏用仲宗韵呈张君量府判。

薄暮垂虹去。正江天、残霞冠日,乱鸿遵渚。万顷云涛风浩荡,笑整羽轮飞渡。问弱水、神仙何处。翳凤骑麟思往事,记朝元、金殿闻钟鼓。环珮响,翠鸾舞。　梦中失却江南路。待西风、长城饮马,朔庭张弩。目尽青天何时到,赢得儿童好语。怅未复、长陵抔土。西子五湖归去后,泛仙舟、尚许寻盟否。风袂逐,片帆举。

南歌子

代张仲宗赋

（宋）向子諲

碧落飞明镜,晴烟幂远山。扁舟夜下广陵滩。照我白蘋红蓼、一杯残。初望同盘饮,如何两处看。遥知香雾湿云鬟。凭暖琼楼十二、玉栏干。

送仲宗之建安

（宋）李弥逊

老翁更事几河沙,苦爱溪头管物华。种竹成林心未足,买船载月思无涯。　黄莺唤友非多事,白鹭窥鱼更可嗟。念子蓝舁晚山里,可能来共拾馀霞。

和仲宗判监

（宋）李弥逊

与世浮沉半醉醒，结庐人境昼常扃。微吟松竹风无定，着色峰峦雨乍经。方箪北窗身是梦，瘦藤斜照影随形。岂无曳尾泥中计，政恐肠刳不自灵。

仲宗许过我甚久一见便有去意戏用春字韵留之

（宋）李弥逊

麦秋数尽稻花春，六尺茅茨百懒身。散策崎岖聊永日，系舟剥啄定幽人。关心有念真形役，过眼无根俱客尘。肯着青鞋从我老，阿香径遣断归轮。

与粹之游支提九日仲宗以诗酒见寄次韵答之

（宋）李弥逊

蛇径回环织女机，足间欹石碍云飞。西风短发欺乌帽，落日清尊走白衣。病眼逢山寒水净，妄心更事远烟微。扫除磊磈装怀地，为载千岩万壑归。

仲宗访我筠溪出陪富丈粹之游天宫诗见索属和次韵

（宋）李弥逊

作伴仙翁觅转春，净坊俱现宰官身。兰亭梦想如三月，莲社追游少一人。雨磴劳君鸣屐齿，风轩为我扫衣尘。应怜野老闻韶后，旋束蔬肠学练津。

和韵仲宗天宁见怀月馀卧病横山得其诗颇动念所以末句见意

（宋）李弥逊

病逢木上坐,携我曲栏行。远水兼潮阔,层山带角横。

秋随北雁到,愁向暮蛩生。正怯骚人句,诗坛莫浪盟。

题张仲宗鸥盟轩

（宋）李弥逊

寄语沙头不下鸥,诗翁新葺面江楼。早知世事翻覆手,更觉人生起灭沤。

念尽不应书咄咄,身闲何用榜休休。径须来结忘机伴,春水浮天不系舟。

洪驹父泛舟将过颍同张仲宗出饯席间留诗为别且邀用韵(其一)

（宋）王铚

已作分携计,尤伤送客归。经行汝南郡,为问汉阴机。

晚菊饶秋色,丹枫带恨飞。平生无别泪,相对倍沾衣。

洪驹父泛舟将过颍同张仲宗出饯席间留诗为别且邀用韵(其二)

（宋）王铚

晚岸云低月,相随照梦归。行藏叹人境,开阖在天机。

身与江山远,书寻鸿雁飞。薄情怨青女,偏解透征衣。

张仲宗判监别近三十年经由馀不访余有诗次其韵

（宋）刘一止

乱前犹省当时事,乱后浑如隔世人。得见升平且欢喜,莫将心念到亨屯。衔杯倘办中山醉,觅句谁如小庾新。三十年前痴半點,相逢终不忘天津。

送张仲宗押戟归闽中

（宋）陈与义

题注:仲宗名元幹,闽人,以将作监丞致仕,年四十餘,自号芦川老隐。

翩然鸿鹄本不群,亦复为口长纷纷。去年弄影河北月,今年迎面江南云。还家不比陶令冷,持节正效相如勤。青天白日映徒御,玄发绛旆明江濆。舟前落花慰野老,浦口杜若愁湘君。遥知诗成寄驿使,万里春色当见分。赠人以言予岂敢,不忍负子聊云云。旧山虽好慎勿过,恐有德璋能勒文。

招张仲宗

（宋）陈与义

北风日日吹茅屋,幽子朝朝只地炉。客里赖诗增意气,老来唯懒是工夫。空庭乔木无时事,残雪疏篱当画图。亦有张侯能共此,焚香相待莫徐驱。

和张仲宗送柯田山人归隐（其一）

（宋）沈与求

我家洞潭上,卜邻左顾龟。中有隐君子,孤风邈难追。玩世逐虎鬼,祈年讯蛇医。篱根悬瓠壶,蔓野纷翠帷。客至勿遽迎,借问来者谁。

和张仲宗送柯田山人归隐（其二）

（宋）沈与求

穷巷车马绝,杖屦得往来。老侬起招呼,情话真乐哉。

意行忘早宴，佳处首重回。月出一犬吠，柴门风为开。
收还四方事，老子良足哀。

和张仲宗送柯田山人归隐（其三）

（宋）沈与求

谁为双眼青，自失两鬓黑。溪山招客子，占胜清凉国。
古人如可作，晚岁意何及。是中但可饮，慎勿忘酒德。
酒酣动长岔，惊问兵谁勒。

和张仲宗送柯田山人归隐（其四）

（宋）沈与求

往年城下盟，杀气横九有。脱身敌中来，亲戚惊老丑。
抗言半渡击，失计推祸首。谁能返秦璧，争欲仇鲁酒。
着鞭空浪忙，好语得鸡口。

和张仲宗送柯田山人归隐（其五）

（宋）沈与求

有弟在一方，丹臆危涕横。念言还乡梦，遥夜怀紫荆。
忽与揽衣坐，孤灯耿青荧。雁奴信何功，扪心愧鸿冥。
弃置复弃置，终寻白鸥盟。

张仲宗有诗怀归因次其韵勉之

（宋）沈与求

相逢无日不怀归，又是春山听子规。休叹豺狼迷道路，似闻貔虎仆旌
旗。那从薄俗求青眼，还向高堂念白眉。南望孤云应目断，殊方岁月易
推移。

次韵张仲宗感事

（宋）沈与求

诸侯救周衰，能事存笔削。后学竞专门，肤引迷注脚。
宁知惧贼乱，诛意未为虐。上皇志包荒，大度示恢廓。
误堕虏计中，九庙施箭凿。将臣拥疆兵，首鼠事前却。
专雄怀顾望，散党失归着。坐令两宫车，北辕狩沙漠。
天王绍绝统，愤此国势弱。尝胆复大雠，此意良不薄。
向来督真奸，国典犹阔略。群公争护前，循习久弥确。
黄屋泛沧溟，黔首寄矰缴。世无管夷吾，老眼双泪阁。
何当诛赏行，浩叹成喑噱。曜灵还中天，冰雪自销铄。

寄张仲宗

（宋）吕本中

闻道张夫子，今年已定居。偶缘荔子债，遂绝故人书。
岁月足可惜，溪山莫负渠。他年得相近，不必问庖厨。

渴雨简张仲宗二首(其一)

（宋）吕本中

强读文书不补饥，只今一饱尚难期。薄云未肯苏禾稼，细雨才堪湿
荔枝。

渴雨简张仲宗二首(其二)

（宋）吕本中

雨湿平林松桂香，断云冉冉拂疏篁。江山故自可人意，从此归休策
最长。

再简范信中益谦呈张仲宗

（宋）吕本中

昨日之游乐不乐，主人爱客亦不恶。梅花远近遍川谷，雨练风揉未全

落。明日之游复如何，城南城北梅更多。对酒我不饮，把盏君当歌。酒炙虽勤主人费，且幸吾党频相过。梅花纵落君莫叹，与君同住海南岸。花开花落都几时，君醉我醒人得知。相逢一笑俱有诗，如何不饮令君嗤。

大人游千金访张仲宗以守舍不得侍行用仲宗韵二首(其一)

(宋)葛立方

古寺依烟艇，一篙春水深。石坛幡转影，玉殿磬流音。
客有张公子，僧皆支道林。行行云水窟，幽梦渺难寻。

大人游千金访张仲宗以守舍不得侍行用仲宗韵二首(其二)

(宋)葛立方

闻道千金好，幽人已奠居。森森松绕寺，汨汨水循渠。
旅泊未妨酒，长饥犹著书。谪仙诗酒地，今尚指匡庐。

次韵张仲宗(元幹)绝粮五绝(其一)

(宋)葛胜仲

高贤往往突不墨，造化从来一小儿。执戟逐贫曾有赋，柴桑乞食岂无诗。

次韵张仲宗(元幹)绝粮五绝(其二)

(宋)葛胜仲

二顷无田空好岁，四郊多垒已仍年。遥知壁立书生舍，只有溪藤与麝烟。

次韵张仲宗(元幹)绝粮五绝(其三)

(宋)葛胜仲

飘蓬闻说旅涂穷，我有枯鱼困辙中。裹饭独期来见客，一杯当卜与君同。

次韵张仲宗(元幹)绝粮五绝(其四)

（宋）葛胜仲

冠玉何因常瓮牖，身名未泰少安之。雀罗忽枉黄金弹，惊怖还应震失匙。

次韵张仲宗(元幹)绝粮五绝(其五)

（宋）葛胜仲

中台宏议裨初政，学省雄文畏后生。不悟宦游成左计，只今无米糁藜羹。

和张仲宗雪诗不用体物诸字

（金）元好问

天人应卜岁，出此当佳占。舞巧穿幽隙，堆寒压短檐。
闲门谁拥彗，醉馆自开帘。比兴非无物，诗人正避嫌。

跋张仲宗先世聘书后

（宋）李弥逊

合姓古所重，必厚币忱辞以先之，礼也。近时风俗靡薄，虽细大轴，饰以绣绘，徒为儿女态，过目辄置不省。仲宗老而慕古，得先世聘书于六十年后，犹表缀以贻子孙，可谓孝而知礼矣。

张仲宗研铭

（宋）李弥逊

清而不朧，其质也；温而不腴，其文也；历万险而不磨，阅世之久也；出众巧于无尽，写物之工也。谁其有之？张子仲宗也。而铭之者，筼溪老渔也。

赠张仲宗

（宋）徐俯

诗如云态度，人似柳风流。（见南宋曾季狸《艇斋诗话》）

三、张元幹别集版本综述

据《宋史·艺文志》记载，张元幹有《芦川词》二卷，《三顾隐客文集》十一卷以及《文选精理》二十卷。后二者今皆不存，其著作所存者唯词集《芦川词》和诗词文合集《芦川归来集》。

张元幹词集最早由其子张靖所刻，名曰《芦川居士词》，共二卷，所刊之词不啻二百首。蔡戡作序的家刻本词集名曰《芦川居士词》，而周必大所见词集名为《芦川集》。张元幹诗文合集《芦川归来集》最早由其孙张钦臣所刻，共十六卷，其中诗文十五卷，附录一卷。而今之所通行的《芦川归来集》为十卷本，是诗词文合集，包括诗四卷，词三卷，文三卷，书后另有附录。现将张元幹词集与《芦川归来集》版本考述如下：

（一）张元幹词集的版本

张元幹词集最初刊刻于南宋淳熙六年（1179），在南宋时，已知版本大致有三种：一为家刻二卷本，一为卷数不详的坊刻本，一为丛刻一卷。三种版本依次考述如下：

张元幹词集最早是家刻本，由张元幹之子张靖刊刻，刻于宋孝宗淳熙六年（1179）前后，名曰《芦川居士词》。此集最早由宋人蔡戡为之作序，据蔡戡《芦川居士词序》："绍兴议和，今端明胡公铨上书请剑……公之子靖，裒公长短句篇，属予为序。余某晚出，恨不及见前辈。然诵公诗文久矣，窃喜载名于右，因请以送别之词，冠诸篇首……"蔡戡序既称"今端明胡公铨"，则此集当刊于淳熙五年胡铨进端明殿学士之后，淳熙七年胡铨加资政殿学士之前，即此集刊刻于淳熙六年前后。是年，蔡戡为《芦川居士词》作序，且建议将《贺新郎》送胡铨一词列为首篇。

张靖所刻《芦川居士词》的篇数，当在二百首以上。由张元幹侄孙张广所作《芦川归来集序》交代了张元幹词集的留存情况："叔祖芦川老人张公仲宗，讳元幹，以文章学问驰誉宣、政间，官将作大匠，志尚林壑。……逮绍兴末，忤时相意，语及讥刺者悉搜去，掇拾其馀，得二百馀首。先叔提举锓木于家。广追念先志之不可述，因得私识其略。尚有文集数百篇，姑俟作者，并为之序云。绍熙甲寅侄孙朝议大夫端溪张广谨序。"可知，《芦川居士词》曾被朝廷搜去，幸存二百馀首，而原本不啻此数。蔡戡、张广二人均未言明《芦川居士词》的卷数，而宋人曾噩为《芦川归来集》作序云："乐府二卷，见于别集，于是乎有考焉。"又《宋史·艺文志》著录："张元幹《芦川词》二卷。"可知张靖家刻本《芦川居士词》为二卷本。

宋宁宗庆元年间（1195—1200），张元幹词集开始出现坊刻本，即周必大所见之《芦川集》。周必大《跋张元幹送胡邦衡词》："长乐张元幹，字仲宗，在政和宣和间已有能乐府声，今传于世号《芦川集》，凡百六十篇，以《贺新郎》二篇为首，其前遗李伯纪丞相，其后即此词送客贬新州，而以《贺新郎》为题，其意若曰失位不足吊，得名为可贺也。庆元丙辰五月十三日题。"周必大所见之本，名为《芦川集》，且只有一百六十首词作，并以《贺新郎》寄李纲词列于篇首，送胡铨之词则列于其次，此本卷数亦不详。此前家刻本《芦川居士词》以《贺新郎》送胡铨一词为首篇，且家刻本所收之词不啻于二百首，可见周必大所见之本已不同于家刻本《芦川居士词》。

宋宁宗嘉定年间（1207—1224），张元幹词集又出现丛刻本。南宋陈振孙《直斋书录解题》卷二十一："《芦川词》一卷，三山张元幹仲宗撰，坐送胡邦衡词，得罪秦相者也。"陈振孙所见之本乃长沙书坊所刊之《百家词》本，此本《芦川词》为一卷本，然篇数不详。

南宋时期，张元幹词集已流传有一卷本和二卷本。

1. 一卷本：

（1）南宋陈振孙《直斋书录解题》著录张元幹《芦川词》为一卷本，据王兆鹏先生与曹济平先生考证，此本为宋宁宗嘉定间（1207—1224）长沙书坊所刊之《百家词》本。其后马端临《文献通考·经籍考》卷七十三亦著录《芦川词》为一卷本。

（2）据清钱曾《也是园书目》以及清邵懿辰撰、邵章续录《增订四库简明目录标注》所载，钱曾所藏宋刊本词集亦为一卷本。

（3）清汪仕钟《艺芸书舍宋元本书目》著录宋本《芦川词》一卷。（原本著录"《芦洲词》一卷"，当误，见王兆鹏先生《张元幹年谱·附录一》考证）

（4）明抄《宋元名家词》作一卷本。今藏北京图书馆。

（5）明吴讷《唐宋名贤百家词》作一卷本。今藏天津图书馆。

（6）明毛晋汲古阁《宋六十名家词》作一卷本。共收录一百八十四首词。

（7）清《四库全书》本《芦川词》作一卷本。此本以毛晋汲古阁《宋六十名家词》为底本。

（8）清丁丙八千卷楼藏一卷本。今藏南京图书馆。

（9）清黄虞稷《千顷堂书目》著录"张元幹《芦川词》一卷"。

（10）清毛斧季校抄本为一卷本。

（11）清陆漻《佳趣堂书目》作一卷本。

2.二卷本：

（1）清陈竹厂藏二卷本。据《铁琴铜剑楼藏书题跋集录》中黄丕烈关于《芦川词》二卷宋刊本的跋语："此书出玄妙观前骨董铺中，余闻之，欲往观，而主人已许归竹厂陈君，仅一寓目焉而已。庚午七月丕烈记。"可知，陈竹厂所藏为二卷本，此本今藏北京图书馆。

（2）鉴止水斋藏明抄二卷本。见唐圭璋先生《宋词四考·宋词版本考》。此本藏于南京图书馆，今已散失。

（3）清黄丕烈藏二卷明抄影宋本。据《景宋本芦川词》二卷中缪荃孙跋语："明抄《芦川词》二卷，黄荛圃旧藏。每半叶七行，行十三字，字大如钱。前有何义门跋。荛圃先得抄本，后得宋本，撤去补写之叶，而景宋本以补加跋至八段，并识两诗，亦可云爱之至矣。宋《艺文志》作二卷，《书录解题》作一卷，宋时本自两行，此与宋本由黄归孤里瞿氏，由瞿氏归丰顺丁氏，今归吾友张菊生，假我录副，校讫读何跋，言心友得此册于钱遵王家，因检《读书敏求记》旧抄足本词曲类……"此本由明吴宽手抄，先为清钱曾所藏，后为黄丕烈所得，此后又归瞿镛，既而又入丁日昌之手，最后归张元济，今藏北京图书馆。

(4)近人吴昌绶影印的双照楼本《芦川词》二卷,即以黄丕烈、瞿镛等递藏的明抄影宋本影印。唐圭璋先生所编《全宋词》中所收张元幹词即以双照楼本《芦川词》为底本增补而成。《全宋词》跋尾所载唐圭璋《芦川词》跋:"双照楼景宋本《芦川词》二卷,共一百八十五首。其间《沁园春》(欹枕深轩)一首,《醉花阴》(翠箔阴阴)一首,并李弥逊词。《江神子》(银涛无迹)一首,《鹧鸪天》(不怕微霜)一首,并叶石林词。实得一百八十一首。黄荛圃谓向藏毛抄本《芦川词》作一卷,与此本多不同。但汲古阁所刊《芦川词》一卷,差近于此本,仅毛氏羼入张矞《踏莎行》(芳草平沙)一首,吕渭老《豆叶黄》(轻罗团扇)一首。兹取景宋本一百八十一首。又《花草粹编》卷四载芦川《阮郎归》(长杨风软)一首,乃王之道作。《词林万选》卷一载芦川《惜分钗》一首,《鼓笛慢》一首,并吕渭老词,兹删去不录。"唐圭璋先生对此前版本中张元幹词作的真伪考辨殊为明晰。

(二)《芦川归来集》版本

张元幹诗文集始由其孙张钦臣所刻,名曰《芦川归来集》,共十六卷,诗文十五卷,附录一卷。此本刻成于宋宁宗嘉定十二年己卯(1219)。

张钦臣《芦川归来集》跋云:"钦臣幼侍先君提举宦游,每见好古书画,心窃喜之。时或展玩,钦臣必走膝下痴问,先君以其不好弄,亦深爱之。一日,发箧得数纸墨刻,意若不怿,谓钦臣曰:'此吾家判监幽岩尊祖事,芦川刻本于闽,余欲归未能也。'钦臣虽获记其言,未悟其意。……钦臣承泛潜川,并以家集锓梓,信臣弟待次京局实司之。……钦臣兄弟将欲拜扫松楸,如芦川祀祖母刘夫人之坟,收伯叔兄弟之葬,筑亭葺屋,俱未效其仿佛,谨以幽岩巅末及名贤跋语,附于文集,目曰:《幽岩尊祖录》。此亦芦川所书以传子孙,使有尊祖之谊云。嘉定己卯孟冬,孙通直郎知于潜县钦臣敬书于县斋衮秀堂。"可知,张钦臣所刻文集成于"嘉定己卯孟冬",即嘉定十二年(1219)。

据时人曾噩《芦川归来集》原序:"噩,里人也。敬慕三张之声价久矣。馆寓家塾,复得敛衽以受教于公之文集,凡哀集书启、古诗、律诗、赞、序等作,共十五卷。《幽岩尊祖录》一卷,附其后。乐府二卷,见于别集,于是乎有考焉。"亦可得知,《芦川归来集》与《芦川词》分别刊刻,然《芦川归来集》在《宋史·艺文志》《直斋书录解题》《文献通考》等宋元书目中均未著录,直至明代也未见翻刻本,民间所流传的《芦川归来集》至清代仅残存六卷。

据王兆鹏先生考证,《芦川归来集》有两种版本,一种为宋刻十六卷本,另一种为清四库馆臣所辑《永乐大典》十卷本。

1.十六卷本:

(1)宋张钦臣于嘉定年间所刻十六卷本,为诗文合集,此本今已失传。

(2)清抄十六卷本,今仅存六卷,分别为:卷六(律诗五言),卷七(律诗七言),卷十二(序),卷十三(赞铭),卷十四(青词),卷十六(附录)。此本应是宋刻十六卷本之残本,今藏北京图书馆。

(3)清振绮堂六卷抄本。据此本扉页内所附纸条,有清人丁丙跋,曰:"《芦川归来集》六卷,旧抄本,汪鱼亭藏书。宋张元幹撰。元幹字仲宗,自号真隐山人,又曰芦川老隐。贯题长乐、永福,莫详孰是。此书凡诗二卷,但有律诗而无古体。杂文三卷,释家疏文、道家青词为多。一卷为《幽岩尊祖事实》,乃记其祖母外家置祭田事。附以同时诸人题跋,中多元祐名笔,乃其孙钦臣于嘉定己卯知于潜县所刊,疑为后人得其丛残而编成之,或其前已有阙佚也。有'汪鱼亭藏阅书印'。四库馆臣是曰'别本'入之存目。别从《永乐大典》中辑厘十卷,附录一卷。"此本篇目次序与北京图书馆所藏十六卷本残存的六卷全同,仅个别字句相异,当同出宋刻十六卷本。此本先由清汪鱼亭藏,后归丁丙八千卷楼,今藏南京图书馆。

2.十卷本:

(1)清四库馆臣自《永乐大典》中辑出十卷。据《四库全书·芦川归来集提要》:"及考《永乐大典》所载,则所佚诸篇,厘然具在。今裒集成帙,以抄本互相勘校,删其重复,补其残缺,定为十卷。元幹诗格颇遒,杂文多禅家疏文,道家青词,今从芟削,然其题跋诸篇,则具有苏、黄遗意,盖耳目渐染之故也。抄本末有《幽岩尊祖录》一卷,乃记其为祖母外家置祭田事,附以同时诸人题跋,中多元祐名臣之笔,亦仍其旧第,并附录焉。"知此本删减颇多,已失宋本原貌。

(2)曹溶原藏抄本。

（3）远碧楼刘氏抄本。

（4）道光顾沅艺海楼抄本。

（5）丁丙八千卷楼藏抄本。

（6）上海古籍出版社1978年点校本《芦川归来集》为十卷本，其中诗四卷，词三卷，文三卷，附录为《大监芦川老隐幽岩尊祖事实》《祭祖母彭城郡夫人刘氏墓文》《芦川豫章观音书》《宣政间名贤题跋》及《四库全书·芦川归来集提要》《芦川归来集》原序。据此书出版说明，此本以远碧楼刘氏抄本为底本，参考清曹溶原藏抄本以及双照楼影明抄影宋本《芦川词》等，但此本多有擅自改过之处，且辑佚不全，收录未尽，颇为遗憾。

四、张元幹年谱简编

张元幹世系略表：

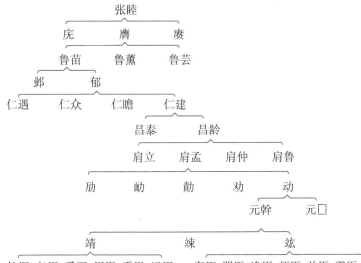

案：此世系略表据《永泰张氏宗谱》简编而成，参见官桂铨《词人张元幹

世系》(《文献》,1988 年 04 期),王兆鹏先生《张元幹年谱》(南京出版社1989 年版),曹济平先生《张元幹词研究》(南京师范大学出版社 2013 年版)。

张元幹,字仲宗,号芦川居士、真隐山人,晚年自称芦川老人。宋爱国词人,然《宋史》无传,今以现存史料以及王兆鹏先生《张元幹年谱》和曹济平先生《张元幹词研究》,简编而成张元幹年谱,以供读者参考。

宋哲宗元祐六年辛未(1091),一岁。

是年正月初一,张元幹生于福建永福(今福建永康)。

今之通行本《芦川归来集》卷十《庚申自赞》:"行年五十矣,虽髭发粗黑,然田庐皆无。"庚申即绍兴十年(1140),五十年前出生,即为元祐六年。此卷中《甲戌自赞》:"芦川老居士,今春六十四。"甲戌为绍兴二十四年(1154),六十四年前即为元祐六年,张元幹出生于此年无疑。

据残本《芦川归来集·正旦本命青词》:"太岁丙寅,冲对长生之运,元日辛未,首临本命之辰。"张元幹出生于元日,即正月初一。

宋徽宗崇宁元年壬午(1102),十二岁。

此年,张元幹十二岁,胡铨始生。胡铨(1102－1180),字邦衡,号澹庵,吉州庐陵(今江西吉安)人。

宋徽宗崇宁三年甲申(1104),十四岁。

张元幹幼年丧母,此年随父至邺地(今河北临漳),与父亲之友相唱和,众人莫不惊其敏悟。

《芦川归来集》附录之《芦川豫章观音观书》:"盖余母亡时,元幹方卯角……元幹平生坎壈,屡遭手足之衅,去家时仅存一弟,甫三岁,又夭折。"

《芦川归来集》附录之《宣政间名贤题跋》欧阳懋跋云:"余崇宁间,与安道少卿同仕于邺,公馀把酒以诗相属,时仲宗年未及冠,往来屏间,亦与座客赓唱,初若不经意,而辞藻可观,莫不骇其敏悟。安道既入朝,其后数年,余亦归自河朔,再会于京师,仲宗事业日进。又数年,复见之,则已卓然为成材矣。盖其天资夙成,素有以过人也。……庐陵欧阳懋。"欧阳懋乃张元幹之父张动(字安道)的好友。

案:曹济平先生《张元幹词研究》将张元幹与其父执的唱和活动系于崇

宁四年乙酉(1105)。

宋徽宗大观四年庚寅(1110),二十岁。

张元幹在豫章(今江西南昌),问句法于徐俯,并与洪刍、苏坚、潘淳、吕本中等人诗酒酬唱。

《芦川归来集》卷九《苏养直诗帖跋尾六篇》:"往在豫章,问句法于东湖先生徐师川,是时洪刍驹父、弟炎玉父、苏坚伯固、子庠养直、潘淳子真、吕本中居仁、汪藻彦章、向子諲伯恭,为同社诗酒之乐。予既冠矣,亦获攘臂其间,大观庚寅辛卯岁也。"

《芦川归来集》卷九《亦乐居士集序》:"予晚生,虽不及见东坡、山谷,而少时在江西,实从东湖徐公师川授以句法。东湖,山谷甥也。"

《芦川归来集》所附曾噩《芦川归来集》原序云:"芦川老隐之为文也,盖得江西师友之传,其气之所养,实与孟、韩同一本也。"

宋徽宗政和二年壬辰(1112),二十二岁。

是年,张元幹入太学上舍,已有声名。

《芦川归来集》附录之《宣政间名贤题跋》何栗跋云:"仲宗,昔予太学同舍郎。尝哀其亡友唐恁生诗帖,轴而藏之。标饰灿然,如以达人贵公得气,予时尝书之,嘉其朋友之义。今又书此,以见其为子孙之孝。宣和五年五月晦,仙井何栗文缜题,椠文度同观。"据《宋史·何栗传》,何栗为政和五年进士第一,则何栗与张元幹为太学同舍当在政和五年之前,而张元幹于政和三年出仕,故王兆鹏先生将张元幹入太学上舍的时间系于出仕之前的政和二年。

案:曹济平先生《张元幹词研究》将张元幹入太学的时间系于政和元年辛卯(1111),即张元幹二十一岁时。而据王兆鹏先生《张元幹年谱》考证,政和元年张元幹仍在豫章,同徐俯、吕本中等人交游唱和。

本年春,张元幹在汴京(今河南开封),有词《菩萨蛮》(政和壬辰东都作)。

本年夏,在许昌(在今河南)拜谒苏辙。《芦川归来集》卷九《跋苏黄门帖》:"苏黄门顷自海康归许下,安居云久,政和二年,晚生犹及识之。衣冠严古,语简而色庄,真元祐巨公也。"是年十月,苏辙卒于许昌(在今河南),

则张元幹结识苏辙在十月之前。

案：《四库全书总目提要》《南宋文范》《大清一统志》均将苏黄门误作苏轼，政和二年，苏轼已逝世十馀年。

宋徽宗政和三年癸巳(1113)，二十三岁。

是年，张元幹出仕澶渊(今河南濮阳)，与文骥(苏辙外孙)相遇于此，并与陈与义相唱和。

《芦川归来集》卷一《洛阳陈去非自符宝郎谪陈留酒官，予时作丞，澶渊旧僚友也，有诗次韵》即谓张元幹曾与陈与义在澶渊有所唱和。据白敦仁《陈与义年谱》，陈与义于政和三年至政和六年任职于澶渊。

据《芦川归来集》卷九《跋苏黄门帖》，张元幹在拜谒苏辙之后，"已而与其外孙文骥德称相遇澶渊，出书帖富甚。"又据白敦仁《陈与义年谱》卷一得知陈与义于本年作《次韵谢文骥主簿见寄兼示刘宣叔》，由此，文骥本年与陈与义在澶渊相唱和，则张元幹于本年在澶渊与文骥相遇，并与陈与义相与唱和。

案：曹济平先生《张元幹词研究》将张元幹与文骥相遇之年系于政和五年乙未(1115)，其时文骥任开德府主簿。

宋徽宗政和四年甲午(1114)，二十四岁。

是年，张元幹在澶渊(今河南濮阳)任职，职务不详。

《芦川归来集》卷三《兰溪舟中寄苏粹中》："鸿雁北飞知我意，为传诗句濮阳城。"卷四《高尚居士》其二："往在澶渊过我家，自怜凡骨走天涯。丹青始识先生面，点化何时一粒砂。"

宋徽宗政和六年丙申(1116)，二十六岁。

据王兆鹏先生《张元幹年谱》考证，张元幹尝于是年春回福建，途经延平(今福建南平)，作《风流子》(政和间过延平，双溪阁落成，席上赋)一词。

宋徽宗政和七年丁酉(1117)，二十七岁。

是年，张元幹在京城。

宋徽宗宣和元年己亥(1119)，二十九岁。

张元幹于是年三月因公事离京返乡。《芦川归来集》附录之《芦川豫章观音观书》："元幹以宣和元年三月出京师。"又《祭祖母彭城郡夫人刘氏墓文》:"元幹获缘职事。"而陈与义有《送张仲宗押纲归闽中》一诗,则张元幹职事应是"押纲"之事。

绕道信阳,拜见姨母。《芦川豫章观音观书》:"先是,姨母寓信阳,老矣,元幹所未识。枉道拜之,悲余母早逝,而喜元幹长大也,为留数日。"

得先祖张肩孟手泽,扫祖母刘氏之墓,为文刻石,传诸子孙。《芦川豫章观音观书》:"得先祖特进手泽于外孙陈氏。"《祭祖母彭城郡夫人刘氏墓文》:"元幹获缘职事,道过墓下,剪伐荆棘,扫除迁隧,并得翁媪之坟祭拜焉。庶几克成先祖之志,乃刻鄙文,以告后来。宣和元年八月初吉,孙元幹记。"

谒见乡先生郑侠,结识西禅隆老。《芦川豫章观音观书》:"有乡先生郑侠介夫者,年垂八十,及与先祖游,元幹儿时所愿见。"《祭西禅隆老文》:"粤时宣和己亥季夏,阛项加冠,以笑以语,伤今念古,师适我同,尔定交有孚于中。"

是年十一月离乡。《芦川豫章观音观书》:"六月至乡里,十一月乃复始行。"

宋徽宗宣和二年庚子(1120),三十岁。

《芦川豫章观音观书》:"元幹以宣和元年三月出京师……二年正月十四日,豫章郡观音观书。"可知正月十四日,张元幹抵达豫章,作此书。

二月,与徐俯、洪刍游,二人皆为张元幹祖父手泽作跋文。见《宣政间名贤题跋》。

本年春,自豫章下白沙,阻滞吴城山,有词《满江红》(自豫章阳风吴城山作)。

案:曹济平先生《张元幹词研究》将《满江红》(自豫章阳风吴城山作)一词系于宣和元年(1119)。

是年春,与陈瓘(字莹中,号了堂,亦称了翁,谥忠肃)同游庐山,了翁为张元幹先祖手泽题跋。《芦川归来集》卷九《跋了堂先生文集》:"宣和庚子春,拜忠肃公于庐山之南,陪侍杖履,幽寻云烟水石间者累月,与闻前言往行,商榷古今治乱成败,夜分乃就寐。"

是年,尝访游酢,游酢为张元幹祖父手泽题跋。见《宣政间名贤题跋》。

宋徽宗宣和三年辛丑(1121),三十一岁。

是年,张元幹避难返还故乡永福。《祭西禅隆老文》:"别曾几何(指宣和元年之别),乱起方腊,克勘南征,爰奋北伐。四海横溃,我还旧庐,忧患荐瘼,独师恤诸。"方腊于宣和二年领导农民起义,宣和三年正月,"方腊陷婺州,又陷衢州。二月陷处州。"(《宋史纪事本末》卷五十四)故张元幹暂还故乡。

案:曹济平先生考证,张元幹是年在汴京。

宋徽宗宣和四年壬寅(1122),三十二岁。

是年,刘路、欧阳懋为张元幹祖父手泽题跋。见《宣政间名贤题跋》。

张元幹幼子张竑出生。

二月,陈瓘卒于楚州(今江苏淮安)。

宋徽宗宣和五年癸卯(1123),三十三岁。

五月,张元幹在汴京,何栗为张元幹祖父手泽题跋。见《宣政间名贤题跋》。

夏,张元幹与陈与义、吕本中、苏庠兄弟同游京都,避暑于资圣阁,分韵赋诗。《芦川归来集》卷九《跋苏诏君楚语后》:"顷在东都,一日,陈去非、吕居仁诸公,同予避暑资圣阁,以'二仪清浊还高下,三伏炎蒸定有无'分韵赋诗,会者适十四人,从周(苏庠之弟)诗颇佳,为诸公印可……方之养直惓惓如此,不为过也。"

六月二日,吕本中为张元幹祖父手泽题跋。见《宣政间名贤题跋》。

冬,张元幹回闽。有词《望海潮》(癸卯冬,为建守赵季西赋碧云楼)。

宋徽宗宣和六年甲辰(1124),三十四岁。

是年春,张元幹自闽北还,于梁溪(今江苏无锡)访李纲。《芦川归来集》附录《宣政间名贤题跋》李纲跋云:"今年春,仲宗还自闽中,访予梁溪之滨……宣和甲辰孟夏晦,李纲伯纪书。"

夏四月,抵达毗陵(今江苏常州),拜访杨时。杨时为张元幹祖父手泽题跋。

四月六日,汪藻为张元幹祖父手泽题跋。

四月十九日,张元幹过丹阳(今江苏镇江)访苏庠,苏庠为张元幹祖父手泽题跋。

四月晦日,求得李纲题跋。

中秋之日,翁挺为张元幹祖父手泽题跋。

九月一日,王以宁作跋文。

十月二十八日,刘安世观赏张元幹祖父手泽,并题名于后。

以上均见《宣政间名贤题跋》。

年底,回至京城。

宋徽宗宣和七年乙巳(1125),三十五岁。

二月,与王铚交游,王铚为张元幹祖父手泽题跋。见《宣政间名贤题跋》。

八月,李光为之题跋。见《宣政间名贤题跋》。

是年,苏迨、张械为之题跋。见《宣政间名贤题跋》。

是年,张元幹任陈留(今河南开封)县丞,与陈与义相与从游。《芦川归来集》卷一《洛阳陈去非自符宝郎谪陈留酒官,予时作丞,澶渊旧僚友也,有诗次韵》即是作于此时。《陈与义集》卷十四有《招张仲宗》一诗:"亦有张侯能共此,焚香相待莫徐驱。"

宋钦宗靖康元年丙午(1126),三十六岁。

是年春正月,李纲为亲征行营使,张元幹为其僚属,并上却敌书。

宋胡仔《苕溪渔隐丛话·后集》卷三十六引《诗说隽永》:"李伯纪为行营使,时王仲时、张仲宗俱为属,王颀长,张短小,白事相随。一馆职同在幕下,戏云:'启行营,大鸡昂然来,小鸡竦而侍。'"

《芦川归来集》卷七《陇头泉》词云:"奏公车,治安秘计,乐油幕、谈笑从军。"即指曾为李纲行营属官一事。

正月初八、初九,金兵围攻汴京,张元幹与李纲一道,夙夜指挥杀敌。张元幹《祭李丞相文》(此祭文见于李纲《梁溪先生文集》附录,原题《张致政》,因张元幹早年致仕,称张致政。今改题《祭李丞相文》)云:"直围城危急,羽檄飞驰,寐不解衣,而餐每啜哺。夙夜从事,公多我同。至于登陴拒敌,矢集如猬毛,左右指挥,不敢爱死。"

二月初九,京师解围,张元幹赋《丙午春京城围解口号》(《芦川归来集》

255

卷二)。

七月十四日,任申先为张元幹祖父手泽题跋。见《宣政间名贤题跋》。

九月二十七日,张元幹因与李纲力主抗战,与李纲同时被贬。张元幹《祭李丞相文》:"既不及陪属同列,有择地希进之诮,即投劾以自白,议者犹不舍也,是岁秋九月,卒与公同日贬,凡七人焉。"《芦川归来集》卷二《上张丞相十首》其九:"罪放丙午末,归来辛亥初。"

冬,张元幹流落淮上(今安徽蚌埠),听闻京都失守,初春全民抵命死守之功毁于一旦,张元幹愤然以赋《感事四首丙午冬淮上作》,见《芦川归来集》卷二。

冬末,南下至镇江,与刘质夫、苏粹中同宿于焦山寺。《芦川归来集》卷九《跋江天暮雨图》:"颇忆丙午之冬,吾三人者,苏粹中在焉。情文投合,皆亲友好兄弟。尝绝江同宿焦山兰若,夜涛澎湃声入梦寐中。"

宋高宗建炎元年丁未(1127),三十七岁。

是年春,张元幹过云间(今上海松江),访黄镪(字用和,福建浦城人,徽宗政和五年进士。从杨时学,甚见器重)。《芦川归来集》卷三《过云间黄用和新圃》:"缭池剩欲开花径,傍舍先须作草堂。雨后不妨频检校,客来留得共徜徉。故园怪我归何晚,避地输君乐未央。待得功成卜筑,岂如强健享风光。"《芦川归来集》卷九《跋江天暮雨图》:"刘质夫,建炎初与余别于云间,今乃相遇临安官舍。"据知建炎元年避乱至云间。

随即至杭州,寓居西湖。《芦川归来集》卷一《丁未岁春过西湖宝藏寺作》:"湖垠取微径,窈窕松门深。中有古佛屋,阒无人足音。春云带飞雨,冷色来苍岑。孰知戎马盛,但见藤萝阴。平生云卧想,正欲幽梦寻。不减避世士,契此太古心。"卷九《跋少游帖》:"建炎丁未,寓居西湖,秋八月,兵乱亡去。"

是年秋,过宿同僚赵次张(即赵九龄,曾任李纲属官,与张元幹为同僚)。《芦川归来集》卷二《过宿赵次张郊居二首》。

是年五月,宋高宗赵构即位,建立南宋,首任宰相李纲,八月即罢相,在相位凡七十五日。李纲在相期间,张元幹被召用,官将作监。

是年,王明清生,何栗卒。

宋高宗建炎二年戊申(1128),三十八岁。

是年夏秋之际,张元幹赋《水调歌头》(同徐师川泛太湖舟中作)。

案:王兆鹏先生将此词系于建炎三年(1129),而曹济平先生则考证此词作于建炎二年(1128)。建炎元年秋八月前,张元幹在西湖寓居,而徐俯于建炎四年已至昭州(今广西平乐)(参见何薳《春渚纪闻》卷二《天绘亭记》),故张元幹与徐俯泛舟同游当在建炎二、三年间,至于此词之具体创作时间有待考证。

是年,张元幹避乱吴越,仲冬之季,在梁溪与李纲诸弟李维仲甫、李经叔易从游,李氏兄弟相与同观张元幹祖父手泽,并题名其后。见《宣政间名贤题跋》。

是年与江端友(字子我,号七里先生)从游,并得其题跋。见《宣政间名贤题跋》。

宋高宗建炎三年己酉(1129),三十九岁。

是年,张元幹已任将作监,四月前落职。王兆鹏先生据《宋史》卷一百六十五《职官志》载,将作监于建炎三年四月庚申撤销,并归工部,于绍兴三年十一月始复置,而绍兴元年张元幹即挂冠致仕,此后未仕。故将张元幹任将作监时间系于建炎三年四月之前。

春末,王原父来访,有和韵之诗。《芦川归来集》卷一《和韵俸酬王原父集福山之什》。

四月初,苗傅、刘正彦逼迫高宗退位一事平定,高宗复位。张元幹有《返正》一诗历述此事,见《芦川归来集》卷二。

五月,李经(字叔易)被召赴行在,张元幹以诗为之送行。《芦川归来集》卷一《奉送李叔易博士被召赴行在所》。

秋,避难至吴兴(今浙江湖州),眼见国之倾颓,作词抒愤。《芦川归来集》卷五《石州慢》(己酉秋吴兴舟中作):"心折。长庚光怒,群盗纵横,逆胡猖獗。欲挽天河,一洗中原膏血。"

十二月,追随高宗行在至海边,遭谗得罪,幸得汪藻挽救。《芦川归来集》卷一《建炎感事》:"作意海边来,初非事干谒。责我卖屋金,流言尚为孽。汪公德甚大,游说情激烈。力救归装贫,一洗肝肺热。"

年底,张元幹举家避乱重返吴兴,访沈琯(字次律,沈与求兄),有诗感之。《芦川归来集》卷一《过白彪访沈次律有感十六韵》。沈与求(字必先,号龟溪)有诗和之,其《龟溪集》卷一有《次韵张仲宗感事》一诗。

案:曹济平先生将沈琯、沈与求二人与张元幹相唱和的时间系于建炎四年(1230)。

宋高宗建炎四年庚戌(1230),四十岁。

是年春,张元幹寓居湖州千金村,生活困顿,与友王铚(字性之,自称汝阴老民,人称雪溪先生)相逢,又与葛胜仲父子相唱和。《芦川归来集》卷三有《喜王性之见过千金村》一诗。葛立方《归愚集》卷一有《大人游千金,访张仲宗,以守舍不得侍行,用仲宗韵二首》。葛胜仲《丹阳集》有《次韵张仲宗元幹绝粮》诗。张元幹绝粮诗已佚。

宋高宗绍兴元年辛亥(1131),四十一岁。

是年初,张元幹以右朝奉郎致仕。张元幹《祭李丞相文》自称"右朝奉郎致仕赐绯鱼袋张元幹"。《芦川归来集》卷二《上张丞相十首》其九:"罢放丙午末,归来辛亥初。"卷四《上平江陈侍郎十绝》序:"辛亥休官。"曾噩《芦川归来集》原序"年方四十一已致仕"。

年底抵达故里,吕本中有诗见寄。《东莱先生诗集》卷十八《寄张仲宗》:"闻道张夫子,今年已定居。偶缘荔子债,遂绝故人书。岁月足可惜,溪山莫负渠。他年得相近,不必问庖厨。"张元幹依韵奉答,《芦川归来集》卷二《次吕居仁见寄韵》:"老去犹为客,谁人念退居。相望千里路,赖有数行书。白晒犹堪寄,乌牛政忆渠。何时闻柱驾,竹里唤行厨。"

案:王兆鹏先生将《沁园春》(欹枕深轩)与《蝶恋花》(窗暗窗明昏又晓)二词均系于此年。

宋高宗绍兴二年壬子(1132),四十二岁。

是年,张元幹闲居福州。

正月初七,邓肃(字志宏,别号栟榈)为之题跋。

正月二十八日,里人辛炳为张元幹祖父手泽题跋。

五月,邓肃以疾卒,张元幹与友人致祭邓肃。《芦川归来集》卷十《诸公祭邓正言文》:"维绍兴二年……致祭于亡友正言邓子志宏之灵。"

八月，李易为张元幹祖父手泽题跋。

是年，王浚明为之题跋。以上跋文见《宣政间名贤题跋》。

宋高宗绍兴三年癸丑(1133)，四十三岁。

是年张元幹在福州。有《仙宗癸丑年修桥疏》一文，见残本《芦川归来集》卷十四。

是年十一月，洪炎卒于信州(今江西上饶)，翁挺卒。

宋高宗绍兴四年甲寅(1134)，四十四岁。

是年，张元幹在福州，以诗贺李纲生朝。《芦川归来集》卷二《李丞相纲生朝三首》(五律)其一："十年门下士，方献此诗篇。"张元幹于宣和六年(1124)与李纲定交，至1134年已是十年。《芦川归来集》卷三《李丞相纲生朝三首》(七律)亦作于是年。

案：曹济平先生将卷二中的《李丞相纲生朝三首》(五律)系于绍兴七年(1137)，而对卷三中的《李丞相纲生朝三首》(七律)未作具体说明。

夏，与秦梓(字楚材，秦桧之兄)以词相唱和。《芦川归来集》卷七《采桑子》(奉和秦楚材史君荔枝词)。

宋高宗绍兴五年乙卯(1135)，四十五岁。

六月，以诗寄钱申伯。《芦川归来集》卷二《寄钱申伯二首》。

夏，吕本中寄诗张元幹。《东莱先生诗集》卷十五《渴雨简张仲宗二首》其一："薄云未肯苏禾稼，细雨才堪湿荔枝。"次年四月吕本中还朝，此诗当作于是年夏。

秋，李纲旧属官王以宁(字周士)过福州，张元幹以诗送行。《芦川归来集》卷一《乙卯秋奉送王周士龙阁自贬所归鼎州太夫人侍》。

宋高宗绍兴六年丙辰(1136)，四十六岁。

初春，张元幹在福州与吕本中等相与从游。《芦川归来集》卷一《信中、居仁、叔正皆有诗，访梅于城西，而独未暇，载酒分付老拙，其敢不承》："十年丧乱岂记忆，一见新诗心目惊。平生公辈真豪友，意气相投共杯酒。只今流落天南端，怅望中原莫回首。"靖康之难至今，正是十年。

四月二十六日，张元幹在永福县崇光寺作《荐拔水陆功德疏》一文。见残本《芦川归来集》卷十四。

259

四月,吕本中被召赴行在,张元幹作词送行。《芦川归来集》卷五《水调歌头》(送吕居仁召赴行在所)。

秋,张元幹作《虞美人》(菊坡九日登高路)。见《芦川归来集》卷六。

宋高宗绍兴七年丁巳(1137),四十七岁。

上元之日,张元幹在福州与诸僧同游鼓山。《芦川归来集》卷一《奉同黄檗慧公、秀峰昌公丁巳上元日访鼓山珪公,游临沧亭,为赋十四韵》。

五月六日,感梦作词。《芦川归来集》卷五《沁园春》(绍兴丁巳五月六夜,梦与一道人对歌数曲,遂成此词)。

宋高宗绍兴八年戊午(1138),四十八岁。

是年六月,作诗贺李纲寿辰。《芦川归来集》卷二《李丞相生朝》。

是年秋,张元幹与李纲同游福州鼓山。《芦川归来集》卷三《再和李丞相游山》。

是年与李纲、钱申伯游福州东山。李纲《梁溪先生文集》卷三十二有《还自鼓山过鳝溪游大乘榴花洞瞻礼文殊圣像漫成三首》。张元幹有次韵之作,《芦川归来集》卷三《游东山二咏次李丞相韵》,又有《次钱申伯游东山韵二首》《次韵钱申伯游东山既归述怀之章》。

是年,友人邹德久卒,张元幹以诗悼念。《芦川归来集》卷三《哭邹德久二首用前韵》《再用前韵哭德久》《再用前韵重哭德久贤使君》。"前韵"指以上所举游山诗之韵。

冬,秦桧等人策划与金议和,张元幹作诗抒愤。《芦川归来集》卷三《再次前韵即事》:"群羊竞语遽如计,欲息兵戈气甚浓。"所用之韵仍是哭邹德久诸诗之韵,当是作于同一年。

十二月,张元幹与赵无量游,作《跋米元章下蜀江山图》,见《芦川归来集》卷九。

十二月,李纲上书反对议和,张元幹作词寄李纲。《芦川归来集》卷五《贺新郎》(寄李伯纪丞相)。

是年,作《戊午岁醮词》,见残本《芦川归来集》卷十四。

宋高宗绍兴九年己未(1139),四十九岁。

二月,张元幹游福州雪峰山,时知福州折彦质(字仲古,号葆真居士,祖籍山西大同)将离任,张元幹作诗为其送行。《芦川归来集》卷二《次折枢留题雪峰韵》。

中秋前三日,作《跋赵祖文贫士图后》。见《芦川归来集》卷九。

中秋之日,与赵无量游,作《跋山居图》。见《芦川归来集》卷九。

九月,时任福建路安抚大使兼知福州的张浚(字德远,号紫岩,四川绵竹人,著名抗金将领)正逢寿辰,张元幹以诗相贺。《芦川归来集》卷二有《张丞相生朝二十韵》《代上张丞相生朝四首》。

宋高宗绍兴十年庚申(1140),五十岁。

正月十五日,李纲病逝于福州,张元幹作诗悼之。《芦川归来集》卷二《挽少师相国李公五首》(此诗在李纲《梁溪先生文集》中作《门人右朝奉郎致仕张元幹上》,当是李纲之孙编集时所改)。

春,作《庚申自赞》。见《芦川归来集》卷十。

四月初五,作《跋少游帖》《跋苏黄门帖》。见《芦川归来集》卷九。

四月十五日,作《祭李丞相文》。见李纲《梁溪先生文集》附录,此文题作《张致政》。

十二月十三日,作文再祭李纲,见李纲《梁溪先生文集》附录,此文题作《再祭》。

是年,作《追荐李丞相设斋疏》。见残本《芦川归来集》卷十四。

宋高宗绍兴十一年辛酉(1141),五十一岁。

春,于福州以诗赠别杨聪父。《芦川归来集》卷三《辛酉别杨聪父》。

三月,于福州以启贺张浚晋升。《芦川归来集》卷八《贺张丞相浚复特进启》。

春,张元幹筑鸥盟轩成,以诗抒怀。《芦川归来集》卷三《次友人书怀》:"卜筑几椽临水屋,经营数亩傍山园。"李弥逊《筠溪集》卷十七《题张仲宗鸥盟轩》。

秋,作《永遇乐》(宿鸥盟轩)。见《芦川归来集》卷五。

九月,张浚寿辰,张元幹作诗相贺。《芦川归来集》卷一《紫岩九章八句上寿张丞相》诗序云:"公帅闽之二年,岁在作噩秋九月中浣,有客作是诗以献焉。"据《尔雅·释天》"(太岁)在酉曰作噩",是年为辛酉年,故曰"作噩"。

则此八首四言诗作于是年。

冬，吕本中闻张元幹定居，寄诗遥相问候，有《寄张仲宗》："闻道张夫子，今年已定居。"见《东莱先生诗集》卷十八。张元幹作《次吕居仁见寄韵》作答，见《芦川归来集》卷三。

是年，张元幹作《朝中措》（次聪父韵），见《芦川归来集》卷五。《春光好》（为杨聪父侍儿切鲙作），见《芦川归来集》卷七。

是年，欧阳懋卒，徐俯卒。

宋高宗绍兴十二年壬戌(1142)，五十二岁。

春，张浚离任，张元幹于福州作诗送行。《芦川归来集》卷二《上张丞相十首》。

七月，胡铨贬新州，张元幹作词送之。《芦川归来集》卷五《贺新郎》（送胡邦衡谪新州）。岳珂《桯史》卷十二："胡忠简铨既以乞斩秦桧掇新州之祸，直声振天壤，一时士大夫畏罪箝舌，莫敢与立谈，独王卢溪廷珪诗而送之。……时又有朝士陈刚中、三山寓公张仲宗亦以作启与词为饯得罪。"

秋，李纲之弟李仲辅卒，张元幹作诗悼之。《芦川归来集》卷二《挽李仲辅三首》。

秋，适逢新任福建安抚大使程迈的生辰，张元幹作诗贺之。《芦川归来集》卷二《福帅生朝二首》。

中秋之后，陪程迈宴饮，有词记之。《芦川归来集》卷五《水调歌头》（陪福帅宴集，口占以授官奴）。

十月七日，张元幹至福建连江玉泉寺，与朱松相遇，朱松为张元幹祖父手泽题跋。见《宣政间名贤题跋》。

是年，为程迈作《止戈堂》诗。见《芦川归来集》卷三。

是年，汪藻出知泉州，张元幹作启相贺。《芦川归来集》卷八《贺泉州汪内翰藻启》。

宋高宗绍兴十三年癸亥(1143)，五十三岁。

是年二月二十二日，与富直柔（字季申，晚号洛滨老人，富弼之孙）游，富直柔为张元幹祖父手泽题跋。见《宣政间名贤题跋》。

二月晦，叶份（字成甫，福建延平人）与张元幹从游，并为之题跋。见

《宣政间名贤题跋》。

六月,张元幹在福唐,与叶梦得(字少蕴,号石林)游,叶梦得为张元幹祖父手泽题跋。见《宣政间名贤题跋》。

中秋之日,叶梦得在福唐设宴,张元幹、富直柔俱参与此次宴集。叶梦得作《念奴娇》(中秋宴客,有怀壬午岁吴江长桥)。张元幹依韵和之,作《念奴娇》(代洛滨次石林韵),见《芦川归来集》卷五。

岁末,作诗贺叶梦得生朝。《芦川归来集》卷一《叶少蕴生朝》。

宋高宗绍兴十四年甲子(1144),五十四岁。

是年,张元幹居于闽,有词贺富直柔生朝。《芦川归来集》卷七《满庭芳》(寿富枢密)。

年底,作诗贺叶梦得生朝。《芦川归来集》卷三《叶少蕴生朝三首》。

案:王兆鹏先生将《望海潮》(为富枢密生朝寿)、《十月桃》(为富枢密生朝)、《感皇恩·寿》(年少太平时)均系于此年。

宋高宗绍兴十五年乙丑(1145),五十五岁。

是年二月,张元幹在永福,与李文中宴饮于溪阁,词以记之。《芦川归来集》卷六《怨王孙》词序云:"绍兴乙丑春二月既望,李文中置酒溪阁,日暮雨过,尽得云烟变态,如对营丘著色山。坐客有歌《怨王孙》者,请予赋其情抱,叶子谦为作三弄,吹云裂石,旁若无人,永福前此所未见也。老子于此,兴复不浅。"

是年作《送李文中主簿受代归庭闱》,见《芦川归来集》卷二。

秋九月,旧友薛弼移知福州,张元幹作启以贺。《芦川归来集》卷八《贺薛帅移闽启》。

宋高宗绍兴十六年丙寅(1146),五十六岁。

正月初一,作《正旦本命青词》,见残本《芦川归来集》卷十四。

三月十二日,与苏粹中、富直柔访李弥逊于连江筼溪,有词记之。《芦川归来集》卷七《天仙子》词序云:"三月十二日,奉同苏子陪富丈访筼翁于旧居,遂为杏花留饮,欢甚。命赋长短句,乃得《天仙子》,写呈两公,末章并发一笑。"

是年,与苏粹中、富直柔、李弥逊同游天宫寺。《芦川归来集》卷三《与

263

富枢密同集天宫寺》,卷二《宫使枢密富丈和篇高妙所谓压倒元白末句许予尤非所敢承谨用前韵叙谢》《子立昆仲垂和游天宫诗既工且敏义不虚辱再此见意》(子立兄弟不详)二首皆依前韵,作于同时。李弥逊《筠溪集》卷十七有和诗《仲宗访我筠溪出陪富丈粹之游天宫诗见索属和次韵》。

六月,词贺李弥逊生辰。《芦川归来集》卷七《夏云峰》(丙寅六月为筠翁寿)。

秋,游建州溪光亭,有词。《芦川归来集》卷六《点绛唇》(丙寅秋社前一日,溪光亭大雨作)。

秋后,访亲于连江,有诗。《芦川归来集》卷三《访亲于连江因过筠溪叩门循行,叹其荒翳不治,有怀普现居士,口占此章》。

是年,作《丙寅自赞》。见《芦川归来集》卷十。

案:王兆鹏先生将《宝鼎现》(筠翁李似之作此词见招,因赋其事,使歌之者想像风味如到山中也)、《鹤冲天》(呈富枢密)均系于此年。

宋高宗绍兴十七年丁卯(1147),五十七岁。

是年春三月,与叶梦得宴集,即席赋词。《芦川归来集》卷五《念奴娇》(丁卯上巳,燕集叶尚书蕊香堂赏海棠,即席赋之)。

案:王兆鹏先生将《水调歌头》(玩月)、《卜算子》(风露湿行云)、《菩萨蛮》(三月晦送春有集坐中偶书)均系于此年。

宋高宗绍兴十八年戊辰(1148),五十八岁。

二月,张元幹与友人过福建连江宝积寺,有诗记之。《芦川归来集》卷二《戊辰春二月晦,同栖鸾子送所亲过宝积,题壁间》。

夏,与富直柔、李弥逊游侯官县(今福州鼓楼区)精严寺。残本《芦川归来集》卷十四《精严寺化钟疏》。

中秋,张元幹作词和舅父向子諲(字伯恭,号芗林居士)。《芦川归来集》卷五《水调歌头》(和芗林居士中秋词)。

是年,与赵端礼游,有词记之。《芦川归来集》卷五《水调歌头》(为赵端礼作),此词与《水调歌头》(和芗林居士中秋词)同韵,当作于同一年。《芦川归来集》卷五又有《临江仙》(赵端礼重阳后一日置酒,坐上赋)、《青玉案》(燕赵端礼堂成)亦作于是年。

宋高宗绍兴十九年己巳(1149),五十九岁。

十月,张元幹与福建提举常平官袁复等人自富沙如温陵,道晋安东山,登白云峰,访临沧亭,尽揽海山之胜。见《鼓山志》卷六。

宋高宗绍兴二十年庚午(1150),六十岁。

是年秋,与李弥逊、富直柔相与从游,同聚横山阁,以词唱和。《芦川归来集》卷五《永遇乐》(为洛滨横山作)。

案:王兆鹏先生将《八声甘州》(陪筠翁小酌横山阁)系于此年,而曹济平先生将此词系于绍兴十六年(1146),见曹济平先生《芦川词笺注》。王兆鹏先生将《青玉案》(筠翁生朝)系于是年,而曹济平先生则将此词系于绍兴十年(1140)后,见曹济平先生《芦川词笺注》。

宋高宗绍兴二十一年辛未(1151),六十一岁。

正月初一,张元幹在福州,作生朝醮词。残本《芦川归来集》卷十四《辛未本命岁生朝醮词》《本命日醮词》:"迨此建寅之月,适临元命之年。"元命之年指六十一岁。旧以干支纪年,六十岁为一甲子,至六十一岁,又当生年干支,谓之元命。

案:曹济平先生将《本命日醮词》系于绍兴二十年(1150)。

是年,秦桧始闻张元幹送胡铨词作,追赴至临安大理寺,将张元幹削籍除名。宋王明清《挥麈录》:"数年,秦(桧)始闻仲宗之词,仲宗挂冠已久,以它事追赴大理削籍焉。"

案:王兆鹏先生将《水调歌头》(罢秩后漫兴)系于此年,而曹济平先生将此词系于绍兴二十二年(1152)。王兆鹏先生将《水调歌头》(追和)一词系于是年秋张元幹漫游至太湖时。

宋高宗绍兴二十二年壬申(1152),六十二岁。

三月十六日,张元幹舅父向子諲卒。

宋高宗绍兴二十三年癸酉(1153),六十三岁。

是年秋,张元幹在苏州,游虎丘,有词。《芦川归来集》卷五《水调歌头》(癸酉虎丘中秋)。

案:王兆鹏先生将《水调歌头》(平日几经过)、《水调歌头》(雨断翻惊浪)均系于此年。

宋高宗绍兴二十四年甲戌(1154),六十四岁。

正月十四日,感事作诗。《芦川归来集》卷四《甲戌正月十四日书所见,来日惊蛰节》。

是年,漂流异乡,作《甲戌自赞》表思归之意。《芦川归来集》卷十《甲戌自赞》:"故山念欲归,夙债尚留滞"。

七月,作诗于镇江。《芦川归来集》卷一《祥符陵老许作先驰归闽,因成伽陀赠别,绍兴甲戌秋七月,书于鹤林山》,鹤林山在今江苏镇江。

九月回归故里,应王叔济之请,作《亦乐居士集序》,见《芦川归来集》卷九。又有词赠王叔济,《芦川归来集》卷五《临江仙》(送王叔济)。

案:王叔济即王渭,王铁第三子。王铁,字承可,号亦乐居士,江西修水人。

宋高宗绍兴二十五年乙亥(1155),六十五岁。

是年,张元幹在临安(今浙江杭州),遇旧友刘质夫,作《跋江天暮雨图》。《芦川归来集》卷九《跋江天暮雨图》:"刘质夫,建炎初与余别于云间,今乃相遇临安官舍,出此短轴求跋。颇忆丙午之冬,吾三人者,苏粹中在焉。……回首垂三十年矣。"自靖康丙午至本年正是三十年。

案:宋胡仔《苕溪渔隐丛话·前集》卷五十四:"余宣和间居泗上,于王周士处见张仲宗诗一卷,因借录之。后三十年,于钱塘与仲宗同馆毂,初方识之。余因戏谓仲宗曰:'三十年前,已识公于诗卷中',仲宗请余举其诗,渠皆不能记,殆如隔世,反从余求之。"又,张元幹与王以宁(字周士)初识于宣和六年(1124)。王兆鹏先生据此考证,胡仔得张元幹诗当是在宣和六年之后,后三十年应是绍兴二十五年,故将张元幹与胡仔相遇的时间系于是年。而曹济平先生则将两人相遇时间系于绍兴二十六年,此年张元幹仍在临安。

是年十月,秦桧卒。胡铨量移衡州(今湖南衡阳)。

宋高宗绍兴二十六年丙子(1156),六十六岁。

是年,张元幹仍在临安,与胡仔游。

十月,富直柔卒于建州(今福建建瓯)。

宋高宗绍兴二十七年丁丑(1157),六十七岁。

是年春,张元幹与钟离少翁、张元鉴同游吴江垂虹亭,有词记之。《芦川归来集》卷五《水调歌头》(丁丑春与钟离少翁、张元鉴登垂虹)。垂虹,即垂虹亭,在江苏吴江长桥上,宋仁宗庆历年间县令李问建。

夏,在嘉兴与苏庠之侄苏著(字庭藻)同游,应庭藻之请作《跋苏诏君楚语后》,见《芦川归来集》卷九。《芦川归来集》卷四《走笔次庭藻韵二绝》,卷九《跋苏庭藻隶书后二篇》《跋苏诏君赠王道士诗后》均作于是年。

九月,陈正同除刑部侍郎,张元幹作启相贺。《芦川归来集》卷八《贺陈都丞除刑部侍郎启》。

宋高宗绍兴二十八年戊寅(1158),六十八岁。

是年,张元幹寓居西湖,与周邦(字德友)、张孝祥(字安国,号于湖居士)相识并同游。《芦川归来集》卷九《苏养直诗帖跋尾六篇》:"独予华发苍颜,羁寓西湖之上,始с识德友,一日出示养直翰墨,凡六大轴,各索题跋。"卷九亦有《跋张安国所藏山水小卷》:"又况如吾宗安国得友人把玩短轴,裱而藏之……然则安国不忘故旧,风味如此,胸次可知矣。"张孝祥《于湖居士文集》卷二十八《跋周德友所藏后湖帖》:"右《后湖书帖》自甲轴至己。绍兴二十八年三月望。"

宋高宗绍兴二十九年己卯(1159),六十九岁。

是年春,郭从范示及张孝祥诸公诗,张元幹有诗次韵。《芦川归来集》卷二《郭从范示及张安国诸公酬唱,辄次原韵》。宋王明清《玉照新志》卷五:"绍兴己卯(原误作乙卯),张安国为右史,明清与仲信兄、郑举善、郭世模(原作郭世祯)、李大正、李泳多馆于安国家,春日诸友同游西湖,至普安寺。于窗间得玉钗半股,青蚨半文,想是游人欢洽所分授,偶遗之者。各赋诗以纪其事。"

案:王明清《绍兴乙卯,张安国为右史,明清与仲信兄、郑举善郭世祯、李大正、李泳多馆于安国家,春日诸友同游西湖,至普安寺。于窗间得玉钗半股,青蚨半文,想是游人欢洽所分授偶遗之者,各赋诗以纪其事》一诗:"凄凉宝钿初分际,愁绝清光欲破时。留与人间作佳话,绿窗琼户老蛛丝。"该诗题与《玉照新志》所记略有出入。

是年中秋,再游吴江垂虹亭,有词。《芦川归来集》卷五《念奴娇》(己卯中秋和陈丈少卿韵）。陈丈少卿即陈瓘之子陈正同,其原词已佚。

案:《芦川归来集》卷九《跋了堂先生文集》:"贰卿崇笃先契,不鄙荒唐,容许校雠《了堂文集》……自夏涉秋,手加审订,凡字画之讹舛,论序之失次,是非之去取,分部卷帙,各适其当。"贰卿即侍郎,即指陈正同。王兆鹏先生将张元幹审订陈瓘文集以及作《跋了堂先生文集》的时间系于此年。而曹济平先生则将审订文集及作跋时间系于绍兴三十年。

宋高宗绍兴三十年庚辰(1160),七十岁。

张元幹在苏州,有诗记之。《芦川归来集》卷四《上平江陈侍郎十绝》序云:"辛亥休官,忽忽二十九载,行年七十矣。日暮途远,恐惧失坠,辄追记平昔所得先生(陈瓘)话言,截为十绝句,书以献于苏州使君待制公克肖。"陈侍郎指陈正同,绍兴二十八年至本年三月知平江府。

案:王兆鹏先生将《陇头泉》(少年时,壮怀谁与重论)系于此年。

宋高宗绍兴三十一年辛巳(1161),七十一岁。

《永泰张氏宗谱》所载张巽臣《宋中奉大夫漳州府路转运判官提举学士借紫张公墓志》:"(张竑)任满,二十八年授信州户曹,举主关升从政郎。在任,丁少监(张元幹)忧,解官。"宋制一任三年,张竑绍兴二十八年上任,而张元幹于绍兴三十年在平江还有诗词创作,故其卒年当在绍兴三十一年,即张竑任信州户曹之际。

参考文献

专著

1.宋张元幹著:《芦川归来集》,上海古籍出版社 1978 年版

2.宋张元幹著,孟斐校点:《芦川词》,上海古籍出版社 1985 年版

3.宋张元幹著,曹济平笺注:《芦川词笺注》,上海古籍出版社 2010 年版

4.宋黄昇编:《花庵词选》,上海古籍出版社 2007 年版

5.宋陈振孙撰:《直斋书录解题》,上海古籍出版社 1987 年版

6.宋胡仔编撰:《苕溪渔隐丛话》,人民文学出版社 1962 年版

7.宋罗大经撰:《鹤林玉露》,上海古籍出版社 2012 年版

8.宋王明清著:《挥麈录》,上海古籍出版社 2012 年版

9.宋李心传撰:《建炎以来系年要录》,中华书局 2013 年版

10.宋蔡戡撰:《定斋集》,《四库全书》本

11.明毛晋辑:《宋六十名家词》(国学基本丛书),上海古籍出版社1989 年版

12.明吴讷编:《唐宋名贤百家词》,天津市古籍书店 1992 年版

13.明杨慎撰:《词品》,上海古籍出版社 2009 年版

14.清永瑢等编:《四库全书总目提要》,中华书局 1965 年版

15.清永瑢等编:《四库全书简明目录》,上海古籍出版社 1985 年版

16.清朱彝尊辑:《词综》,中华书局 1975 年版

17.清沈辰垣编:《历代诗馀》,上海书店 1985 年版

18.清张宗橚辑:《词林纪事》,中华书局 1959 年版

19.清厉鹗辑:《宋诗纪事》,上海古籍出版社 1983 年版

20.清吕留良等辑:《宋诗抄》,中华书局 1986 年版

21.清瞿镛编撰:《铁琴铜剑楼藏书目录》,上海古籍出版社 2000 年版

22.清叶申芗撰:《本事词》,古典文学出版社 1957 年版

23.清陈廷焯撰:《白雨斋词话》,上海古籍出版社 1984 年版

24.清陈廷焯编:《词则》,上海古籍出版社 1984 年版

25.清况周颐撰:《蕙风词话》,上海古籍出版社 2009 年版

26.清俞陛云撰:《唐五代两宋词选释》,上海古籍出版社 1985 年版

27.唐圭璋主编:《全宋词》,中华书局 1965 年版

28.唐圭璋编:《词话丛编》(全五册),中华书局 1986 年版

29.吴熊和主编:《唐宋词汇评》,浙江教育出版社 2004 年版

30.朱崇才:《词话丛编续编》,人民文学出版社 2010 年版

31.屈兴国编:《词话丛编二编》,浙江古籍出版社 2013 年版

32.葛渭君:《词话丛编补编》,中华书局 2013 年版

33.孙克强编:《唐宋人词话》(增订本),南开大学出版社 2012 年版

34.余嘉锡编著:《四库提要辩证》,中华书局 1980 年版

35.吴昌绶、陶湘辑:《景刊宋金元明本词》,上海古籍出版社 1985 年版

36.傅增湘撰:《藏园群书经眼录》,中华书局 1983 年版

37.王兆鹏著:《张元幹年谱》,南京出版社 1989 年版

38.曹济平著:《张元幹词研究》,南京师范大学出版社 2013 年版

论文

1.白晓萍:《宋南渡初期诗人群体研究》,浙江大学博士论文,2006 年 2 月

2.曹济平:《读张元幹〈芦川词〉札记》,《文学遗产》1987 年 06 期

3.曹济平:《读张元幹词札记补正》,《武汉师范学院学报》(哲学社会科学版)1982 年 06 期

4.曹济平:《关于张元幹的籍贯问题》,《文学评论》1980 年 02 期

5.曹济平:《张元幹生平事迹考略》,《南京师大学报》(社会科学版)

1980 年 02 期

6.曹秀兰,吕华亮:《论南渡词人的隐逸心态》,《兰州学刊》2006 年 11 期

7.常效东:《论张元幹词的美学特征》,《咸阳师专学报》1997 年 01 期

8.常效东:《张元幹词审美特征之管见》,《宁夏大学学报》(人文社会科学版)2009 年 04 期

9.陈节:《开拓爱国词的重要作家——张元幹》,《福建论坛》1983 年 01 期

10.陈庆元:《两宋之际闽籍爱国诗人群体》,《理论学习月刊》1996 年 04 期

11.陈先汀:《芦川著作所涉闽人序跋之词学价值略谈》,《福建论坛》(社科教育版)2009 年 S1 期

12.仇玲玲:《李弥逊研究》,山东师范大学硕士论文,2010 年 4 月

13.楚欣:《豪放派词人张元幹》,《炎黄纵横》2006 年 04 期

14.丁立群:《张元幹出仕时间及致仕原因考辨》,《大连大学学报》1994 年 02 期

15.董希平:《芦川词与江西宗派诗论》,《2008 年词学国际学术研讨会论文集》2008 年 8 月

16.方宝璋,孙晓琛:《福建地方历代文学述略》,《福建师范大学学报》(哲学社会科学版)1997 年 04 期

17.房口晰:《张元幹、张孝祥词之比较》,《西北大学学报》(哲学社会科学版)2001 年 02 期

18.顾友泽:《战争视阈下的宋南渡时事主题诗》,《文艺评论》2011 年 10 期

19.官桂铨:《词人张元幹世系》,《文献》1988 年 04 期

20.郭如贞:《宋人选闽词研究》,漳州师范学院硕士论文,2012 年 5 月

21.郭莎:《唐宋文人创作与其悲剧命运关系研究》,陕西理工学院硕士论文,2012 年 3 月

22.韩成武,韩梦泽:《民族志士的深思与呐喊——张元幹〈贺新郎·送胡邦衡待制赴新州〉词赏析》,《名作欣赏》2008 年 13 期

23.杭勇:《论南渡初年诗人的创作心态》,《大连大学学报》2011 年 01 期

24.何春环:《词亦"可以群":论宋代南渡唱和词》,《西南师范大学学报》(人文社会科学版)2005 年 03 期

25.何尊沛:《论宋代隐逸词》,《四川师范学院学报》(哲学社会科学版)1998 年 06 期,

26.贺闱:《宋代节日词研究》,华东师范大学博士论文,2014 年 4 月

27.贺闱:《梦绕神州的爱国词人张元幹》,《晋中师专学报》1987 年 02 期

28.黄海:《宋南渡词坛研究》,浙江大学博士论文,2004 年 5 月

29.黄海:《张元幹词风格浅论》,《贵州文史丛刊》2002 年 04 期

30.黄震云:《谱牒学的突破——评〈张元幹年谱〉》,《求索》1992 年 01 期

31.黄之栋:《强权祭坛上的文人与文学——以宋代徽宗、高宗时期为观察对象》,浙江大学博士论文,2009 年 4 月

32.姜荣:《南宋绍兴年间隐逸诗人研究》,南京师范大学硕士论文,2007 年 6 月

33.李杰:《南宋贬谪词研究》,兰州大学硕士论文,2012 年 5 月

34.李萍:《试论南渡前后词风之变化》,《南京理工大学学报》(社科版)1999 年 05 期

35.李欣:《宋南渡诗坛的创作风貌及衍变》,《长江学术》2012 年 04 期

36.李杨:《浅论张元幹南渡以后词》,《边疆经济与文化》2011 年 08 期

37.李盈:《论张元幹的诗学渊源》,《安徽文学》(下半月)2008 年 05 期

38.梁葆莉:《论宋室南渡时期祝颂词的创作》,《宁夏社会科学》2009 年 04 期

39.林蓓蕾:《活动于大观、政和年间的豫章诗社研究》,南昌大学硕士

论文,2010 年 12 月

40.林东源:《刚柔相济多元之美——评析张元幹词》,《福建工程学院学报》2009 年 05 期

41.林精华:《周恩来盛赞张元幹》,《福建乡土》2006 年 06 期

42.林雅贞:《"梦绕神州路"的张元幹》,《福建乡土》2003 年 03 期

43.刘京臣:《杜诗题材风格对宋词影响研究》,《中国社会科学院文学研究所学刊》2011 年 00 期

44.刘效礼:《论两宋爱国词及其源流》,《宁波师院学报》(社会科学版)1995 年 01 期

45.柳咏莉:《豫章诗社研究》,曲阜师范大学硕士论文,2014 年 4 月

46.栾贵明:《张元幹〈芦川归来集〉补遗》,《文学遗产》1982 年 02 期

47.罗方龙:《论张元幹词作的主体风格——〈芦川词〉论稿之三》,《柳州师专学报》1995 年 02 期

48.罗方龙:《论张元幹对佛道思想的汲取——〈芦川词〉论稿之二》,《柳州师专学报》1995 年 01 期

49.罗方龙:《论周邦彦沉郁顿挫词风对张元幹的影响》,《广西师范大学学报》(哲学社会科学版)1995 年 S2 期

50.罗方龙:《张元幹爱国词四题——〈芦川词〉论稿之一》,《柳州师专学报》1994 年 04 期

51.罗方龙:《张元幹词作艺术特色新论——〈芦川词〉论稿之四》,《柳州师专学报》1995 年 03 期

52.罗芳松:《靖康之难对一代文学的影响》,《成都大学学报》(社会科学版)1986 年 01 期

53.马俊芬:《宋词与苏杭》,苏州大学博十论文,2011 年 3 月

54.缪钺:《灵谿词说(续十一)——论贺铸词,论张元幹词》,《四川大学学报》(哲学社会科学版)1985 年 01 期

55.潘立勇、吴树波:《南宋词的美学境界》,《江苏社会科学》2013 年 02 期

56.钱建状:《南渡词人地理分布与南宋文学发展新态势》,《文学遗产》2006 年 06 期

57.钱建状:《宋室南渡与词坛唱和之风的兴盛》,《厦门教育学院学报》2005 年 01 期

58.任群:《绍兴和议前后士风与诗风演变研究——以李纲与李光等主战诗人群体为中心》,南京师范大学博士论文,2011 年 3 月

59.申章文:《张元幹能认识苏轼吗》,《史学月刊》1987 年 05 期

60.沈文雪:《"绍兴和议"后南宋文士命运与文学发展走向》,《华夏文化论坛》2009 年 00 期

61.孙家政:《论南渡词人的隐逸词》,《南通师专学报》(社会科学版)1997 年 04 期

62.孙素彬:《宋金元〈贺新郎〉词调研究》,河北师范大学硕士论文,2015 年 5 月

63.谭燕:《张元幹籍贯新证》,《文献》2005 年 02 期

64.田锦萍:《南宋爱国词作思想和艺术特色初探》,《科学大众》2010 年 05 期

65.万志强:《南宋隐逸词简论》,苏州大学硕士论文,2006 年 5 月

66.王玦玥:《张元幹词研究》,长春师范学院硕士论文,2012 年 06 月

67.王恒展:《论宋代豪放词的感伤情调》,《山东师大学报》(社科版)1990 年 05 期

68.王金伟:《北宋晚期的文人结盟与诗歌嬗变研究》,广西师范学院硕士论文,2013 年 6 月

69.王晋建:《论宋人南渡词的特点》,《连云港职业技术学院学报》2009 年 01 期

70.王丽煌:《宋代闽词三论》,厦门大学硕士论文,2007 年 5 月

71.王茂恒:《刚正不阿慷慨词,抑塞磊落正气歌——张元幹〈贺新郎·送胡邦衡待制赴新州〉赏析》,《陕西教育》1998 年 10 期

72.王茂恒:《壮志深忧国,悲歌曲融神——张元幹词〈石州慢〉赏析》,

《阅读与写作》1998 年 01 期

73.王青松:《南宋闽中词研究》,苏州大学硕士论文,2009 年 5 月

74.王琼:《宋南渡时期唱和词研究》,湖北大学硕士论文,2012 年 4 月

75.王伟伟:《论宋代隐逸词》,山东师范大学硕士论文,2002 年 4 月

76.王伟伟:《宋代社交词研究》,山东师范大学博士论文,2010 年 4 月

77.王雪敏:《宋南渡词意象论》,陕西师范大学硕士论文,2007 年 4 月

78.王曾瑜:《李纲的同道》,《隋唐辽宋金元史论丛》2013 年 00 期

79.王兆鹏:《从〈永泰张氏宗谱〉辑录宋人佚文佚诗——兼说张元幹籍贯及佚文价值》,《文献》2006 年 01 期

80.王兆鹏:《从诗词的离合看唐宋词的演进》,《中国社会科学》2005 年 01 期

81.王兆鹏:《读张元幹词札记三则》,《武汉师范学院学报》(哲学社会科学版)1982 年 03 期

82.王兆鹏:《对宋词研究中"婉约""豪放"两分法的反思——兼论宋词的分期》,《枣庄师专学报》1990 年 01 期

83.王兆鹏:《论宋词的发展历程》,《暨南学报》(哲学社会科学)2000 年 06 期

84.王兆鹏:《宋南渡词人的诗社唱和》,《湖北大学学报》(哲学社科版)1992 年 02 期

85.王兆鹏:《张元幹〈芦川归来集〉版本源流考》,《南京师大学报》(社会科学版)1998 年 02 期

86.吴卉:《张元幹词中的宋文化情结》,《黑龙江史志》2010 年 22 期

87.肖鑫,郭艳华:《论宋南渡词人对苏轼豪放词的接受——以宋金民族关系格局为考察中心》,《传奇·传记文学选刊》(理论研究)2012 年 03 期

88.邢晓玉:《艳情传统与南渡词坛》,河北师范大学硕士论文,2014 年 5 月

89.徐辰:《两宋闽地词坛松散性探析》,《阜阳职业技术学院学报》2015 年 04 期

90.徐文郁：《南宋前期爱国词人楚辞接受研究》，河北大学硕士论文，2011 年 6 月

91.徐拥军：《唐宋隐逸词史论》，苏州大学博士论文，2010 年 3 月

92.薛祥生：《南宋词人的爱国悲歌》，《菏泽师专学报》1999 年 03 期

93.薛祥生：《试论张元幹及其爱国诗词》，《山东师院学报》（社科版）1978 年 04 期

94.薛玉坤：《论宋代垂虹亭词——兼谈区域文化景观对宋词创作的影响》，《苏州大学学报》2003 年 04 期

95.杨丽：《宋南渡诗人叙事性诗歌研究》，山西大学硕士论文，2010 年 6 月

96.姚惠兰：《绍兴十八年福州词人最乐堂雅集考》，《词学》2008 年 02 期

97.姚惠兰：《宋南渡词人群的地域分布与南渡词学的地域特色》，《社会科学家》2012 年 03 期

98.姚惠兰：《宋南渡词人群的地域性研究》，华东师范大学博士论文，2009 年 4 月

99.姚惠兰：《宋南渡文人的道教因缘——兼论道教对文人词创作的影响》，《中华文化论坛》2013 年 06 期

100.姚勇文：《以豪迈之语写锥心之痛——张元幹〈贺新郎〉赏析》，《语文月刊》2002 年 Z2 期

101.于瑞娟：《宋代词集序跋研究》，广西师范学院硕士论文，2011 年 6 月

102.于莎雯：《宋代中秋词研究》，南京师范大学硕士论文，2008 年 6 月

103.喻朝刚：《试论南宋前期词风的变化》，《吉林大学社会科学学报》1980 年 04 期

104.袁庚申：《宋代福建刻书与文学关系研究》，河北师范大学硕士论文，2010 年 9 月

105.云亮：《论张元幹爱国词在文学史上的地位》，《中山大学学报》（哲

学社科版)1985 年 03 期

106.曾意丹:《张元幹生平及其思想渊源考辨》,《中州学刊》1987 年 06 期

107.张虹,付红妹:《论士人的心理构成对南宋词风的影响》,《河北大学学报》(哲学社会科学版)2007 年 04 期

108.张玲:《南宋词风的变化》,《牡丹江师范学院学报》(哲学社科版)2002 年 04 期

109.张守存:《张元幹籍贯考》,《上海师范大学学报》(哲学社会科学版)1991 年 01 期

110.张艺凡:《宋代南渡词坛唱和研究》,曲阜师范大学硕士论文,2009 年 4 月

111.张幼良,张英:《"避世"与"抗世"的矛盾结合——南宋贬谪词对张、柳渔父意象的继承及其原因探析》,《浙江社会科学》2010 年 11 期

112.张兆侠,王万昌:《张元幹词中"月亮"意象视界浅探》,《职大学刊》1995 年 02 期

113.张仲英,郭艳华:《两宋剧变对张元幹思想和词风的影响》,《赤峰学院学报》(汉文哲学社会科学版)2011 年 09 期

114.章辉:《南宋休闲文化及其美学意义》,浙江大学博士论文,2013 年 4 月

115.郑淑榕:《李纲福建踪迹考》,福建师范大学博士论文,2013 年 5 月

116.钟伟兰:《浅论张元幹爱国主义诗词的艺术审美特质》,《福建论坛》(人文社科版)2006 年 S1 期

117.钟伟兰:《张元幹诗歌研究》,福建师范大学硕士论文,2006 年 08 月

118.周丹:《宋代金曲〈念奴娇〉词研究》,兰州大学硕士论文,2013 年 3 月

119.周笃文:《从张元幹〈念奴娇〉看宋词中的妈祖信息》,《词学》2013 年 01 期

120.周泥杉:《张元幹退居福建时期交游词研究》,重庆师范大学硕士论文,2011年4月

121.庄战燕:《论南宋都城临安文人群体的交游与唱和》,浙江师范大学硕士论文,2005年4月

122.邹自振:《南宋词人张元幹及其〈芦川词〉》,《福建乡土》2005年01期

图书在版编目（CIP）数据

张元幹词全集：汇校汇注汇评 / 邹艳，陈媛编著
. —— 武汉：崇文书局，2017.8（2024.10 重印）
（中国古典诗词校注评丛书）
ISBN 978-7-5403-4562-4

Ⅰ．①张… Ⅱ．①邹… ②陈… Ⅲ．①宋词－选集②
张元干(1067-1143)－宋词－诗歌评论 Ⅳ．① I222.844
② I207.23

中国版本图书馆 CIP 数据核字 (2017) 第 155001 号

选题策划　王重阳
项目统筹　程可嘉
责任编辑　程可嘉
封面设计　甘淑媛
责任校对　董　颖
责任印刷　邵雨奇

张元幹词全集【汇校汇注汇评】
ZHANGYUANGAN CI QUANJI

出版发行　长江出版传媒｜崇文书局
地　　址　武汉市雄楚大街 268 号 C 座 11 层
电　　话　(027)87293001　邮政编码　430070
印　　刷　中印南方印刷有限公司
开　　本　880mm×1230mm　1/32
印　　张　9.375
字　　数　260 千字
版　　次　2017 年 8 月第 1 版
印　　次　2024 年 10 月第 2 次印刷
定　　价　48.00 元
（如发现印装质量问题，影响阅读，由本社负责调换）

中国古典诗词校注评丛书

（已出书目）

诗经全集	韩偓诗全集
汉乐府全集	李煜全集
曹操全集	花间集笺注
曹丕全集	林逋诗全集
曹植全集	张先诗词全集
陆机诗全集	欧阳修词全集
谢朓全集	苏轼词全集
庾信诗全集	秦观词全集
陈子昂诗全集	周邦彦词全集
孟浩然诗全集	李清照全集
王维诗全集	陈与义诗词全集
高适诗全集	张元幹词全集
杜甫诗全集	朱淑真词全集
韦应物诗全集	辛弃疾诗词全集
刘禹锡诗全集	姜夔词全集
元稹诗全集	吴文英词全集
李贺全集	草堂诗馀
温庭筠词全集	王阳明诗全集
李商隐诗全集	纳兰词全集
韦庄诗词全集	龚自珍诗全集
晏几道词全集	